hanser**blau**

Julia Phillips

Cascadia

Roman

Aus dem Englischen von
Pociao und Roberto de Hollanda

hanserblau

Die englische Originalausgabe erschien 2024 unter dem
Titel *Bear* bei Hogarth, New York.

1. Auflage 2024

ISBN 978-3-446-28153-0

Umschlag: FAVORITBUERO, München
Motiv: © alaver/Shutterstock
Satz im Verlag
Druck und Bindung: GGP Media GmbH, Poeßneck
Printed in Germany

FSC www.fsc.org
MIX
Papier | Fördert gute Waldnutzung
FSC® C014496

Für Alex und unsere beiden geliebten Bärenkinder

»Du armer Bär«, sprach die Mutter, »leg dich ans Feuer und gib nur acht, dass dir dein Pelz nicht brennt.« Dann rief sie: »Schneeweißchen, Rosenrot, kommt hervor, der Bär tut euch nichts, er meint's ehrlich.« Da kamen sie beide heran, und nach und nach näherten sich auch das Lämmchen und Täubchen und hatten keine Furcht vor ihm. Der Bär sprach: »Ihr Kinder, klopft mir den Schnee ein wenig aus dem Pelzwerk«, und sie holten den Besen und kehrten dem Bär das Fell rein; er aber streckte sich ans Feuer und brummte ganz vergnügt und behaglich. Nicht lange, so wurden sie ganz vertraut und trieben Mutwillen mit dem unbeholfenen Gast. Sie zausten ihm das Fell mit den Händen, setzten ihre Füßchen auf seinen Rücken und walgerten ihn hin und her, oder sie nahmen eine Haselrute und schlugen auf ihn los, und wenn er brummte, so lachten sie.

Brüder Grimm

SAN JUAN ISLANDS

Vierzehn Mal täglich – fünfzehn Mal an Wochenenden – fuhr die Fähre von Friday Harbor die um den San Juan Channel verstreuten Inseln an. Jede Rundfahrt dauerte fünfundsechzig Minuten. Zu lang. Eine Touristensaison nach der anderen verbrachte Sam die gesamte Zeit, viele Stunden am Tag, im Bistro und machte Kaffee für Menschen, die sie wie ein Dienstmädchen behandelten.

Wie Aschenputtel, die Linsen aus der Asche lesen musste, verrichtete Sam eine unbedeutende Arbeit, doch kein Prinz würde sie je davon erlösen. Sie war ein Nobody. Sam sah sie jeden Tag auf dem Schiff, diese Königskinder: typische wohlhabende Snobs mit graumeliertem Haar und kieferorthopädisch begradigtem Lächeln. Unterdessen tankten Promis und Tech-Millionäre aus Seattle ihre Wagen auf, nachdem sie mit Privatjets auf die Insel eingeflogen waren. Sie sahen Sam nicht. Sie würden sie niemals sehen. Sam war noch jung, aber lange genug dabei, um zu wissen, auf wen sie sich verlassen konnte und auf wen nicht, wem sie trauen konnte und mit wem sie sich herumschlagen müsste, damit die Rechnungen beglichen wurden. Den ganzen Tag standen breitschultrige Männer bei ihr an; sie blieb unbeeindruckt. Elena war die Einzige, die sie vor diesem Ort retten würde. Sie würden sich gegenseitig retten müssen.

Sams Arbeitsplatz war ein kleiner Kasten innerhalb eines großen Kastens: ein von hohen Wänden umgebenes Bistro, mitten in einem großen Raum mit Leuchtstoffröhren und Fenstern aus bruchsicherem Glas. Draußen kräuselten sich die Wellen, Wolken zogen vorbei. Manchmal tauchte ein Kai auf. Passagiere schoben sich auf die Fähre oder wieder herunter. Der Kai entfernte sich. Im Schein der Lichter riefen Eltern nach ihren ungezogenen Kindern und prahlten mit ihren Urlaubsplänen: Kajakfahren? Strandgut sammeln? Die Lavendelfarmen besuchen? Sie starrten durch Sam hindurch auf die Auslage hinter ihr und fragten, ob die abgepackten Zimtschnecken schmeckten. Sie bejahte. Es war gelogen. Egal, ob sie ihnen das Gebäck oder eine Brezel empfahl oder sie bei starkem Wellengang vor schweren Suppen warnte – die Touristen nahmen die Trinkgeldbox, auf der ein Pappschild sie aufforderte, freundlich und großzügig zu sein, kaum zur Kenntnis.

Ein winziger Teil von ihr konnte es ihnen nicht verübeln. Nach so langer Zeit in der Gastronomie hatte auch Sam ihre Großzügigkeit verloren. Alles war bloße Routine. Kaffee aufbrühen. Müll entsorgen. Zuckertütchen auffüllen. Die Schicht hinter sich bringen.

Sam verdiente vierundzwanzig Dollar pro Stunde damit, über das graue Wasser zu fahren und in Plastik verpackte Kekse und Chipstüten zu verkaufen. Zehn Dollar über dem Mindestlohn – einen Dollar für jedes Jahr ihres Lebens, das sie der Willkür des Verkehrsministeriums von Washington ausgesetzt gewesen war. Gutes Geld, wenn sie verlässliche Schichten bekäme; doch bisher hatte es nie gereicht, um damit über die Runden zu kommen.

Zehn Jahre zuvor hatte Sam mit dem Highschool-Abschluss in der Tasche auf ein Gehalt gehofft, auf das sie zählen konnten. Mit dem sie vorankommen konnten. Elena hatte Sams Ausbildung in der Handelsmarine finanziert, damit sie auf den Fähren Arbeit fand – es gab gute Jobs im Staatsdienst, mit Sozialleistungen, einer Pension und einer Krankenversicherung, die alle Familienmitglieder einschloss. Doch der Staat hatte Sam nicht eingestellt. Er lud sie nicht einmal zu einem Vorstellungsgespräch ein. Nichts war so gekommen, wie sie es sich vorgestellt hatte. Elena musste sich ein Bein ausreißen, um Sam eine Stelle im Golfclub zu besorgen, wo sie selbst arbeitete. Das Management kam mit Sam nicht klar, Sam kam mit dem Management nicht klar, und die Clubmitglieder erzählten endlose, langweilige Geschichten über ihre Abenteuer auf dem Rasen und beschwerten sich über die Drinks, die sie ihnen vorsetzte. Als dann die ersten Bistros auf den Fähren eröffneten, erschien es wie ein kleines Wunder: Sam war ausgebildet, qualifiziert und erfahren. Elena war erleichtert. Der Lebensmittellieferant stellte Sam ein. Sie wurde eingearbeitet, verdiente Geld. Und dann kam die Pandemie, der Fährbetrieb wurde eingestellt, die Bistros schlossen, und sie wurde für zwei Jahre entlassen.

Zwei Jahre zu Hause. Zwei Jahre Nichtstun. Der Golfclub wollte Sam nicht wiedereinstellen; sie könnten es sich kaum leisten, Elena weiterzubeschäftigen. Es kamen weniger Touristen. Auf der Insel selbst gab es nur kleine Coffee-Shops mit zunehmend eingeschränkten Öffnungszeiten, Ferienhäuser, die seltener geputzt werden mussten, und schicke Restaurants, die Sam nie eingestellt hätten, weil sie nicht gut im Smalltalk war und schlechte Zähne hatte. Als das Arbeitslosengeld auslief, begann sie, an bezahlten Online-Umfragen teilzunehmen, aber viel Geld war damit nicht zu machen, höchstens ein paar Dollar pro registrierter Stunde. Sie fuhr ihre Mutter zu Arztterminen, saß auf Parkplätzen herum, beantwortete Marktforschungsumfragen auf dem Handy und strich die miese Bezahlung ein.

In den letzten beiden Jahren hatten sie Elenas Kreditkarte enorm überziehen müssen. Um sechstausendfünfhundert Dollar, die, soweit Sam wusste, mittlerweile inklusive Zinsen auf fast elftausend angewachsen waren. Dann gab ihr Auto im Winter den Geist auf. Die Kosten für die Medikamente ihrer Mutter schnellten in die Höhe. Als im April der Staat ankündigte, die Gastronomie auf den Fähren wieder zuzulassen, legte Elena den Kopf auf den Küchentisch, und Sam sagte: »Weinst du?«

Elena sah sie mit trockenen Augen müde an. »Nein«, sagte sie. Und dann: »Aber Gott sei Dank.«

Sam hatte keinen Grund, dankbar zu sein. Mittlerweile stand sie seit mehr als einem Monat wieder hinter dem Tresen auf der Fähre, und sie waren genauso pleite wie zuvor. Sie nahm noch immer an Online-Umfragen teil, aber manchmal endete selbst das mit Frust, wenn gerade die Fähre aus dem Hafen auslief und der Empfang unterbrochen wurde, bevor sie die Fragen zu Ende beantwortet hatte. Touristen lenkten sie mit dämlichen Fragen über die Lummi Nation ab, als hätte Sam Zeit, an Kanu-Landungs-Zeremonien teilzunehmen oder zu einer Expertin für die Geschichte der San Juan Islands zu werden. Unterdessen versuchte Elena, ihre vom Grill des Golfclubs nach Hamburger-Fett stinkenden Trinkgelder beiseitezulegen, für den Notfall, doch die Notfälle nahmen kein Ende. Ihr ganzer Verdienst wurde von Steuern, Rechnungen und den Arztkosten ihrer Mutter aufgezehrt.

Aufreibend. Knochenarbeit. Endlos. Egal, welchen Job oder Lohn sie auch hätten, solange sie auf der Insel waren, würden sich die Dinge nicht ändern. Sie müssten wegziehen, erklärte Sam Elena immer wieder, wenn sie ein lebenswertes Leben haben wollten. Und Elena widersprach ihr nicht. Sie mussten nicht einmal darüber diskutieren, über die Notwendigkeit, wegzuziehen. Beide waren seit langem dazu entschlossen.

Elena mäkelte nur an den Details herum. Als ältere Schwester war es vielleicht ihre Aufgabe, pragmatischer zu sein. Sie bräuchten Ersparnisse, um wegzuziehen, sagte Elena, und sie hätten keine; sie müssten dieses und jenes bezahlen und hier und dort und …

Friday Harbor lag nun hinter Sam. Und vor ihr. Und hinter ihr. Über den Wellen, den San Juan Channel entlang, umkreiste die Fähre das Zentrum von Sams winzigem Universum. Schwarze Seevögel schossen über das Wasser. Die Inseln des Archipels bildeten eine nicht endende Reihe von grünen samtartigen Erhebungen. Auf den geschichteten Hügeln über der Küste erhoben sich strahlend weiße Gebäude. Vor Jahren, als Elena noch nicht damit beschäftigt war, sich den Kopf über eine Million kleiner logistischer Fragen zu zerbrechen, hatte sie zu Sam gesagt, dass es eine einzige Chance gäbe, von hier wegzukommen: das Haus. Wenn sie das Haus verkauften, würde ihre bessere Zukunft endlich anbrechen.

Das Haus war ein viel zu kleiner in Vinyl verpackter Albtraum aus dem Jahr 1979, das ihre Großmutter nach dem Tod ihres Mannes von der Witwenrente gekauft hatte. Damals musste sie geglaubt haben, das Haus sei ein Sprungbrett, das die Familie in die Mittelschicht katapultieren würde. Weit gefehlt. Es entpuppte sich als schwerer Klotz am Bein. Ihre Großmutter war in diesem Haus gestorben, und ihre Mutter hatte Elena und Sam hier zur Welt gebracht. Das Gebäude war mit ihnen gealtert. Die Verkleidung unter den Treppenstufen hatte sich verzogen. Die pfirsichgelbe Farbe an den Wänden blätterte ab. Die Kacheln im Bad hatten Sprünge. Das Wasser sickerte ins Gemäuer, das allmählich verfaulte und die kleine Erbschaft ihrer Großmutter immer mehr zerstörte.

Doch trotz des erbärmlichen Zustands war es noch immer eine Immobilie auf der malerischen Insel San Juan. Es lag auf einem zweieinhalb Hektar großen bewaldeten Grundstück fünf Meilen außerhalb der Stadt. Das Land war Gold wert.

Im Moment war es nutzlos für die Familie, eine Last, doch irgendwann würde es irgendwem irgendetwas bedeuten.

Die Schwestern hatten sich ein Zimmer geteilt, bis zum Sommer vor Sams letztem Schuljahr, als Elena, die gerade ihren Abschluss gemacht hatte, ins Wohnzimmer zog. Mit achtzehn war sie rastlos gewesen, viel wilder als heute. Eher bereit, mit Sam über die Verwirklichung ihrer Träume zu sprechen. Eines Abends saßen sie auf der Couch, Kopfkissen und Decke neben sich zusammengeknüllt, und Elena erläuterte ihr den ganzen Plan.

Damals hatte ihre Mutter die Arbeitszeiten im Nagelstudio bereits reduziert. Sie hatte Probleme mit dem Atmen. Sie hatte Druck auf der Brust. Elena sah, wie müde sie war, wie sie schwächer wurde, und verstand – ihre Mutter brauchte sie. Deshalb würden sie bleiben, sagte Elena zu Sam. Sie würden ihre Mutter pflegen, so wie sie ihre Großmutter gepflegt hatte, bis sie keine Pflege mehr brauchte. Irgendwann würden sie das Haus erben, es verkaufen und sich woanders niederlassen. An einem Ort, wo sie tun und lassen konnten, was sie wollten. Weniger schuften, mehr leben. Wo sie die Menschen werden konnten, die sie bisher nie hatten sein können.

An jenem Abend schätzte Elena, dass ihnen nur noch wenige Jahre mit ihrer Mutter blieben. Höchstens fünf. Diese kostbare Zeit mussten sie mit ihr verbringen.

Es war erschütternd, wenn Sam die Jahre zählte, die seitdem vergangen waren. Ein Weckruf. Sie war jetzt achtundzwanzig und Elena fast dreißig. Ihre Mutter lebte immer noch. Und brauchte sie mehr als je zuvor.

Manchmal dachte Sam, dass damals, als sie noch Teenager waren und auf der Wohnzimmercouch saßen hinter dem Vorhang, den Elena an der Decke befestigt hatte, um ein bisschen Privatsphäre zu haben, tatsächlich der beste Moment gewesen war, zu gehen. Dieser Gedanke kam ihr, wenn Passagiere kein Trinkgeld gaben, die See aufgewühlt war oder die Fähre Verspätung hatte. Doch dann änderte sie ihre Meinung. Die Zeit hatte Elena recht gegeben. Ohne ihre Mutter hätten sie nicht weggekonnt – wer hätte sie gepflegt, was hätte sie gemacht? –, und ihre Mutter wollte nicht woanders hin, vor allem nicht, seit es ihr zunehmend schlechter ging. Von den Arztterminen abgesehen verbrachte sie jetzt den ganzen Tag im Bett, so bequem wie möglich in dem Haus, in dem sie ihre Kinder großgezogen hatte. Hätten sie versuchen sollen, sie von hier wegzulotsen? Sie überreden sollen, das Haus zu verkaufen und anderswo neu anzufangen? Das war keine Möglichkeit. Wäre nie eine gewesen.

Also waren Sams Überlegungen falsch. Elena hatte sich deutlich ausgedrückt. Ihre einzige Hoffnung war die Erbschaft. Auf fünfhunderttausend Dollar hatte Elena an jenem Abend im Wohnzimmer den Wert des Grundstücks geschätzt. Land im Wert einer halben Million Dollar, das ihnen gehörte. Eines Tages würde es auf den Namen der Schwestern übertragen werden, und dann würde endlich der Aufstieg beginnen, den ihre Großmutter für die Familie vorgesehen hatte – das Ende der Dienstleistungsarbeit, der wechselnden Schichten, der Quälerei. Sie würden ein allerletztes Mal den San Juan Channel überqueren.

Bis dahin arbeitete Sam weiter auf der Fähre, kochte Kaffee für Fremde und beteiligte sich an Umfragen über ihr Alter, ihre ethnische Zugehörigkeit und ihre Fernsehgewohnheiten. Noch mehr verschwendete Zeit, noch mehr ausgeworfene Anker. Noch mehr Gehaltsschecks, die verdient, eingelöst und verbraucht wurden.

Sam wartete darauf, dass sich ihr Leben änderte. Sie wartete schon sehr lange.

Das Bistro machte um halb neun zu. Nachdem Sam abgeschlossen hatte, ging sie aufs Passagierdeck, um den Rest der Fahrt nach Friday Harbor in der frischen Luft zu verbringen. Die Inseln, die vorbeizogen, waren sanft und von dunkler Vegetation bedeckt. Die Sonne würde erst in einer halben Stunde untergehen, aber am Himmel dämmerte es bereits. Es waren nicht viele Passagiere an Bord. Eine Handvoll Touristen, erschöpft von dem langen Tag in den Gezeitenbecken.

Ein Stück weiter weg glühte das orangefarbene Ende einer Zigarette auf. Sam hätte einschreiten müssen (das Rauchen auf Fähren war in Washington State verboten), doch sie blieb stehen und sog den Rauch ein. Passiver Genuss. Ein dünner köstlicher Hauch, Aromen, die von einem Fremden ausgeatmet wurden. Sam hatte geraucht, aber aufgehört, als der Staat die Tabaksteuer immer weiter erhöhte – zehn Dollar für eine Packung konnte sie sich nicht leisten. Eine Zeitlang schnorrte sie Zigaretten von Passagieren, bis sich jemand bei der Aufsicht beschwerte. Sam blieb nichts anderes übrig, als mit dem Rücken an die feuchte weiße Wand der Fähre gelehnt tief einzuatmen und das Wasser zu beobachten.

Eine Gestalt zerriss dessen glatte Oberfläche. Eine Kreatur, die sich bewegte. Jemand in ihrer Nähe schrie auf.

Du glaubst nicht, was wir heute von der Fähre aus gesehen haben«, sagte sie zu Elena, die am Spülbecken stand und das Geschirr abwusch. Es war spät, Elena hatte ihre Schicht schon vor Stunden beendet, aber sie wartete immer auf Sam. Sie hatte Reste von Chili con Carne aus dem Golfclub mitgebracht, und Sam stocherte im geriebenen Cheddar und den Frühlingszwiebeln herum. Ihre Mutter schlief im Zimmer nebenan. »Rat mal!«

Der Wald um das Haus stand still und schwarz. Dicht mit Douglasfichten und Weißdorn bewachsen, der dunkle Früchte trug. Der gelbe Schimmer am unteren Rand des Küchenfensters kam vom Grundstück ihrer nächsten Nachbarn, der Larsens, die ihren Garten stilbewusst beleuchteten und die Schwestern etwas zu höflich grüßten, wenn sie ihnen in der Stadt über den Weg liefen. Danny Larsen, der jüngste Sohn, hatte Elena damals zu seinem Abschlussball eingeladen. Doch seine Mutter hatte sofort dazwischengefunkt.

»Eine Leiche«, sagte Elena.

»Ach Quatsch«, erwiderte Sam und legte die Gabel auf den Tisch. »Hör ich mich so an, als hätten wir eine Leiche gesehen?«

»Keine Ahnung. Du kannst dich ja über die seltsamsten Dinge aufregen.« Elena strich sich mit dem feuchten Handgelenk das Haar aus dem Gesicht. »Einen Wal.«

»Wale sehen wir ständig. Rate weiter.«

»Einen Seelöwen.«

Sam verdrehte die Augen. Und obwohl Elena mit dem Rücken zu ihr stand und sie nicht sehen konnte, schien sie es zu bemerken. Sie musste die Bewegung gespürt haben. Daher versuchte Elena es erneut. »Einen Meerjungmann.«

»Du kommst eh nie drauf. Einen Bär!«

»Nein.«

»Einen riesigen Bär! Der im Channel geschwommen ist!«

Sam hatte ihn mit eigenen Augen gesehen: den nassen behaarten Buckel des Tieres, der Übergang zum Nacken, die spitze Nase und die runden kleinen Ohren. Das Wasser war silbrig und der Himmel dunkelblau. Vor diesen Farben war das Tier ein dunkler Fleck, dessen Umrisse sich vor dem letzten Licht des Tages abzeichneten; es hob sie klar, schockierend und fremd hervor. Die Touristen wechselten entzückte Ausrufe in Englisch, Spanisch und Chinesisch. Jemand warf dem Bären etwas zu, woraufhin ein anderer Passagier ihn zurechtwies. Die Fähre tuckerte weiter, und für ein paar lange, seltsame Minuten bewegten sich das Boot und der Bär Seite an Seite vom Festland in die Nacht. Der Kapitän machte sogar eine Durchsage über die Sprechanlage, damit alle, die drinnen saßen, an Deck kommen konnten, um den Bären zu sehen. Seinen erhobenen Kopf. Die nassen Schultern. Die auseinanderdriftenden Wellen, die er hinterließ. Ohne in ihre Richtung zu sehen, paddelte das Tier unbeirrt weiter.

Elena trocknete die Teller ab und stapelte sie in den Schrank. »Wo genau im Channel? Du glaubst doch nicht, dass er hierherkommen könnte, oder?«

»Zwischen Shaw und Lopez.« Die Frage amüsierte Sam. »Warum? Hast du Angst?«

»Vor Bären?«

»Vor furchteinflößenden Bären?«

»Du nicht?«

»Kein bisschen.« Wovor fürchtete sich Sam? Dass sie hier eingehen würde. Dass sie von Chancen träumte, die sie nie würde ergreifen können, dass sie durch die Zurückweisungen verkümmern und noch ärmer würde und dadurch unter immer stärkeren Druck geriete und sich noch weiter vom Rest der Welt entfernte. Verglichen mit diesen Ängsten schien es geradezu ein Vergnügen, sich von einem Bären zerfleischen zu lassen.

Elena wandte sich wieder der Spüle zu. »Unser tapferes Mädchen.«

»Wie war dein Tag?«

»Gut. Keine wilden Tiere. Außer du zählst Bert Greenwood dazu, der ist mittags betrunken aufgetaucht.«

»Nichts Ungewöhnliches also.«

»Eher Wal als Bär«, sagte Elena.

Sie hielt die Hände unter den Wasserhahn und senkte den Kopf, sodass sich ihr Hals streckte und die Knochen im Nacken hervortraten. »Soll ich die Töpfe machen?«, fragte Sam.

Elena schüttelte den Kopf. »Schon gut. Erzähl einfach weiter.«

Sam hatte nichts mehr zu erzählen. Die wenigen Minuten des Tages, in denen sie den seltsamen Schwimmer in der Wasserstraße gesehen hatte, waren die einzig bemerkenswerten gewesen. Alles andere war Routine: respektlose Passagiere, schwacher Kaffee, Stapel von schwankenden Pappbechern und das fortwährende Tuckern der Fähre. Obwohl – »Ben hat gefragt, ob ich mit ihm zelten will.«

Elena sah sie über die Schulter hinweg an. Trotz der dünnen dunklen Ringe unter den Augen schien sie in diesem Augenblick zu strahlen. Sie wirkte erfreut. Als hätte sie einen Witz gehört. »Zelten?«

Es war so peinlich. »Am Donnerstag, auf Orcas.«

»Wo genau? Im Moran Nationalpark?«

»In … weiß ich nicht, ich hab nicht gefragt.«

Elena grinste, nur ganz kurz, ehe sie sich wieder dem Spülen zuwandte. »Das solltest du tun.«

»Igitt, nein!«

»Was ist daran igitt?«

»Ich verbring doch nicht die Nacht mit ihm in einem Zelt und guck in die Sterne.«

»Warum nicht?« Elena stand mit dem Rücken zu ihr, aber sie konnte das Lächeln in ihrer Stimme hören, das unterdrückte Lachen. »Er mag dich. Ist doch süß. Er will sich mit dir in einen Schlafsack kuscheln und ›s'mores‹ machen.«

»Willst du mich veräppeln?«

Elena drehte sich um. Ihr Gesicht war jetzt ernst. »Nein.« Ein Hauch von Violett unterstrich ihre großen Augen. Sam sagte nichts, verzieh Elena aber augenblicklich, ohne Groll, und ihre Schwester wusste es. »Das würde ich nie tun«, sagte Elena und wandte sich wieder ihrem Geschirr zu.

»Ich hab ihm eh abgesagt«, sagte Sam. »Es ist eine blöde Idee. Bestimmt muss einer von uns am Freitag arbeiten.«

»Und wenn schon, könntest du nicht auch von Orcas an Bord gehen?«

Sam hatte keine Ahnung, ob Ben und sie ihre Schichten von einem anderen Hafen aus antreten konnten. Trotzdem sagte sie: »Nein, das geht nicht. Außerdem brauchst du mich hier über Nacht.«

»Ach was.« Elena schrubbte den Boden eines Topfes, eine Schulter vor Anstrengung erhoben. »Du stehst doch sowieso nicht mit ihr auf.«

»Doch, tu ich«, sagte Sam.

Spülwasser schwappte ins Becken. Schweigen. Elena drehte den Wasserhahn wieder auf, spülte den Topf aus und stellte ihn auf die Arbeitsplatte.

Das war Liebe: sie beide am Ende des Tages in der Küche.

Die einzige Verbindung, die ein Leben lang halten würde. Dialoge in Kurzform, Gereiztheit, und trotzdem verstanden sie sich so gut, dass sie die Worte in einem Streit nicht einmal laut aussprechen mussten.

Sam schüttelte hinter ihrer Schwester den Kopf. »Ich kann nicht glauben, dass du zelten auf einmal so gut findest. Was für eine Zeitverschwendung!«

Elena spülte das leere Becken aus. »Ach richtig, deine kostbare Zeit.«

»Ich will nichts von Ben. Kapiert? Beziehungen sind nichts für uns.« Sam wiederholte nur, was Elena selbst einmal unmissverständlich geäußert hatte, als sie mit der Highschool anfingen und das Leben sich mit dem neuen Freund ihrer Mutter zum Schlechten entwickelte. Der Kerl hatte sich aufgespielt wie ein Pascha. Die ganze Familie terrorisiert. Es war die schlimmste Zeit, die sie jemals durchgemacht hatten – egal wie belastend sich die unerbittliche Routine von heute anfühlen mochte, sie war nichts im Vergleich zu den Strafen, die er sich ausgedacht hatte, seinem Geschrei und seinen Händen. Nachdem sie diese Tyrannei überlebt hatten, war ihnen eins bewusst geworden: Sie konnten sich nur aufeinander verlassen.

Elena drehte den Wasserhahn zu. »Ich meine ja nur. Ein bisschen Sterne gucken hört sich doch ganz lustig an.«

Aus dem hinteren Zimmer drang ein Husten. Geräusche hatten es zu leicht, durch das Haus zu wandern. Dünne Wände, nur dürftig isoliert. Elena griff nach einem Küchentuch.

»Ich mach schon«, sagte Sam. Sie stellte den Rest des Chili con Carne in den Kühlschrank und nahm ein sauberes Glas aus dem Wandschrank. Um es an der Spüle aufzufüllen, musste sie sich dicht neben ihre Schwester stellen. Sie legte Elena die Hand auf den Rücken. Die Berührung und das

Glas Wasser waren eine Entschuldigung. Elena hatte recht: Sam übernahm keinen fairen Anteil an den Nachtschichten. Sie konnte sich mehr anstrengen. So wie jetzt, wie sie dastand, was sie tat. Unter ihren Fingerspitzen fühlte sich Elenas Schulterblatt an wie ein flacher Teller. Als das Glas überlief, drehte Elena den Hahn zu.

Die Schwestern waren mit einem Abstand von dreizehn Monaten zur Welt gekommen. Sie waren in der laxen Obhut ihrer Mutter aufgewachsen, in diesem Haus, in dem es nach Schimmel roch und in dem die Schränke nie ganz leer waren, die Nebenkostenrechnungen allerdings nicht immer beglichen wurden. Die Männer, die sie gezeugt hatten, waren verschwunden, lange bevor Sam sich an sie hätte erinnern können. Auch Elena sagte, sie könne sich nicht erinnern. Ihre Mutter erinnerte sich sicherlich, hatte aber beschlossen, darüber nicht zu sprechen. Als sie noch klein waren, hatten die Mädchen sie dazu befragt, aber ihre Mutter war immer ausgewichen. Wenn sie ihnen die Nägel lackierte, hatten sie den ruhigen Augenblick, in dem ihr Kopf andächtig über ihre Hand geneigt war, genutzt: Wer waren ihre Väter? Wie hatte sie sie kennengelernt? Wohin waren sie gegangen? Und sie antwortete, indem sie die Hände der Schwestern in die Luft hielt und sagte: »Was für schöne Farben ihr euch ausgesucht habt.« Eisblau mit weißen Glitzerpartikeln für Elenas Nägel. Leuchtendes Dunkelrot für die von Sam.

Als Kinder malten sich Sam und Elena Väter aus, die es verdient hatten, geheim gehalten zu werden. Helden. Prinzen. Spione, die untergetaucht waren. Doch am Ende wurde ihnen klar (der Einzug des Freundes ihrer Mutter war der Beweis), dass Menschen sich nicht weigerten, über außergewöhnliche Liebesgeschichten zu sprechen, wohl aber über stinknormale Arschlöcher. Als die Schwestern vierzehn und fünfzehn waren, trichterte ihre Mutter ihnen ein, sich nicht über die Situation zu Hause zu beklagen. Er sei gestresst, erklärte sie, deshalb schlage er um sich. Sie müssten alle mehr Verständnis haben. Als Elena ihrer Biologielehrerin erzählte, was zu Hause los war, und sich das Jugendamt einschaltete, reagierte ihre Mutter schockiert und stumm. Sprachlos angesichts Elenas Entscheidung, die familiären Umstände offenzulegen. Die Sozialarbeiter kamen, schrieben Berichte und verschwanden wieder. Elenas Lehrerin tat nichts weiter, als die Mädchen auf dem Schulflur mit gerunzelten Augenbrauen anzustarren. Als der Mann endlich auszog, wollte niemand je wieder seinen Namen in den Mund nehmen. Sam und Elena verstanden damals, dass sie nicht weiter nachhaken sollten, wer ihre Väter waren.

Seitdem hatte ihre Mutter keine ernsthafte Beziehung mehr gehabt. Als die Schwestern klein waren, glaubten sie, dass sie eines Tages heiraten – vielleicht zwei Brüder, sagten sie sich – und ausziehen würden, aber so kam es nicht. Innerhalb weniger Jahre wurde ihre Mutter krank, und die Geschichten, die sie sich ausdachten, nahmen eine andere Wendung: eine Stadt, in der niemand sie kannte. Ein eigener Garten mit zwei Rosenbüschen, weiß und rot, und genügend Zeit, um sich intensiv darum zu kümmern.

Das Träumen half. So war es schon gewesen, als sie noch Kinder waren und Antworten auf Fragen suchten, auf die kein Erwachsener einging. Es half ihnen, Dingen, die im Alltag unbegreiflich blieben, einen Sinn zu verleihen. Als sie Teenager waren und es zu Hause unerträglich wurde, gingen sie in den Wald, wo sie auf der kühlen Erde zwischen Hemlocktannen liegen und sich vorstellen konnten, woanders zu sein. Über ihnen zitterten die Nadeln an den Ästen. Meteore schossen über den Himmel. Der Vollmond war ein Loch in der Dunkelheit, eine offene Tür in eine andere Welt.

Heutzutage hatten sie nicht mehr so viel Zeit, um sich zuzuflüstern, was sein könnte. Sie mussten ihre Tage mit dem verbringen, was war. Sam träumte trotzdem weiter. Selbst während der vergangenen beiden Winter, als die Tage kurz und dunkel waren, sie sich Sorgen machten, wie gefährlich das Virus ihrer Mutter werden konnte, und das Dasein so sehr von den Regeln der Pandemie eingeschränkt wurde. Sie starrte aus dem Fenster auf die durcheinandergewürfelten Sternbilder. Sie stellte sich vor, dass der Mond hinter seiner weiß leuchtenden Oberfläche voller Rosen war. Sie träumte; und um diese Träume, kostbare Schätze, zu nähren, teilte sie sie mit Elena.

»Danke, Schatz«, sagte ihre Mutter, als Sam ihr das Glas Wasser reichte. Unter dem abgetragenen Baumwollnachthemd zeichnete der Katheter unnatürliche Linien auf ihre Brust. »Ist deine Schwester wach?«

»Sie spült ab.«

»Fragst du sie, ob sie herkommt, wenn sie fertig ist?«

»Brauchst du was, Mom?«

»Elena kann mir helfen«, antwortete ihre Mutter.

»Ich auch. Brauchst du mehr Sauerstoff?«

Ihre Mutter zögerte. Das Wasserglas zitterte in ihrer Hand. Schließlich sagte sie: »Ich muss auf die Toilette.«

»Okay.«

»Tut mir leid. Ich brauche nur ein bisschen Hilfe. Heute Abend bin ich zu erschlagen.«

»Kein Problem. Ich helf dir.«

»Aber sei nicht so grob.«

»Bin ich nicht«, sagte Sam. »Versprochen.« Sie spreizte die Finger, ballte sie zur Faust, öffnete sie wieder. Sie konnte die Sanftere von beiden sein.

Sie zog ihrer Mutter die Decke von den Beinen und half

ihr, die Füße auf den Boden zu stellen. Dann legte sie den Arm um ihre Taille und half ihr hoch. Ihre Mutter holte tief Luft. Es klang angestrengt. Sam lockerte ihren Griff, und sie gingen zusammen durch den Flur ins Badezimmer. Sam kniete sich auf die pulvrig gelben Fliesen, half ihrer Mutter mit der Unterwäsche und schob sie auf die Schüssel zu.

»Zu schnell«, sagte ihre Mutter.

»Was?«

»Mach langsamer.«

Sams Muskeln waren angespannt vor nicht genutzter Energie. Sie machte langsamer. Half ihrer Mutter auf den Sitz und setzte sich selbst auf die Fersen.

Nach vorn gebeugt sah ihre Mutter sie an. Die krumme Haltung machte ihren Atem noch flacher. Sie hatte Elenas eingefallene Augen, schwere Augenlider, helles Haar und Sams Mund. Sie hatte sich aufgespalten, ihr Gesicht geteilt, um sie beide zu erschaffen.

»Wie war die Arbeit?«, fragte sie.

»Ach«, sagte Sam. »Wie immer.«

Sie schwiegen. Dann sagte ihre Mutter: »Du findest, ich sollte Windeln tragen.«

Sam sagte: »Nein, finde ich nicht. Warum sagst du das?«

»Wäre es nicht einfacher?«

»Sie sind bestimmt ziemlich teuer. Wäre es einfacher für dich? Willst du welche?«

»Ich schaffe das schon«, sagte ihre Mutter. »Wenn ihr nicht da seid, schaff ich's ja auch. Ich komme zurecht.«

In letzter Zeit war ihre Mutter manchmal nass und roch, wenn sie nach Hause kamen. Elena wechselte täglich die Bettwäsche. Sam sagte: »Na gut.« Ihre Waden bildeten zwei harte Linien auf den Fliesen.

Sam dachte an das Wasser neben der Fähre. Das weiße

Muster der gekräuselten Wellen und den massigen Bären, der sie durchpflügte und an ihnen vorbeischwamm. Die bewaldeten Hügel, die sie bei jeder Rückkehr zur Insel erwarteten. Die schaukelnden Masten unzähliger Segelschiffe, die hier vor Anker lagen. Sie dachte an die Mädchen, mit denen Elena und sie zur Schule gegangen waren. An die wenigen, die geblieben waren; an die vielen, die weg waren. An die leeren Häuser, wenn sie mit ihren Familien Urlaub auf Hawaii oder in Mexiko machten. An ihre Hände, die Sams und Elenas Mutter zu besonderen Anlässen manikürt hatte: polierte Nägel, zurückgeschobene Nagelhaut, Formaldehyd und Dibutylphthalat, eingeatmet über Stunden, Wochen und Jahrzehnte. Diese Mädchen, die jetzt Frauen waren, gelegentlich mit ihren Eltern im Golfclub vorbeischauten und sich nicht die Mühe machten, Elena nach ihrer Mutter zu fragen. Elenas Hände im Spülbecken. Die Seehunde, die im Hafen am Fuß der Docks bellten.

»Klopapier bitte«, sagte ihre Mutter. »Danke.«

Sam hielt sie fest, zog ihr Nachthemd glatt und gab sich erneut Mühe, rücksichtsvoller zu sein. Als sie die Spülung betätigte, rief Elena: »Alles in Ordnung?«

»Ja, ja«, antwortete Sam, »mach dir keine Sorgen.« Dann begleitete sie ihre Mutter zurück zum Bett.

In dieser Nacht wachte Sam von ihrem Stöhnen auf. Elena war bei ihr im Zimmer, sprach aber so leise, dass Sam sie nicht verstehen konnte. Sie wollte nicht aufstehen. Sie wusste, dass sie es tun sollte, aber sie wollte nicht – und als sie schließlich beschloss aufzustehen, sprang der Sauerstoffkonzentrator an, Elenas Stimme verstummte, und alles schien wieder in Ordnung zu sein. Sam lauschte und schlief dabei ein. Sie träumte vom Wald.

Danach wachte sie noch einmal auf – mehr Geräusche.

Die Sonne war noch nicht aufgegangen, aber sie hatte so lange geschlafen, dass die erste Fähre des Tages wahrscheinlich schon ausgelaufen war. Doch das kümmerte sie nicht. Ihre Schicht begann erst am Nachmittag.

Dieses Mal stammten die Geräusche nicht von ihrer Familie. Sie kamen von draußen, da kratzte etwas, schnaufte. Ein Tier.

Sie drehte sich auf die andere Seite. Im Zimmer war es so dunkel, dass sie weder die Kommode noch die Tür sehen konnte. Als wären ihre Augen schon geschlossen. Hätte der Bär die Meerenge zu dieser Tageszeit durchschwommen, hätten sie ihn nicht gesehen – er wäre an ihnen vorbeigezogen, schattenhaft und geschmeidig wie ein Fisch. Sie schloss die Augen, schwarz auf schwarz, und dachte an das Tier. Was für ein Glück, es gesehen zu haben. Manchmal schätzte Sam sich glücklich. Manchmal sah sie wirklich schöne Dinge.

Mit frisch gewaschenem Haar und übergeworfener Jacke verließ Sam um die Mittagszeit das Haus und stieß auf einen gesprenkelten Fäkalienhaufen, feucht vom Nieselregen. Sie runzelte die Stirn. Der Haufen lag auf dem kurzen Gehweg zwischen ihrer Haustür und der Straße. Danny Larsen ging gerade mit seinem großen Hund die Einfahrt zu seinem Haus auf der anderen Straßenseite hinauf, und sie rief ihm nach: »Na danke!«

Danny drehte sich um. Der Hund bellte und tanzte um seine Beine. »Was?«, rief er zurück.

Sam schüttelte den Kopf und drehte die Autoschlüssel um ihren Finger. Es reichte anscheinend nicht, dass ihre Nachbarn sie wie den letzten Dreck behandelten; jetzt setzten sie ihnen auch noch wortwörtlich einen Scheißhaufen vor die Tür. Die Luft stank nach Fleisch, Moschus, Haar. Eine eigentümliche Mischung, die ihr die Kehle zuschnürte. Danny und der Hund kamen auf sie zu.

»Meintest du mich?«, fragte er, als er nah genug war. Der Hund sprang in der Einfahrt hin und her. Das dichte bernsteinfarbene Fell hüpfte bei jeder Bewegung mit.

Sam zeigte auf den Haufen. »Warst du das?«

»Nein.« Und dann besaß er doch tatsächlich die Frechheit, sie anzugrinsen. »Normalerweise benutze ich eine Toilette.«

»Dein Hund«, sagte sie. »War das dein Hund?«

Einen irritierenden Augenblick lang fürchtete sie, er könne genauso antworten wie vorher – mein Hund ist doch kein gesprenkelter Haufen Scheiße, mein Hund ist hier neben mir, siehst du ihn nicht? –, doch er schüttelte nur den Kopf, immer noch grinsend. »Nein.«

Hielt er sie für blöd? »Wer geht denn sonst hier mit seinem Hund Gassi?«, fragte sie. »Nur du.«

»Das war kein Hund«, sagte er. »Eher ein Pferd. Das ist riesig.«

Sie biss sich in die Wangen, um nicht noch mehr zu sagen. Wow, was war er doch für ein Experte! Danny musterte sie mit zusammengekniffenen Augen. Der Regen perlte sanft von seinem Bart ab. In der Highschool war er ziemlich beliebt gewesen, ein guter Sportler. Ein Junge, der so tat, als käme er mit jedem aus, aber mit niemandem wirklich befreundet war. Die ganze Schule hatte nur dreihundert Schüler gehabt, was sie zu einer winzigen, klatschsüchtigen Hölle machte, einem Eimer voller Flusskrebse, die übereinander herfielen und nacheinander schnappten. Sam musste sich auf ihre Schwester und den Abschluss fokussieren, um durchzukommen. Aber am Rand ihres Gesichtsfelds tauchte immer wieder Danny Larsen auf, der sich in seinen Fußball-, Wrestling- oder Baseballklamotten mit den Lehrern unterhielt oder mit seinen Klassenkameraden herumalberte.

Damals hatte sie das wütend gemacht. Er und seine Kumpel – die ganze Clique. Eingebildete Kids, die meinten, nichts könne ihnen etwas anhaben. Danny ging aufs College und kehrte ein paar Jahre später zurück, um in der Landschaftsgärtnerei seines Vaters zu arbeiten. Dann ging sein Vater in den Ruhestand, und Danny übernahm. Mittlerweile war er ein echter Geschäftsmann geworden. Er hatte einen Laster mit dem Schriftzug der Larsens, gebrandete T-Shirts und Werbeplakate, auf denen er seine Dienste anbot. Er hatte sich kein bisschen verändert, war noch immer muskulös, freundlich und scheinheilig.

Sam war lieber ehrlich und einsam als scheinheilig und

von Bewunderern umgeben. Es war tausendmal besser. Elena fand das auch. Sam konnte es bis heute nicht fassen, dass Danny einmal versucht hatte, mit Elena anzubändeln. Sie konnte sich kaum vorstellen, dass die beiden sich auch bloß unterhielten.

»Habt ihr Wühlmäuse?«, fragte er. Als sie nicht gleich antwortete, weil sie die Frage nicht verstand, zeigte er auf das Haus. Sie drehte sich um. Es erklärte immer noch nichts: klein, schäbig, cremeweiß, wie immer. Büschelweise Unkraut am Fundament.

»Was?«, sagte sie.

»Da hat sich jemand ausgetobt.«

Sie kniff die Augen zusammen, und dann sah sie es. Die Verkleidung neben der Eingangstür war beschädigt. Ein Vinylpaneel war auf Kniehöhe abgesplittert, das Holz darunter beschädigt.

»Verdammt«, sagte sie. »Wann ist das passiert?« Die Frage war mehr an sie selbst gerichtet, doch Danny reagierte mit einem Achselzucken.

»Habt ihr irgendwelche Tunnel im Rasen entdeckt?«, fragte er. »Wühlmäuse graben sich überall durch. Sie nagen sich sogar durch Bäume. Wir könnten helfen, wenn ihr wollt. Sie sind klein, aber eine echte Plage.«

Der Hund hechelte. Allein das Geräusch überforderte Sam. Hunde und Nagetiere – Danny zufolge sogar Pferde – waren dabei, über ihr Grundstück herzufallen und es in einen Zoo zu verwandeln, um die Hoffnung, die Sam und Elena noch blieb, zu zerstören. »Super«, sagte sie. »Tolle Neuigkeiten. Was bin ich froh, dass du vorbeigekommen bist.«

Dannys Mundwinkel verzogen sich. Trotzdem antwortete er mit unverändert freundlicher Stimme: »Du hast mich gerufen.«

»Stimmt«, sagte sie. »Hab ich. Tja. Danke, dass du mich dran erinnerst.«

Sie musste zum Fährhafen. Ihre Schicht begann um drei. Vor Sam lag der feuchte, spiralförmige Haufen.

»Wie geht's deiner Mom?«, fragte Danny. »Und deiner Schwester?«

»Gut. Beiden.«

»Ich glaube, ich habe eure Mom schon seit Wochen nicht mehr gesehen. Ist alles in Ordnung?«

»Ja«, sagte Sam. »Alles gut … sie ist nur nicht besonders mobil zurzeit. Ihr wird schnell schwindelig, wenn sie zu lange steht.«

»Das tut mir leid. Sucht ihr nicht nach einem anderen Arzt? Ihr seid doch bei Doktor Boyce, oder?«

»Oh«, sagte Sam. »Ich glaube ja … Keine Ahnung. Das ist eher Elenas Idee. Mom schwört ja auf Boyce.«

»Ich habe Elena die Nummer der Klinik gegeben, in die meine Eltern gehen, für alle Fälle. Die Fachärzte sind alle drüben in Mount Vernon. Meine Eltern sind sehr zufrieden mit ihnen.«

Mount Vernon, eine lange Fährfahrt entfernt. Zwei Stunden alles in allem, wenn man die Autofahrt mitzählte – sie müssten sich einen ganzen Tag freinehmen, nur um ihre Mutter zu einem einzigen Termin zu bringen, wo sie eine Ewigkeit im Wartezimmer sitzen würden, um dann exakt dieselbe Diagnose zu bekommen, die sie bereits kannten: Sarkoidose, pulmonale Hypertonie, interstitielle Lungenkrankheit. Dieselben Vorschläge, an klinischen Studien teilzunehmen, zu denen sie keinen Zugang hatten. Dieselben Angebote für Behandlungen, die sie sich kaum leisten konnten und die ohnehin nichts änderten. Diuretika, Digoxin, Sauerstoff. Alles, um sie von dem abzulenken, was ihre Mutter schon vor langer Zeit als unausweichlich bezeichnet hatte: dass sie daran sterben würde.

»Danke«, sagte Sam.

Der Hund drängte sich an Dannys Hosenbein vorbei, um die faulige Luft zwischen ihnen zu beschnüffeln. Danny streichelte sein weiches Fell und hielt ihn fest. »Wenn ihr was braucht …«

»Alles gut.«

»Trotzdem«, sagte er. »Ich hab's deiner Schwester auch schon gesagt. Wir wohnen doch nur ein paar Schritte von euch entfernt.«

Sam konnte sich perfekt ausmalen, wie er an einem von Elenas Tischen Chili con Carne bestellte und ihr seine Hilfe anbot. Er war so nervig. Und er brachte Sam dazu, es ihm gleichzutun – das war eine seiner schlimmsten Eigenschaften. Seine Nettigkeit vermittelte ihr das Gefühl, dass sie ebenfalls freundlich sein sollte. »Ich muss zur Arbeit«, sagte sie. »War schön, dich zu sehen, Danny.«

Er zeigte auf den Boden. »Soll ich das wegmachen? Ich habe Plastikbeutel dabei.«

Nein, hätte sie am liebsten gesagt, verschwinde von diesem Grundstück, lass meine Schwester in Ruhe und halt dich aus den Problemen meiner Familie raus. Aber die Vorstellung, dass der allseits beliebte Danny Larsen den Dreck von ihrem Gehweg aufkratzte, war zu verlockend, deshalb sagte sie: »Das wäre toll, danke.«

Hinter ihnen das Haus mit der abgerissenen Verkleidung, ein Teil seiner Innereien freigelegt.

Am Nachmittag wurde der Regen stärker. Von der Fähre aus beobachtete Sam, wie die Tropfen an den Scheiben herunterliefen und die Wellen am Horizont schwappten. Das Schiff schlingerte. Sie hielt sich am Tresen fest. Als sie an der

Teestation einem Gast helfen musste, spritzte kochendes Wasser auf ihr Handgelenk; der Gast entschuldigte sich, und sie entschuldigte sich auch, wütend über sich selbst und alle um sie herum. Anschließend nahm sie eine Flasche Apfelsaft aus dem Kühlschrank und presste sie auf die verbrühte Haut.

Als sie nach Hause kam, war die Sonne untergegangen. Der Wald hob sich vor dem Himmel ab. Das Licht über der Haustür brannte, und sie sah, dass der Haufen verschwunden war. Der Regen hatte die Stelle ausgewaschen, den Gestank aber nicht ganz beseitigt.

Sie steckte den Schlüssel ins Schloss, extra langsam, damit der Ärmel der Jacke nicht die empfindliche, gerötete Stelle an ihrem Handgelenk streifte. Neben den Stufen, wo ein Teil der Verkleidung fehlte, hatte die feuchte Luft das rohe Holz dunkler gefärbt. Parallele Splitterreihen verliefen darüber.

Sie schloss die Tür auf. Aus dem Innern des Hauses drangen Elenas Stimme und das Dröhnen des Fernsehers im Zimmer ihrer Mutter. Der Gestank hing in der Luft, es roch nach Magensäure und zerfetzten Körpern, nach nassem Fell und Mundgeruch. Sauer und faulig. Kupfer und Erde. »Hast aber lange gebraucht«, rief Elena aus dem Wohnzimmer, und Sam trat ins Haus.

Am nächsten Tag wachten sie auf, und ein Bär stand vor der Tür.

Als die Schwestern noch jung, sehr jung, waren, liebten sie das Leben auf San Juan. Im Sommer liefen sie rüber nach Lime Kiln und verbrachten ganze Tage damit, auf den schroffen Felsen zu hocken und Ausschau nach Walen zu halten. Sie zu entdecken war so ähnlich, wie eine Sternschnuppe zu erwischen. Man durfte sich nicht auf eine bestimmte Stelle konzentrieren, sondern musste den Blick weit schweifen lassen. Elena war besonders gut darin. Sie stieß Sams Ellbogen an und sagte: »Buckelwal.« Die mit Ferngläsern ausgerüsteten Touristen neben ihnen hielten die Luft an und beugten sich vor, um an Elenas Gabe teilzuhaben. Sie deutete auf die Schulen von Delfinen, Buckelwalen, Grauwalen, Fischottern und Tümmlern, die in der Brandung ihre Kapriolen schlugen. Prächtige Killerwale mit Rückenflossen so scharf wie Klingen.

Die Mädchen wanderten über die Felsklippen, und unter ihnen schwammen Fischotter. Sie gingen Richtung Norden zum English Camp, wo einst ein Langhaus der Küsten-Salish gestanden hatte, und spielten So-tun-als-ob zwischen den dichten feuchten Farnen. Die Ranger winkten ihnen zu. Elena fragte, woher sie kämen, was sie hier machten, ob es ihnen gefiel, und sie nannten die Namen ihrer Heimatorte, listeten ihre Aufgaben auf und sagten, ja, sie fänden es hier unglaublich schön. Sam und Elena jagten sich gegenseitig über die Wanderwege. Johlend und kreischend. Ihre Welt schien verzaubert zu sein, ein Paradies.

Sie rissen ganze Grasbüschel unter Zäunen aus und fütterten die Nutztiere, die dahinter gefangen waren: Kühe mit großen feuchten Augen und langen Wimpern; Schafe mit flachen, verstörten, fast menschlichen Gesichtern; langhalsige Alpakas, die auf dünnen Beinen zu ihnen staksten. Sie beobachteten das summende Durcheinander um die benachbarten Bienenstöcke und stellten sich vor, wie sie aus Spaß einen der Kästen aufbrechen und die Waben klauen würden. Über ihnen klammerten sich Weißkopfseeadler an die Baumäste. Die Hähne krähten, und die Schwestern krähten zurück.

Wilde Brombeeren und Lachsbeeren wuchsen in den Büschen, färbten ihre Finger und Münder rot. An der südlichsten Spitze der Insel, in American Camp, liefen sie durch Gräser, die so hoch waren wie sie selbst, sodass die Stängel weicher weißer Blumen ihre Wangen und Ohren streiften. Seltene kleine, marmorierte Schmetterlinge flatterten an ihnen vorbei. Auf den Pfaden vor ihnen tauchten Füchse auf, starrten sie frech an und verschwanden wieder im Unterholz.

Selbst die Schule kam Sam damals vor wie ein Abenteuer – zumindest war sie noch kein Ort sozialer Folter. Sam mochte ihre Lehrer ungefähr bis zum dritten Schuljahr. Gegen ihre Klassenkameraden hatte sie nichts. Die Aktivitäten machten Spaß. Sie aßen Pfannkuchen zum Frühstück; stöberten auf Bücherflohmärkten herum und verbrachten einmal sogar drei Tage an Bord eines riesigen Segelschiffes, um etwas über das maritime Ökosystem der Salish-See zu lernen. In diesem Kontext spielte es keine Rolle, dass Sam keine Freundinnen hatte. Die Schule gab das Tagesprogramm vor, bot ihnen abwechslungsreiche Unterhaltung, und die Schüler zerbrachen sich nicht den Kopf darüber, wer dazugehörte und wer nicht. Sam tat es jedenfalls nicht. Sie träufelte Sirup auf die Pfannkuchen, blätterte durch die Bücher, staunte über die Stellerschen Seelöwen und gab sich der Vorstellung hin, schon jetzt alles zu haben, was sie sich jemals wünschen oder brauchen könnte.

Die Spielplätze der Mädchen waren die Treibholzstapel am Strand. Rehe beäugten sie von den Hügeln aus. Die Schwestern versteckten sich hinter ausgebleichten Baumstämmen und riefen einander zu. Sie stapelten Äste übereinander und bauten sich Höhlen, in die sie hineinkrochen. Ließen nach Salz riechenden Seetang von den Fingerspitzen baumeln.

Wussten sie damals, wie wenig ihre Familie besaß und wie prekär dieses Wenige war? Sie hatten keine Ahnung. Jeden Abend kam ihre Mutter müde vom Nagelstudio nach Hause. Sie stank nach Lösungsmitteln. Manchmal hustete sie. Doch die Mädchen ahnten noch nicht – keine von ihnen ahnte es –, dass die Chemikalien, die sie einatmete, Granulome in ihrer Lunge bildeten, sodass ihre Lymphknoten anschwollen und die Arterien sich verengten. Ihre Mutter machte Rühreier oder gebutterte Nudeln zum Abendessen. Sie setzte ihnen Gemüse vor. Erbsen, Rote Bete, Mais, alles aus der Dose. Sie erzählten ihr, was sie tagsüber auf der Insel gesehen hatten, und sie machte sie mit ihrer Bewunderung stolz wie kleine Prinzessinnen.

Manchmal fiel im Winter der Strom aus. Elena massierte ihrer Mutter vor dem Fernseher den Rücken. Die Schwestern kauerten auf dem Waldboden ihres Grundstücks, studierten die Pilze und erzählten sich Geschichten. Sie waren Heldinnen. Sie konnten zaubern. Sie waren die Hauptfiguren aus einem Märchen und würden zusammen mit ihrer Mutter ihr Leben in dieser Glückseligkeit verbringen, bis ans Ende ihrer Tage.

Das hier aber war kein Märchen. Mit dem Ungeheuer vor der Tür konfrontiert, verloren sie den Mut. Sam schreckte von einer laut zugeschlagenen Tür und dem Schrei ihrer Schwester aus dem Schlaf und war sich im gleichen Moment der grauenhaften Wahrheit bewusst: Elena hatte ihre Mutter tot aufgefunden. Seit Jahren bereitete sie sich auf diesen Augenblick vor, und trotzdem warf er sie um. Sie bekam keine Luft, konnte keinen Gedanken fassen. Sie schoss aus dem Bett, landete mit beiden Füßen auf dem Boden und rannte los.

Elena stand im Flur und zitterte. Auch Sam zitterte vor Angst und Adrenalin, wenn sie daran dachte, was nun auf sie zukommen würde. Ihre Mutter. Ihr Anker. »Wo ist sie?«, sagte Sam.

»Da ist ein Bär.«

Durch die Tür ihres Zimmers rief ihre Mutter: »Elena?«

Sam war verwirrt. »Sie –«

»Ein gottverdammter Bär«, sagte Elena. »O mein Gott!« Sie vergrub das Gesicht in den Händen, hielt sich die Augen zu und fuhr sich mit den zitternden Fingern durch den Ansatz der blonden Haarsträhnen. »Direkt da draußen.«

Die Zimmertür öffnete sich. Ihre Mutter wiederholte ihre Namen. »Da ist ein was?«, fragte Sam.

»Ein *Bär.*« Elena senkte die Arme. »Was sollen wir machen?«

»Was sollen wir –« Sam begriff nicht. Ihr Verstand war noch nicht ganz wach, die ganze Situation erschien ihr lückenhaft, unbegreiflich. Am liebsten hätte sie sich auf den Boden gesetzt und sich das alles erklären lassen. Aber Elena war hysterisch. Sam drehte sich zu ihrer Mutter um: »Alles okay.«

»Was ist passiert?«, wollte ihre Mutter wissen. »Ist sie verletzt?« Sie presste die Fäuste an die Brust. Der Ausschnitt ihres Nachthemds war so tief, dass man das obere Ende des Katheters sah. Das blasse, knochige Brustbein.

»Niemand ist verletzt. Oder?« Sam musterte Elena, die

noch immer zitterte. Dann wandte sie sich wieder ihrer Mutter zu. »Alles gut. Elena hat sich nur erschreckt.«

Ihre Mutter begriff ebenfalls nicht. »Warum denn?«

»Sie hat Angst gekriegt. Vor irgendwas da draußen.«

»Da draußen ist ein *Bär*«, sagte Elena.

»Ein was?«, rief ihre Mutter. »Nein!«

»Wir kümmern uns drum«, sagte Sam zu ihrer Mutter, aber auch zu Elena und sich selbst, denn sie brauchte Gewissheit, sie bekam das schreckliche Bild ihrer toten Mutter, die sie für immer verlassen hatte, nicht aus dem Kopf. Sie trat zu ihr und ergriff ihren dünnen Arm. Er war kühl, aber nicht kalt – noch nicht. »Mach dir keine Sorgen. Wir rufen die Polizei.«

»Den Tierschutz«, sagte ihre Mutter.

»Den Tierschutz«, nickte Sam. Sie drückte den Arm ihrer Mutter, und ihre Mutter erwiderte die Geste, indem sie Sams Hand kurz an sich zog, um ihr zu zeigen, dass sie noch da war. »Leg dich wieder hin«, sagte Sam.

Kaum war ihre Mutter wieder im Zimmer, fragte Sam hastig: »Wovon redest du? Ein Bär?«

Zusammen gingen sie auf das Wohnzimmerfenster zu. Elena hielt sich jetzt an Sam fest. Sam spürte, wie ihre Schwester zitterte, wie sich ihre Sehnen strafften und sie immer wieder vergeblich versuchte, sie zu lockern. »Sei vorsichtig«, flüsterte Elena. Aber Sams Angst war verflogen, nachdem sie ihre Mutter gesehen hatte. Nicht, dass sie ihrer älteren Schwester nicht glaubte, eindeutige Warnhinweise ignorierte oder keine Angst vor Raubtieren hatte – sie konnte sich nur nicht vorstellen, dass so ein Tier tatsächlich vor ihrer Tür war. Hier? Es ergab keinen Sinn. Hatte die Geschichte von der Fähre Elena so durcheinandergebracht? Sie, die ihr ganzes Erwachsenenleben immer die Vernünftige gewesen war? Aber da waren ihre ängstlichen Bewegungen, das Straffen und Lockerlassen an Sams Seite.

Dann blickte Sam aus dem Fenster, und da war ein Bär.

Er hockte vor der Haustür, direkt vor dem Gehweg, und hatte den Blick abgewandt. Sein Rumpf war riesig, das Fell dicht, goldblond, braun und schwarz. Stellenweise verfilzt. Voll und dicht. Weiter vorn der Buckel zwischen den Schultern, die weichen Halbkreise seiner kleinen, runden Ohren. Ein massiver Schädel. Jetzt drehte er sich um, und die Schwestern schreckten vom Fenster zurück. Aber er war friedlich. Er wandte sein Profil der Straße zu, schnüffelte in der Luft und gähnte ausgiebig, riss das Maul weit auf und offenbarte gelbe Fangzähne, acht Zentimeter lang, nach innen gekräuselte schwarze Lippen und eine heraushängende Zunge. Dann schloss er das Maul und drehte sich wieder von ihnen weg.

»Ist das ein Traum?«, flüsterte Elena. Ihr warmer Atem streifte Sams Wange.

Sam starrte nach draußen. Die schmierige Scheibe, der spröde Rahmen – nur ein hauchdünner Schutz trennte sie von der Gefahr. Gleich dahinter, keine drei Meter entfernt, befand sich der massige Körper des Tieres. So groß wie drei Männer. Wilder, kräftiger und weitaus tödlicher. Der Stummelschwanz, der Rücken, die Schenkel. Es zuckte, und seine Muskeln zitterten. Ein dunkler Streifen Fell zog sich über sein Rückgrat.

Elena klammerte sich an sie. Sam sagte, sie müssten jemanden anrufen. Um Hilfe bitten.

Der Mann vom Notruf sagte, sie sollten sich erst einmal beruhigen und tief durchatmen. Sie beschrieben das Tier. Beim Sprechen umklammerten sie Sams Handy und pressten sich an den Kühlschrank. Der Bär konnte mit einem

Hieb eins der Fenster zerschlagen, in die Küche torkeln und ihrem Leben ein Ende setzen, und trotzdem schmiegten sie sich aneinander, als könnte der summende Kühlschrank ihnen Schutz gewähren. Im hinteren Teil des Hauses stieß ihre Mutter einen Seufzer aus, und Elena warf Sam einen Blick zu. Verzog das Gesicht. Der Mann am Telefon sagte, er würde jemand vorbeischicken.

Sie beendeten das Gespräch und lauschten. Sam hörte nur die Geräusche von Elenas Körper: wie sich ihr Mund öffnete, ihre Kehle arbeitete. Von draußen kam nichts. Eine endlose Minute verstrich, dann sagte Elena: »Ich seh mal nach Mom.«

Als sie weg war, fiel Sam plötzlich auf, dass sie noch ihre Schlafklamotten anhatte – T-Shirt und Unterwäsche. Elena, die an den Tagen, an denen Sam Spätschicht hatte, früher aufstand, war schon angezogen, Sam dagegen barfuß, halbnackt, mit Gänsehaut. Sie musste eine Hose anziehen, hatte aber Angst, ihren Posten im vorderen Teil des Hauses zu verlassen. Schritt für Schritt stahl sie sich vorsichtig wieder ins Wohnzimmer und spähte vorsichtig durch eine Fensterritze. Der Bär war noch da. Fett und entspannt hockte er vor der Tür. Sie wich zurück und lief hastig in ihr Zimmer.

Während sie Leggings anzog, hörte sie ihre Schwester flüstern: »Sam?« Sie hüpfte zu ihrer Zimmertür. Elena kam durch den Flur. Als sie Sam sah, ließ sie erleichtert die Schultern fallen. »Mein Gott, ich dachte schon, du wärst da rausgegangen.«

»Da *raus*?«

»Was weiß ich!«

Sam zupfte den Bund zurecht und stellte sich neben Elena. »Ist alles okay bei ihr?«

»Ja.« Sie flüsterten noch immer. Konnten Bären gut hören? So wie Eulen? Sam hatte keine Ahnung. Elena fragte: »Was will er hier?«

Sam hatte nicht den Ansatz einer Idee. Sie wollte lieber wieder ins Wohnzimmer zurück und nachsehen. »Ist er noch da?«

»Zumindest haben wir ihn nicht weggehen hören.«

Sam schlich durch den Flur. Elena folgte ihr. Gemeinsam gingen sie wieder nach vorn. Gemeinsam war es leichter, mutig zu sein. Sam wusste, dass Elena Angst hatte, aber diese Angst umgab sie beide wie ein Schutzschild und machte es leichter, den nächsten Schritt zu tun, sich zu bewegen. Sam erreichte das Fenster, und ja, da war er, das braune Fell leuchtete hell in der Sonne. Die Schwestern hatten Wale gesehen, unzählige Male, und Rinder, doch Sam konnte einfach nicht fassen, wie riesig dieses Tier war – seine Nähe brachte ihren Sinn für Maßstäbe durcheinander. Allein der Kopf … der massige Nacken. Sie hob ihr Handy und versuchte, ein Foto zu schießen, bekam das Tier aber nicht richtig ins Bild.

»Sei vorsichtig«, mahnte Elena.

»Bin ich doch«, flüsterte Sam zurück.

Auf dem Display sah er aus wie ein schlecht zusammengerollter Flokati. Sam brauchte die Fotos als Beweismittel. Es war einfach zu eigenartig. Aber die Fotos wurden nichts. Die Kamera des Handys fokussierte ständig auf das verschmierte Glas, sodass der Bär dahinter kaum zu erkennen war. Sam rückte näher an die Fensterscheibe.

Da bewegte sich der Bär. Er stellte sich auf alle viere, verlagerte das Gewicht und schüttelte sich. Eine sonnendurchflutete Staubwolke wirbelte hoch.

Elena zerrte sie zurück. »Um Gottes willen!«, zischte sie. Sams Herz pochte jetzt wieder schneller, hämmerte gegen den Brustkorb. Sie zogen sich gegenseitig in die Küche und warteten dort auf Rettung.

Es dauerte fast eine halbe Stunde, bis jemand kam. So lange, dass sich ihr Puls wieder beruhigte, es ihnen vor dem Kühlschrank langweilig wurde und Sam wieder einfiel, wie sinnlos es war, die Behörden um Hilfe zu rufen. Wie oft im Leben hatte man sie schon im Stich gelassen?

Sie nahm das Handy und öffnete eine Meinungsumfrage. »Schick mir die Fotos«, sagte Elena. Dann schrieb Elena ihrer Chefin, dass sie sich verspäten würde, und ihrer Kollegin, dass sie früher kommen und sie vertreten müsse. Elenas Handy summte. Sie zeigte Sam das Display: *Soll das ein Witz sein?*, hatte ihre Kollegin geantwortet und drei pausbäckige braune Bär-Emojis angehängt. Sam ging auf, wie erbärmlich diese Comic-Karikaturen waren. Wie das plattgesichtige blonde Prinzessinnen-Emoji für Elena stehen sollte – Haarschopf, dünnes Lächeln, goldene Krone –, sollten diese formlosen, identischen Teddys die Kreatur da draußen symbolisieren. Das Ding vor ihrer Tür war viel komplizierter und unberechenbarer, als die Figuren auch nur andeuteten. Es besaß Fähigkeiten, die sie sich gar nicht vorstellen konnten.

Elena schrieb weitere Nachrichten. Sam tippte sich durch zwei Umfragen und begann eine dritte.

Endlich klopfte es an der Tür. Elena fuhr zusammen, lachte laut, zu laut, und hielt sich die Hand vor den Mund. Auch Sam musste lachen. Es klang schrill. Grell. »Ich dachte schon, es ist der Bär«, sagte Elena.

»Ich weiß. Ich auch.«

Obwohl es eher unwahrscheinlich war, dass der Bär sich auf seine Hinterbeine stellte, das Fell abklopfte, mit der riesigen Pranke das Haar aus der Stirn strich und drei Mal laut an ihre Tür pochte, schlichen Sam und Elena sich ängstlich nach vorne. Sie drehten Schlüssel und Türknauf um. Als die Tür aufging, drückte Sam instinktiv dagegen, um ihre Familie zu schützen, bevor sie erkannte, dass draußen auf den Stufen zwei Personen standen. Eine menschliche Hand streckte sich ihnen entgegen.

»Büro des Sheriffs«, sagte einer der zwei uniformierten Beamten. »Sie haben wegen Belästigung durch Wildtiere angerufen?«

Die Schwestern erläuterten ihnen die Lage. Sam machte den Anfang, dann übernahm Elena und schilderte die Einzelheiten des Morgens. Sam holte das Handy mit den Fotos hervor, um ihnen Form und Größe zu zeigen. Die Fülle des goldbraunen Fells. Den massigen Körper. Die Luft zwischen ihnen stank immer noch nach Moschus.

Einer der stellvertretenden Sheriffs machte sich Notizen. Der andere verließ den Gehweg, um sich das Gelände, den Dreck und das zertrampelte Unkraut anzusehen.

»Und Sie sind sicher, dass es kein Reh war«, sagte der mit dem Notizblock. »Vielleicht eine Ricke mit ihrem Kitz. Eng beieinander, sodass man es für ein großes Tier halten konnte.«

»Nein, das war … auf keinen Fall«, sagte Elena.

»Wir konnten ihn deutlich sehen. Er war genau hier«, setzte Sam hinzu.

Der Beamte schrieb immer weiter. Der andere sagte: »Ricken mit Kitzen können sehr aggressiv sein.«

»Es war kein Reh«, sagte Elena.

Der erste nahm ihre Namen und Telefonnummern auf. Bestätigte die Anschrift. Fragte, wie lange sie hier wohnten und ob ihnen so etwas schon einmal passiert sei.

Schließlich drückte er auf das obere Ende des Kugelschreibers und steckte ihn in die Spirale seines Notizblocks. »Wir machen Folgendes«, sagte er. »Wir melden es der Washingtoner Jagd- und Fischereibehörde, und dann setzt sich möglicherweise jemand von dort mit Ihnen in Verbindung. Aber die Sache ist keineswegs ungewöhnlich. Vor ein paar Jahren ist mal einer von Whidbey bis hierher geschwommen. Könnt ihr zwei euch nicht daran erinnern?«

Sam und Elena schüttelten den Kopf.

»Auf ihrem Weg nach Kanada hüpfen sie von einer Insel zur nächsten.«

»Da drüben haben sie eine der größten Schwarzbärpopulationen der Welt«, sagte der andere Beamte.

»Ach, wirklich?«, entgegnete Elena leise und höflich.

»Glauben Sie mir«, sagte der Beamte mit dem Notizblock. »Vancouver Island. Deshalb ist es unserer Erfahrung nach besser, sie in Ruhe weiterziehen zu lassen, Hauptsache, sie stören niemanden, machen sich nicht über Mülltonnen her oder jagen Haustiere. Und der hier ist ohnehin auf dem Weg nach Westen.«

»Sie können uns ja anrufen, wenn er wieder auftaucht«, sagte sein Kollege.

»Ja, halten Sie uns auf dem Laufenden«, nickte der andere. »Damit wir seine Bewegungen verfolgen können. Aber kommen Sie ihm nicht nah, schießen Sie nicht auf ihn …«

»Schießen«, wiederholte Sam.

»Zum Beispiel«, sagte der andere Beamte. »Ich sage nicht, dass Sie beide so was tun würden, aber manche Leute kommen auf die verrücktesten Ideen.«

»Wir haben uns nur versteckt«, erklärte Elena.

»Sehr gut«, sagte der Beamte. Er reichte ihnen eine Visitenkarte und sagte, sie könnten im Staatsarchiv eine Kopie des Einsatzberichtes anfordern, wenn sie wollten. Er erinnerte sie noch einmal daran, dass sich vielleicht jemand von der Jagd- und Fischereibehörde melden würde, und versicherte, dass sie sich keine Sorgen machen müssten.

Hinter den Beamten und ihrem grün gestreiften einfachen Einsatzwagen erstreckte sich der dichte schattige Wald. Die Blätter der Eichen streiften in der morgendlichen Brise gegeneinander. Vögel sangen. Der Bär war irgendwo da draußen. Träge bewegte er sich durch die Bäume, seine Tatzen hinterließen Spuren in der Erde. Er hatte sie besucht und war jetzt unterwegs zu seinem nächsten Ziel, wo immer das sein mochte.

Es musste derselbe Bär gewesen sein, den Sam von der Fähre aus gesehen hatte, auch wenn die Beamten sich so angehört hatten, als wäre es für diese Tiere Routine, die Meerenge zu überqueren. Aber das konnte wirklich nicht sein, sie arbeitete schon seit Jahren auf der Fähre und hatte so etwas noch nie erlebt. Es sei denn, die Gewässer hätten sich während der erzwungenen Pandemie-Pause irgendwie verändert … Sie hatte ihr ganzes Leben auf der Insel verbracht, und Bären hatte es hier nie gegeben. Möglicherweise hatte sie ein, zwei Mal Geschichten gehört – sie konnte sich kaum daran erinnern –, doch einen solchen Fall hatte noch nie jemand erwähnt.

Die Männer verschwanden. Sam und Elena schlossen die Tür, sahen sich an und prusteten los. Laut, ausgiebig. Als wären sie wieder Kinder und spielten zusammen. Wie seltsam – wie magisch. Wie großartig.

»Mädchen?«, rief ihre Mutter.

»Das war der Sheriff«, rief Sam zurück. »Es ist alles in Ordnung. Der Bär ist weg.«

»Kommt und erzählt mir.«

Elena sah immer noch Sam an. Ihr Gesicht strahlte, sie kicherte und versuchte, den Mund zusammenzupressen. In den Augenwinkeln waren Fältchen zu sehen.

»Ich muss zur Arbeit«, sagte sie.

»Ich fahre dich«, bot Sam an. »Ich geb nur eben Mom Bescheid.«

»Okay.« Doch Elena ließ sie noch nicht gehen, sondern blieb lächelnd stehen. »Das war verrückt.«

»Irre.«

»Ich hatte so was von Angst.«

»Du hast die Tür aufgemacht, und er war da?«

»Ja, direkt vor mir«, sagte Elena. Jetzt lachte sie erneut, ehrfürchtig, fasziniert. »Mein Gott! Was soll ich auf der Arbeit erzählen?«

»Die wollen bestimmt alles wissen. Haben sie sich nochmal gemeldet? Wahrscheinlich glauben sie, der Bär hätte dich mittlerweile gefressen.«

Elena schüttelte den Kopf. »Ich kann nicht glauben, dass das wirklich passiert ist.«

»Ich weiß. Das glaubt uns keiner«, sagte Sam. »Egal.« Elena grinste sie an, und Sam ging los, um ihre Schuhe und die Autoschlüssel zu holen.

Niemand würde es verstehen, aber selbst nachdem Sam und Elena die eigenartige Begegnung auf der Fahrt zum Golfclub immer wieder durchgegangen waren, konnte Sam sie nicht für sich behalten – das Ganze war viel zu aufregend, um es nicht zu erzählen. Es brachte Licht in ihre alltägliche Routine. Sie hatte Angst gehabt, keine Frage, aber jetzt, nachdem der Bär verschwunden war, hatte sich das Adrenalin in pure Euphorie verwandelt.

Als sie wieder zu Hause war, ging Sam als Erstes ins Zimmer ihrer Mutter, füllte das Glas mit Wasser, schüttelte das Kopfkissen auf und erzählte ihr alles bis ins kleinste Detail. Der Bär, die Warterei, die Polizei, der Plan. »Sobald er wieder auftaucht, sollen wir ihnen Bescheid geben«, sagte Sam, und ihre Mutter antwortete mit ernster Miene: »Machen wir.« Sam fragte sich, wie oft am Tag ihre Mutter wohl noch aus dem Fenster sah. Kurz nach der Diagnose hatte sie die Erschöpfung und die Atemnot noch einigermaßen im Griff gehabt, aber mit der Zeit verbrachte sie immer mehr Stunden im Bett, während sie sich darauf konzentrierte, Sauerstoff einzuatmen und sich auszurechnen, wie viel Zeit ihr noch blieb. Trotzdem tat Sam zumindest für den Augenblick so, als wäre ihre Mutter ein aktives Mitglied der Gemeinde und nähme noch Anteil an der Welt da draußen vor der Tür. »Wir müssen vorsichtig sein«, erklärte Sam, »bis bestätigt wird, dass er die Insel verlassen hat. Die Polizeibeamten sagten, er würde uns nichts tun, aber wer weiß.«

Am Nachmittag auf der Fähre erzählte sie einem Deckarbeiter davon, der ins Bistro gekommen war, um sich eine Cola zu holen. Er zog die Augenbrauen hoch, doch der Mund in seinem drahtigen grauen Bart blieb stumm. Als er weg war, vertrieb Sam sich die Zeit damit, das Geld in der Kasse so zu sortieren, dass alle Scheine in dieselbe Richtung zeigten. Präsidenten mit Blick nach Steuerbord. Der Deckarbeiter hatte es nicht verstanden, die Beamten heute Morgen auch nicht. Sie wusste nicht, warum sie sich überhaupt die Mühe gemacht hatte, jemandem davon zu erzählen. Das Ganze war zu irrwitzig, um es mit anderen zu teilen.

Dann kehrte der Deckarbeiter mit einem Kollegen zurück. Sie wollten die Geschichte noch einmal hören. Sam blühte auf, rückte alle Einzelheiten raus und spendierte beiden obendrein einen Kaffee.

Ein paar Stunden später tauchte Ben im Bistro auf. In der gelben Warnweste hob er sich von der Menge ab, die zum Abendessen erschienen war. Das Funkgerät baumelte vor seiner Brust. Als sich ihre Blicke trafen, zwinkerte er ihr zu. Sam konzentrierte sich wieder auf die Kasse und schüttelte den Kopf. Ein Passagier fragte, wie die Würstchen seien. Sie zuckte die Achseln. Der Passagier schlurfte los, um eins vom Ständer zu nehmen. Mit gesenktem Kopf tippte sie das Eis für zwei Teenager und eine Tüte Erdnüsse für einen alten Mann in die Kasse ein. Das leuchtende Gelb bewegte sich nicht aus ihrem peripheren Gesichtsfeld. Die Schlange löste sich auf, sie hob den Kopf, und da war Ben.

»Du reagierst also auf keine meiner Nachrichten«, sagte er, »aber dem Ruf der Wildnis folgst du?«

Sam biss sich auf die Lippen, um nicht zu lächeln. »Sei nicht albern.«

»Na los. Erzähl.«

»Was gibt's denn da zu erzählen? Es war bloß ein Grizzly, der auf unserer Vordertreppe saß. Praktisch bei uns klingelte.«

An dem Abend, als der Bär die Meerenge durchschwamm, hatte Ben nicht gearbeitet, aber er hatte natürlich von den anderen Deckarbeitern davon gehört. Unten im Schiffsbauch wurde viel getratscht. Er war noch nicht so lange im Fährbetrieb wie Sam, aber er hatte während der Pandemie angefangen, als die Bistros geschlossen waren, und kannte die Mannschaft mehrere Monate länger als sie. Sie waren Kumpel. Das Ganze erinnerte Sam manchmal an die Highschool. Wäre Ben zur selben Schule gegangen wie sie, statt sechshundert Meilen südlicher seine Eltern bekifft in den Wahnsinn zu treiben, hätte er sich nahtlos in das soziale Geschehen von Friday Harbor gefügt. Hätte großspurig auf der hintersten Bank der Klasse gesessen, Golf gespielt und nach Schulschluss mit den üblichen Verdächtigen Gras geraucht. Sam hätte er gar nicht wahrgenommen. Und sie hätte ihn nervig gefunden. Manchmal tat sie es jetzt noch. Oder war sich zumindest bewusst, dass sie es tun sollte.

Er beugte sich über den Tresen. »Musst du nicht arbeiten?«, fragte sie, und er sagte, ja, müsse er, machte aber keine Anstalten, zu gehen. Also erzählte sie ihm die ganze Geschichte. Er schnappte nach Luft und riss die Augen auf. Ahmte wundervoll faszinierte Touristen nach, wenn neben der Fähre ein Wal auftauchte. Sam beschloss, sich ausnahmsweise nicht daran zu stören. Als sie das Handy herausholte, um ihm die Fotos zu zeigen, nahm er es ihr aus der Hand, und als ein Passagier an den Tresen kam, um ein paar Schokoriegel zu kaufen, tippte er auf das Display und vergrößerte die Aufnahmen. Bens Haar sah aus wie eine Mütze aus braunen Wellen. Sein Hals war lang und dünn. Er hatte abstehende Ohren. Elena hatte Sam vor Jahren ermahnt, sich nicht von irgendwelchen Affären ablenken zu lassen, eine Richtlinie, die leicht zu befolgen war, wenn man sich mit einem Typen wie ihm abgab. Sam tippte die Chipstüte eines weiteren Kunden in die Kasse ein.

Bens Funkgerät knackste. »Ich muss los«, sagte er und gab ihr das Handy zurück. »Bist du sicher, dass du heute Abend nicht mit nach Orcas willst?«

»Yeah. Ich kann nicht.«

»Du könntest schon«, entgegnete er. »Du willst nicht.«

Sam zuckte die Schultern. »Okay. Ich will nicht.« Sie verstaute das Handy unter dem Tresen. Er machte sich auf den Weg zum unteren Deck, sein Körper war wie eine gelbe Boje, die auf dem Wasser davontanzte.

Sie verkaufte den Passagieren Fischsuppe, karamellisiertes Popcorn und Gebäck. Die Schicht war nicht so anstrengend wie sonst. Je öfter Sam die Geschichte erzählte, desto stärker färbte dieses beschwingte, aufregende Gefühl, das sie überkommen hatte, als der Bär verschwunden war, auf die kleinsten Einzelheiten des Tages ab: Wie groß er gewesen war, wie lebendig und nah, das alles nahm in ihrer fantasievollen Nacherzählung fantastische Ausmaße an, eher berauschend als beängstigend. Jetzt, da sie wusste, dass Elena und sie in Sicherheit waren, die Sache überlebt hatten und am Ende darüber lachen konnten, wünschte sie sich beinahe eine Wiederholung.

Gegen Ende der Schicht tauchte Ben plötzlich am Tresen auf und brummte laut. Sam schreckte hoch, schrie auf und musste schon wieder lachen. Die Passagiere, die am Getränkeautomaten standen, lächelten verwirrt. Hinter den Fenstern des Bistros spiegelte sich die untergehende weiße Sonne im Wasser.

Es war ein herrlicher Tag. Als Sam von der Arbeit nach Hause kam, gingen Elena und sie noch einmal die Ereignisse des Morgens durch. Sie erinnerten sich gegenseitig an bestimmte Einzelheiten, die eine von ihnen vergessen hatte: die lange Zunge des Tieres, den Buckel auf seinem Rücken. Wie Sam die Beamten angefahren hatte, als sie endlich kamen: »›Was hatten Sie eigentlich Besseres zu tun?‹«, zitierte Elena sie, entzückt von so viel Frechheit. Sam konnte sich nicht mal mehr daran erinnern. Die Gesichter der Beamten waren in ihrem Kopf zu einem blassen blondhaarigen Fleck verschmolzen, der Autorität ausstrahlte. Doch sie wollte mit Elena nur über das wilde Ding sprechen, das sie gesehen, und den gefährlichen Zauber, den sie überstanden hatten.

Später lag Sam im Bett und beantwortete Umfragen, während ihre Gedanken immer wieder abschweiften. Dann knarzten die Dielen im Flur. Elena kam herein und legte sich neben sie.

»Ich kann nicht schlafen«, flüsterte sie.

Sam machte das Handy aus und schmiegte sich an sie. Im Zimmer ihrer Mutter auf der anderen Seite der Wand war es still. Sam vermisste das: Sie beide in diesem Zimmer aneinandergekuschelt, um sich im Dunkeln Geheimnisse zu erzählen.

»Schade, dass wir keine besseren Fotos haben«, sagte Sam.

»Du hättest ein Video machen sollen.«

»Wenn er zurückkommt, mach ich eins.«

»Uhh«, sagte Elena. Da lagen sie. Elenas langer schwerer Körper auf Sams Bettdecke, sodass sie darunter eingeklemmt war. Es fühlte sich gut an. Warm und sicher. Plötzlich traf sie die Erschöpfung wie ein Schlag. Kiefer und Augen schmerzten.

Elena redete weiter. »Ich dachte, das ist nicht echt, als ich ihn gesehen habe. Früher habe ich immer Albträume davon gehabt. Von einem Bär.«

Sam sagte: »Hast du nicht.«

»Hab ich wohl«, entgegnete Elena. »Als wir Kinder waren, hab ich geträumt, dass wir draußen im Wald sind, und ein Bär, manchmal war es auch ein Wolf, war hinter uns her. Und ich musste dich und Mom retten.«

Das stimmte nicht, dachte Sam. Sie jedenfalls konnte sich nicht an diese Albträume erinnern. Sie wusste nur, dass Elena von Haien geträumt hatte. Haien? Oder war es – ein Krake? Selbst heute noch fürchtete Elena sich vor tiefen Gewässern, dass sie ihre Füße unter der Oberfläche nicht mehr erkennen könnte, wegen der Trübheit. Elena redete noch immer. Sam konnte sich nicht mehr konzentrieren. Eingelullt von der Stimme ihrer Schwester und dem Schwall ihrer nichtssagenden Worte ließ sie sich selig davontragen.

Das *San Juan Journal* berichtete über den Vorfall und zitierte das Büro des Sheriffs sowie einen renommierten Biologen. In der folgenden Woche meldete die Zeitung zwei weitere Sichtungen: eine nur wenige Meilen von ihnen entfernt an der False Bay und eine am Cabbage Leaf Inn. Sie veröffentlichte verschwommene Aufnahmen eines pelzigen Tiers, die aus einiger Entfernung gemacht worden waren. Bald wurde der Bär zu etwas, das andere für sich beanspruchten – wie üblich. Was Elena und Sam erlebt hatten, die erste, intimste und schockierendste Begegnung überhaupt, verblasste. Wurde ihnen weggenommen.

Sie gingen weiter verantwortungsbewusst zur Arbeit. Sam beantwortete genügend Fragen online, um die Vergütungsobergrenze der Website von fünfundzwanzig Dollar zu erreichen, die sie als Gutschein erhielt und für die Zahlung der Wasserrechnung verwendete. Anschließend fing sie wieder von vorne an. Wenn sich Bens und ihre Schicht überlappten, kam er ins Bistro, um ihr auf die Nerven zu gehen, und wenn keine Kunden da waren, nahm sie sich eine kurze Pause von der Kasse, und sie verzogen sich zum Vögeln in die Toilette. In ihr loderte eine lebendige Hitze. Sie zog sein Hemd hoch und bohrte ihm die Fingernägel in den Rücken. Sein Funkgerät rauschte und knackte. Das Leben ging weiter wie immer, bis sie am Freitagabend einen Anruf, dann noch einen und schließlich eine Nachricht von ihrer Schwester erhielt: *Melde dich.*

Die Fähre lief gerade von Shaw Island nach Lopez aus – der Empfang war sehr schlecht. Sie rief sofort zurück. Elena keuchte am anderen Ende der Leitung.

»Was ist los?«, fragte Sam. Ängstlich, erschrocken. Natürlich mit dem Schlimmsten rechnend. Ihre Mutter. Elenas hastiges Atmen kündigte ihren Tod an.

»Ich hab ihn wieder gesehen«, sagte Elena. »Den Bär. Er war ganz nah.«

Die Passagiere drängelten sich bereits vor Sams Kasse, über die Lautsprecher liefen Durchsagen. Sam versuchte, ihr zuzuhören, aber der Anruf durfte nicht lange dauern. Der Mann direkt vor ihrer Kasse musterte sie finster. Sie schnappte sich seine Einkäufe – zwei Äpfel und eine Zimtschnecke – und kassierte ihn ab. Mit dem ans Ohr gedrückten Handy überreichte sie ihm die Quittung. Elena sprach schnell, aber es waren eher die Nachwehen eines Schreckens als eine unmittelbare Gefahr. Offenbar hatte sie das Schlimmste schon hinter sich. Trotzdem musste sie Sam versprechen, sie per Nachricht auf dem Laufenden zu halten, die Behörden zu informieren und das Haus nicht zu verlassen. Ein Passagier fragte nach dem Weinsortiment. Sam musste auflegen.

Sie zeigte dem Passagier die Weinkarte. Er fragte, welche aus der Umgebung stammten. »Alle«, antwortete Sam. Er fragte, welcher der regionalste sei. Ob es welche von den Inseln selbst gäbe, und wenn ja, von welchen. Sam nahm die Flaschen und studierte die winzige Schrift auf den Etiketten. Das Handy in der Gesäßtasche hielt ihre Welt zusammen.

Zum Glück schickte Elena ihr während der gesamten Schicht immer neue Nachrichten. Sam stellte das Handy hinter einem Stapel von To-go-Deckeln auf, um das Display während der Arbeit im Auge zu behalten.

An der Cattle Point Road, gleich hinter der Farm
Bin auf dem Heimweg quasi über ihn gestolpert.
Etwa zehn Meter von mir entfernt
Stand er im Wald. Ich erstarrte
Sonst war niemand in der Nähe
Er war ganz friedlich. Sah mich nur an. Sehr groß und schön
Ich kann's kaum abwarten, dir davon zu erzählen

Ständig kamen neue Kunden. Sam tippte griechischen Joghurt und Bier vom Fass in die Kasse ein. Sie zählte das Wechselgeld ab. Für eine lange, stille halbe Stunde verließ die Fähre den Empfangsbereich des Handys, bis hinter den Fenstern die Küste auftauchte und das Handy erneut summte.

Wunderschöne bernsteinfarbene Augen

Erst am Ende der Schicht konnte Sam ihre Schwester zurückrufen. Sie stand am verrosteten Bug des Schiffes und starrte auf das Display, bis zwei Balken erschienen. Der Wind war frisch und schlug ihr feucht ins Gesicht. Elena meldete sich. Ihr Atem am anderen Ende der Leitung klang jetzt normal – sie war zu Hause, und alles war gut. Ihre Mutter hatte sich kräftig genug gefühlt, um mit ihr in der Küche zu Abend zu essen. Sam sagte, das seien ja gute Neuigkeiten, Elena stimmte zu, und dann sagte Elena, ihre Mutter sei jetzt in ihrem Zimmer und ruhe sich aus, und Sam wartete, dass Elena weitersprach. Am Horizont wuchs die Spitze von San Juan. Der Wind ließ nicht nach. Schließlich bat Sam Elena, ihr ganz genau zu erzählen, was passiert war.

Ihre Schwester hatte offenbar auf diese Aufforderung gewartet. Sie legte sofort los, erzählte, sie sei wie immer auf dem

Heimweg gewesen, eine Strecke von zwei Meilen um den gepflegten Rasen des Golfplatzes herum, danach durch das Privatgrundstück am Fairway Drive und den Feldweg an der Cattle Point Road entlang. Auf diesem ruhigen Pfad, der die Stadt Friday Harbor mit dem Besucherzentrum am American Camp verband, ging Elena jeden Tag zur Arbeit und zurück. Er führte durch Weiden, Wälder und eingezäunte Grundstücke. Hier hatte sie nie etwas Bedrohlicheres als Spinnweben gesehen. Heute Abend hatte sie vor sich hin gesummt. Sie trug Kopfhörer, und die Sneakers machten kaum Geräusche auf dem Boden. Dann bewegte sich etwas seitlich von ihr in den Bäumen, und sie drehte sich um. Sie erwartete ein Reh. Stattdessen kam der Bär heraus.

»Du verarschst mich«, sagte Sam. Ihre Hüfte presste sich gegen die Reling. Auf der darunterliegenden Ebene bereiteten Deckarbeiter das Einlaufen in den Hafen vor. Die Passagiere drängten zu den Ausgängen. Bald würde man sie auffordern, sich zu ihren Autos zu begeben.

»Direkt am Waldrand«, sagte Elena. »Und hat mich angestarrt.« Elena hatte reglos dagestanden und den Blick abgewendet. Sie spürte, wie er näherkam.

Elena erzählte, dass sie sich die ganze Zeit fragte, wie weit sie wohl voneinander entfernt gewesen sein mochten. Zwölf Meter? Zehn Meter? Ein paar Autolängen vielleicht – so gut wie nichts, das war ihr bewusst, hätte der Bär beschlossen, sie anzugreifen. Sie hielt den Atem an und drehte den Kopf langsam in seine Richtung. Sie sah seine Tatzen, die sie erstaunten – sie waren riesig. Am Telefon lachte sie jetzt. »Ich halte die Hände in die Luft«, sagte sie zu Sam. »Als könntest du mich sehen.« Seine Tatzen seien so groß wie Teller gewesen, sagte sie. Größer als der Schädel eines Menschen. Sam stellte sich vor, wie ihre Schwester mit den schmalen Fingern einen Kreis in der Luft beschrieb und die Tatzen zeichnete, die sie hätten töten können.

Allmählich verblasste Sams Erinnerung an den Bären. Er wurde zu etwas Düsterem und Furchteinflößendem. »Hast du beim Sheriff angerufen?«, wollte sie wissen.

»Klar«, sagte Elena.

»Haben sie ihn gefunden?«

»Ich glaube nicht.«

»Wie schnell waren sie denn da?«

»Weiß ich nicht«, entgegnete Elena. »Ich habe sie erst danach angerufen. Aber ist es nicht irgendwie albern, sie um Hilfe zu bitten?«

»Wieso albern?«

»Na ja … was gab es schon zu sagen? Der Bär war weg. Ich hab ihn weggehen sehen. Wir haben uns angeschaut, und dann ist er wieder zurück in den Wald.«

Das ergab keinen Sinn. »Sie haben gesagt, wir sollen anrufen. Sie wollen versuchen, ihn zu tracken.«

»Ich weiß«, sagte Elena. Sie klang abgelenkt.

Dann brachte sie die Rede wieder auf den Bären. Sie beschrieb ihn konzentriert, detailliert. Fast ehrfürchtig. Wie unglaublich groß er war. Die dicken Arme, den kräftigen Geruch, die Kraft, die er ausstrahlte – seine Präsenz hätte ihre Ohren und Augen sensibilisiert und die Sinne geschärft. Er hatte sie direkt angeschaut. Sie in sich aufgenommen. Er hatte kleine, eng beieinanderstehende Augen, bernsteinfarben und schwarz umrandet. Seine Nase hatte gezuckt, als sie sich gegenüberstanden. Er hatte sie förmlich inhaliert.

Elena erzählte das Ganze so, als wäre es die Begegnung mit einem vom Himmel gefallenen Engel gewesen, einem brennenden Dornbusch, der sprechen konnte, oder offenbar mit einem Grizzly, der einem über den Weg lief, in die Augen schaute und verschonte. Es war bemerkenswert, zweifellos, der Gefahr so nah gewesen und unbeschadet daraus hervorgegangen zu sein. Vorher war Elenas Tag sicher langweilig und stellenweise frustrierend gewesen, aber nach der Begegnung mit dem Bären hatte sich ihr Leben an sich in so etwas wie ein Wunder verwandelt.

Die Fähre tutete. Sam drückte das Handy ans Ohr. Trotz des ohrenbetäubenden Lärms klangen Elenas Worte klar und freudig. Begeistert. Lebendig.

Doch wenn sie über den Rest sprach – all die Einzelheiten, die Sam jetzt für wichtiger hielt –, kehrte sie zu ihrer gewöhnlichen Stimme zurück. Der nüchternsten und unbeeindrucktesten Version ihrer selbst, um genau zu sein. Wann war die Polizei gekommen? War ihr der Bär nach Hause gefolgt? Hatte sie jetzt Angst vor dem Weg zur Arbeit? All das schien ihr egal zu sein.

»Morgen nimmst du das Auto«, sagte Sam. »Du musst mich nur vorher zum Hafen bringen. Ich komm dann nachmittags zu Fuß zu dir.«

»Nein, mir geht's gut«, entgegnete Elena leichthin. »Nimm du's.«

»Du kannst nicht mehr zu Fuß durch den Wald gehen. Nicht, wenn du weißt, dass er da draußen ist und sich Menschen nähert.«

»Ich mach mir da echt keine Sorgen.«

»El«, sagte Sam. »Bitte.«

Elena willigte ein, aber sie schien wirklich keine Angst zu haben, und Sam verstand nicht, warum. Sie selbst hatte welche. Als sie während des Anlegemanövers zum Pkw-Deck hinabstieg und Ben ihr mit einem Tau in der Hand zugrinste, ehe sie von der Fähre auf die Holzlatten des Kais trat, konnte sie an nichts anderes denken, als wie nah der Bär ihrer Schwester gekommen war.

Als er vor einer Woche vor der Tür stand, war er ihnen noch näher gewesen, trotzdem hatte sie sich in ihren vier Wänden sicherer gefühlt. Außerdem waren Elena und sie zusammen gewesen. Aber Elena im Wald mit ihm allein und nur die faulige Luft zwischen ihnen – das war etwas ganz anderes.

Mit wackligen Beinen ging sie zu ihrem Wagen und stellte sich vor, wie Elena sich gefühlt haben musste. Auf dem Heimweg, müde, Schritt für Schritt auf dem unebenen Feldweg, und dann Geräusche, ein Lebewesen. Ganz in der Nähe.

Der Bär, der aus dem Wald kommt und sie anstarrt. Kleine leuchtende Augen und ein riesiges, sabberndes Maul. Krallen, die sich in die Erde graben. Sam hätte geschrien und versucht wegzulaufen oder – sie hatte keine Ahnung, was das Richtige war. Die Arme hochwerfen? Auf einen Baum klettern? Sich in die Hose machen, losheulen und darauf warten, zerfleischt zu werden?

Elena hatte gesagt, sie hätte als Kind von einem Ungeheuer geträumt, das hinter ihnen her war. Jetzt hatte sie diesen Albtraum erlebt.

Die Bäume. Der Waldboden. Seine Zähne. Ihr Atmen. Das Grauen eines Albtraums, der wahr geworden war.

Mit trockenem Mund, die Hände ans Lenkrad geklammert, fuhr Sam nach Hause. Als sie ankam, brannte kein Licht an der Haustür. Elena war weder in der Küche noch im Wohnzimmer, deshalb lief Sam zum Zimmer ihrer Mutter, klopfte an die Tür und öffnete sie.

Ihre Mutter blickte auf. Der Fernseher lief: eine True-Crime-Serie mit dem Bild einer blassen Frau, die aussah wie ein schwacher Abklatsch von Elena. »Wo ist El?«, fragte Sam.

»Ist sie nicht da?«, sagte ihre Mutter. »Ruf sie an.«

Sam schloss die Tür und wählte Elenas Nummer. Das Handy klingelte zwei Mal, dann ging Elena dran.

»Bist du schon zu Hause?«, fragte sie.

»Wo steckst du?«

Elena senkte die Stimme, um sie zu beruhigen. »Ich mache einen Spaziergang.«

»Okay«, sagte Sam. »Ist das dein Ernst?«

»Ich musste nur mal kurz raus. Ich war zu aufgedreht. Keine Panik. Es ist alles okay. Hier sind andere Menschen.« Wie zur Bestätigung bellte im Hintergrund ein Hund.

Sam wusste, was Klaustrophobie war, und kannte auch diese überwältigende Anspannung, wenn einem zu viel durch den Kopf ging, aber sie begriff nicht, wie man in einem brandneuen Bärengebiet spazieren gehen konnte. Manchmal musste man einfach zu Hause bleiben, so schwer es auch fiel. »Wo bist du? Ich komme dich holen.«

»Bleib da«, sagte Elena. »Ich bin ganz in der Nähe. In zehn Minuten bin ich zu Hause.«

Es wurden fünfzehn. Sam musste um halb vier morgens aufstehen – das war der anstrengendste Teil ihres Jobs, wenn auf eine Spätschicht eine Frühschicht folgte. Deshalb sah sie noch ein letztes Mal nach ihrer Mutter und machte sich fertig zum Schlafen. Sie putzte die Zähne und spähte dabei aus dem Wohnzimmerfenster auf die Straße. Endlich sah sie Elena kommen. Sie spuckte die Zahnpasta ins Küchenspülbecken und riss die Haustür auf. »Hast du sie noch alle?«

Elena schüttelte den Kopf. »Wovor hast du Angst?«

»Oh«, sagte Sam. »Gute Frage. Keine Ahnung. Vor dem verdammten Grizzly vielleicht?«

Inzwischen war Elena im Haus. Sie schloss die Tür hinter ihnen ab, und Sam steckte sich die Zahnbürste wieder in den Mund. »Dir ist schon klar, dass es reiner Zufall war, dass ich ihm über den Weg gelaufen bin? Er treibt sich überall herum.«

Sam nahm die Zahnbürste heraus. »Offenbar gefällt es ihm hier besonders gut.«

»Der ist bestimmt schon auf Shaw.«

Sam ging ins Badezimmer. Elena folgte ihr. Jetzt, wo ihre Schwester zurück war, kam Sam langsam zur Ruhe. Sie stellte die Zahnbürste wieder ins Medizinschränkchen und spülte den Mund aus. Im Spiegel sah sie Elenas Gesicht. Sie schien noch immer amüsiert.

Sam drehte sich um. »Du machst dir also keine Sorgen.«

Elena strahlte sie an. »Nein.« Sam sah Elenas glänzende Zähne. Den überstehenden Eckzahn, an dem Elena mit dem Finger herumdrückte, wenn sie nervös war, in der naiven Vorstellung, sie könne ihn in die richtige Position bringen.

»Das heute hat dich nicht erschreckt?«

»Doch, es hat mich zu Tode erschreckt«, antwortete Elena. »Wirklich. Aber als ich gemerkt hab, dass er mir nichts tut, hab ich irgendwie gedacht … na ja, ist das nicht cool?« Sam schnaubte. Doch Elena insistierte. »Findest du nicht?«

»Wenn du meinst«, sagte Sam.

Elena war immer noch aufgekratzt. Man hörte es ihrer Stimme an. Sie war überwältigt davon, etwas so Großes und Ursprüngliches gesehen zu haben. Sam konnte es sich genau vorstellen: Ihre Schwester, die Jungfrau, die als rituelles Opfer auserkoren war. Die unmittelbare Gefahr vor ihr in Gestalt eines hungrigen Gottes. Und doch war Elena unverletzt geblieben.

Zugegeben, das war ziemlich cool. Klar. Nur: »Mir gefällt nicht, dass er so nah am Haus war.«

Elena zuckte die Achseln. »Ich glaube nicht, dass wir uns Sorgen machen müssen.«

Die kühle Minze der Zahnpasta prickelte auf den Innenseiten von Sams Wangen, auf Zahnfleisch und Zunge. »Sollen wir uns einen Hund holen?«

Ihre Schwester lachte.

»Zum Schutz«, erklärte Sam.

»Ich musste gerade an Jessie denken.«

»Jessie?«

»Der Hund der Larsens«, sagte Elena. »Jessie. Du weißt schon. Ich stelle mir vor, wie dieser süße, flauschige Hund versucht, uns zu retten.«

»O Gott«, sagte Sam. Dieser Köter konnte sich ja nicht mal vor seinem eigenen Hundefriseur retten. »Na gut. Wie wär's mit einer Waffe?«

»Sammy, uns wird nichts passieren. Versprochen.«

So leer dieses Versprechen auch war – was sollten die Worte ihrer Schwester besser ausrichten können als ein Wachhund oder Jagdgewehr? –, es beruhigte Sam. Sie würden schreckliche Dinge durchmachen und trotzdem nur die Narben behalten, die sie ohnehin schon hatten. Da war kein Tier, das draußen lauerte. Sie mussten sich nicht vor bleibenden Schäden fürchten. Elena würde sie beschützen, so wie sie es immer getan hatte. Sie würden sich gegenseitig beschützen.

Das Handy weckte Sam in der Dunkelheit. Sie ging ins Wohnzimmer, wo ihre Schwester noch schlief, und rüttelte sie an der Schulter. »Wach auf«, sagte sie. Elena stöhnte.

Sam machte Rühreier zum Frühstück, ließ die Hälfte auf dem Küchentisch stehen und ging in ihr Zimmer, um sich anzuziehen. Als sie wieder herauskam, schaltete sie das Licht im Wohnzimmer an. Die ganze vordere Hälfte des Hauses war nun hell erleuchtet. Elena zog sich die Decke über den Kopf. »Steh auf«, sagte Sam. »Du musst mich fahren.«

»Fahr allein.«

»Nein. Heute nimmst du das Auto.«

»Nein«, entgegnete Elena. Ihr Kopf steckte noch immer unter der Decke. »Wie spät ist es?«

Sam sah aufs Handy. Vier Minuten vor vier. »Schon vier. Du musst dich beeilen.« Sie konnte die verschlafene Elena im Pyjama auf den Beifahrersitz setzen und zum Hafen fahren – das wäre nicht das Problem –, aber sie mussten langsam los.

Elena zog die Decke nach unten. »Fahr du.«

»Du kannst nicht –«

»Geh. Ich finde schon jemand, der mich mitnimmt, okay?«

»Wen denn?«

»Kristine.«

Die andere Kellnerin im Club, die immer so tat, als seien sie und Elena beste Freundinnen. Sam konnte sie nicht ausstehen, weder ihre blöden Nachrichten noch ihre Versuche, Insider-Witze zu machen.

»Okay?« Elenas Augen waren geschlossen.

Sam zögerte. Logistisch gesehen war es vernünftig. »Du fährst also mit ihr. Du gehst nicht zu Fuß.«

»Genau.«

»Schickst du mir eine Nachricht, wenn –«

»Sam«, sagte Elena. »Alles gut. Mach bitte das Licht aus, wenn du gehst. Danke.«

Und so verließ Sam das Haus allein. Über ihr glitzerte der von Sternen übersäte schwarze Himmel. Der Mond war bereits am Horizont versunken. Wenn ihre Schicht begann, würde sie vom Bistro aus sehen, wie die Sonne aufging und die Nacht sich allmählich in einer pulvrig blauen Morgendämmerung verlor. Doch vorläufig hielt sich noch die Dunkelheit.

Die unzähligen über den Himmel verstreuten Sterne erinnerten Sam an ihre Kindheit, als Elena und sie im Sommer im Freien übernachteten, gemeinsam durch die Wälder streiften, auf den Himmel zeigten, sich Geschichten erzählten und Namen für diverse Konstellationen erfanden. Der Kleine Hase war einer davon gewesen. Oder der Bärtige Zwerg. Aber welche Sterne zu den Mustern gehörten, die sie gezeichnet hatten, wusste sie nicht mehr. Wahrscheinlich hatten sie jedes Mal auf ganz verschiedene Punkte gezeigt.

Die Luft war kühl und feucht. Die Bäume raschelten. Sie ließ den Wagen an und stellte sich vor, wie sich irgendwo in der Nähe ein Wesen regte.

An ihrem nächsten freien Tag fuhr Sam ihre Mutter in die Arztpraxis von Friday Harbor. Ihre Mutter bestand jedes Mal darauf, allein ins Sprechzimmer zu gehen; Sam musste sie hinfahren, warten, bis sie fertig war, und sie dann wieder nach Hause bringen. In dieser Zeit klapperte sie die Läden in der Stadt ab, das Handy immer in der Hand. Irgendwann rief dann die Sprechstundenhilfe an, damit sie ihre Mutter vor der Praxis abholte.

Es war ein klarer, warmer Dienstagmorgen. Der Juni stand endlich vor der Tür. In zwei Wochen würde die Fähre zum Sommerfahrplan wechseln, und Sam bereitete sich auf Horden von Touristen vor, die sich vor ihrer Kasse und auch überall an Deck drängten. Vor der Pandemie hatte sie an Sommerwochenenden gelegentlich Doppelschichten gemacht, was eine Schichtzulage bedeutete. Genug Geld, um etwas beiseitezulegen. Elena bewahrte die unbezahlten Rechnungen auf dem Küchentisch auf; in dieser Hochsaison wollte Sam genug verdienen, um dafür zu sorgen, dass der Stapel kleiner wurde.

Heute aber hatte Sam sich freigenommen. In den schweren letzten Jahren war sie zum Chauffeur ihrer Mutter geworden, und selbst jetzt, nachdem sie die Arbeit auf der Fähre wiederaufgenommen hatte, musste sie ihre Schichten nach den Arztterminen ihrer Mutter richten. Als die Fähren nicht mehr fuhren, die Touristen wegblieben und das Virus sich ausbreitete, hatte Elenas fester Job sie über die schlimmste Zeit gebracht. Ihre Arbeit hatte Vorrang – sie waren darauf angewiesen. Sam musste sich um alles kümmern, was während des Tages anfiel. Und so steckte heute jemand, der sie an der Kasse vertrat, den Lohn ein, während Sam unbezahlt durch die Stadt bummelte.

Sie hätte die Zeit nutzen sollen, um Umfragen zu beantworten, aber sie konnte sich nicht konzentrieren. Stattdessen sah sie sich die Kunstwerke in den Schaufenstern der Pearl Studios an: holzgeschnitzte Fische und Aquarelle vom Meer. Ihr Spiegelbild auf der Glasscheibe war scharf.

Während der Hinfahrt am Morgen hatte ihre Mutter mehr über Elena und den Bären wissen wollen. »Sie hat ihn nochmal gesehen?«, fragte sie. Sam wusste nicht, woher sie diese Information hatte – ihr Zimmer schien vom Rest des Hauses komplett isoliert zu sein. Den ganzen Tag über lief der Fernseher und hielt alle anderen Geräusche fern. Die Sauerstoffmaschine surrte. Ihre Mutter schlief fast den ganzen Tag, und nachts rief sie nach ihnen: Sie hatte ihren eigenen Rhythmus. Sie hatte die beiden durch die Kindheit gebracht, und jetzt mussten sie sie auf dem Rest ihres Weges begleiten.

»Hat Elena dir das erzählt?«, fragte Sam.

»Ich hab gehört, wie ihr drüber gesprochen habt.«

Sam behielt den Blick auf der Straße. Ja, antwortete sie, es stimmte, Elena hatte ihn wiedergesehen, aber dann spielte sie die Geschichte ein bisschen herunter, um sie leichter verdaulich zu machen: Sie waren weiter voneinander entfernt gewesen und auch nur für kurze Dauer. Sie hatte ihn nur ganz flüchtig gesehen. Zwei Wesen, die sich von gegenüberliegenden Ufern aus beäugt hatten.

Trotzdem war ihre Mutter überrascht von den Einzelheiten, die Sam ihr jetzt erzählte. Sie machte sich Sorgen. »Auf dem Feldweg?«, fragte sie. Der lange Zaun des Flughafens zog an den Fenstern des Wagens vorbei. Ihre Mutter saß ruhig auf dem Beifahrersitz und dachte wahrscheinlich darüber nach, wie ihre ältere Tochter erneut haarscharf einer Katastrophe entkommen war. Sie wirkte ausgelaugt. Spindeldürr. Ihre Lippen waren zyanotisch, beinahe blau.

Als Sam und Elena klein waren, fanden sie ihre Mutter atemberaubend. Selbst, wenn sie heute an jene Zeit zurückdachte, konnte Sam sie nicht anders beschreiben. Für fremde Augen war sie wahrscheinlich nur eine junge Frau gewesen, die ihr Haar glättete und hautenge Hüftjeans anzog, wenn sie zu einem Date ging, eine Frau, die arm war, nicht vorankam und sich ein anderes Leben erhoffte, die mit der Mode ging und braunen Lippenstift trug, aber in Wahrheit nicht anders war als Sam und Elena heute. Trotzdem hatte Sam sie für eine Göttin gehalten. Damals war ihre Mutter so wunderschön gewesen. Gepflegtes Haar, getuschte Wimpern, Wespentaille.

Ihr Lächeln. Sam, die im siebten Schuljahr erwischt worden war, als sie im Drugstore Bleaching Strips mitgehen ließ, die symmetrischen Münder der Filmstars in den bunten Illustrierten bestaunte und die Zahnspangen ihrer reichen Schulkameradinnen bewunderte, hätte gern so ein Lächeln gehabt. Die sechs oberen Schneidezähne ihrer Mutter waren gerade und strahlend weiß – perfekt – dank einer Halbprothese nach einer Reihe von Extraktionen als Jugendliche. »Die hier willst du bestimmt nicht haben«, sagte ihre Mutter und tippte sich auf die falschen Zähne. Doch Sam wollte sie. Ihre Mutter erklärte es ihr – die nutzlosen Termine bei einem Zahnarzt auf dem Festland, die Versprechungen, die gezogenen Zähne, das gezahlte Geld, und alles für die Katz. »Der Kerl wusste nicht, was er tat«, sagte ihre Mutter, »und ich auch nicht.« Doch ihre Mutter hatte die Gabe, selbst Fehler großartig erscheinen zu lassen. Sie verwandelte Zahnarztbesuche, lange Wehen, zwei Kinder und Brustschmerzen in die glamouröse Welt des Erwachsenseins.

Ihre Mutter war jung gewesen. Unglaublich jung. Als sie so alt war wie Sam, gingen ihre Töchter bereits in den Kindergarten und die erste Klasse. Manchmal holte sie sie überraschend von der Schule ab, und die anderen Schulkinder tuschelten, wie hübsch sie sei. Sam und Elena liebten es. Sie wären ihr überallhin gefolgt. Wenn sie zu Hause lachte, warf ihre Mutter den Kopf zurück, und sie sahen, wo die Prothese endete und die echten Zähne begannen, diese dunklen geheimen Stellen im hinteren Teil des Mundes. Wenn sie mal groß waren, wollten sie sein wie sie.

Und dank Elenas Plan waren sie es irgendwie geworden. Sam war einverstanden gewesen. Sie hatten es zusammen entschieden: Sie waren im Haus ihrer Mutter in deren Fußstapfen getreten. Und im Gegenzug hatte ihre Mutter sich im Zimmer ihrer Großmutter einquartiert. Sie spielten die Rollen, die andere Generationen zuvor für sie bestimmt hatten.

»Meinst du, der Weg zur Arbeit ist sicher?«, fragte ihre Mutter.

»Sie hat eine Mitfahrgelegenheit«, sagte Sam. »Kristine nimmt sie mit.«

Ihre Mutter atmete erleichtert auf. »Als ich klein war, gab es so viele Füchse ums Haus. Wusstest du das? Mimi hat ihnen immer ein bisschen Futter hingestellt. Sie waren bezaubernd. Süß wie Katzen.«

Es tat gut zu sehen, wie sich die Stimmung ihrer Mutter aufhellte. »Sind Katzen denn süß?«, fragte Sam.

Ihre Mutter lachte. »Die Süßen schon.« Unter dem Gurt wirkten ihre Schultern so fragil, als könnten sie jeden Augenblick brechen.

Ließ Elena sich wirklich jeden Tag mitnehmen? Das zumindest hatte sie behauptet. Aber am Sonntagabend hatte Sam gesehen, wie sie zu Fuß nach Hause kam; und als Sam sie fragte, behauptete Elena, Kristine habe sie an der Ecke abgesetzt.

Elena hatte auch gesagt, sie hätte beim Sheriff angerufen, nachdem sie den Bären im Wald gesehen hatte, doch auf der Website des *Journals* hatte Sam vergeblich nach Informationen gesucht, die Elena dem Sheriff möglicherweise mitgeteilt hatte. Vielleicht gab das Büro des Sheriffs keine Informationen an die Zeitung weiter. Vielleicht hatten deren Reporter die Nase voll von Geschichten über Bärensichtungen. Vielleicht, wahrscheinlich sogar, ignorierten sie alle, was Elena sagte.

Nach der Sache mit dem Jugendamt hatte Elena den Schluss gezogen, dass man den Behörden nicht trauen konnte. Dieser Umstand hatte sie anscheinend nicht gestört. Sie passte ihr Verhalten einfach an – kein Kontakt zu Lehrern nach Unterrichtsschluss, kein Besuch beim Vertrauenslehrer, kein Wort über die traurige Wahrheit zu Sozialarbeitern, wohlmeinenden Nachbarn oder gar ihrer Mutter – und machte weiter. Sam dagegen hatte Mühe, dem guten Beispiel ihrer Schwester zu folgen. Ein naiver Teil von ihr wünschte sich immer noch, dass eine Autoritätsperson sich um alles kümmerte. Ein Polizeibeamter oder ein Schuldirektor, ein Chef: jemand, der ihr sagte, wo es langging. Ein Erwachsener, der einschritt, damit sie selbst einen Schritt zurücktreten und wieder Kind sein konnte.

Tja, aber das würde niemand tun. Jetzt waren Sam und Elena die Erwachsenen. Nachdem sie ihre Mutter in der Praxis abgesetzt hatte, konnte sich Sam die Schaufenster der Pearl Studios ansehen, sich in den blauen Landschaften verlieren und die Sorgen vergessen, die sie sich um ihre Schwester machte. Elena wusste, was sie tat: Sie hatte die richtigen Personen kontaktiert und alles im Griff, auch den Weg zur Arbeit. In den Zeitungen war nichts berichtet worden, weil der Bär weitergezogen war und mit ihm der ganze Rummel.

Und jetzt, wo er weg und sie in Sicherheit war, konnte Sam sich zurücklehnen und es genießen. Während sie auf dem Bürgersteig stand und die ersten Touristen des Jahres an ihr vorbeiliefen, rief sie es sich ins Gedächtnis zurück: Ihre Schwester und sie hatten einen Braunbären gesehen. Vor der Tür! Und Elena war so aufgewühlt gewesen, dass ihre Stimme stockte und höher wurde. Diesen Klang wollte Sam nicht vergessen. Das hatten sie dem Bären zu verdanken, seiner dunklen feuchten Nase, seiner langen Schnauze und dem aus dem Gesicht gestrichenen Haar, als hätte er sich gekämmt. Sie waren hingerissen. Er hatte sie zum Lachen gebracht. Mit seinen bernsteinfarben leuchtenden Augen im schwarz gestreiften Fell, diesem wachen Blick.

Der Bär hatte sie an den Rand einer Katastrophe geführt und sie dann verschont – was für ein Geschenk! Seine Präsenz: gewaltig, unvorstellbar. Ein furchterregender, heiliger Anblick.

Die Autos verlangsamten ihre Fahrt und bogen in die Straße hinter Sam ein. Mit dem Handy in der Hand starrte sie durch ihr Spiegelbild ins Fenster der Kunstgalerie.

Das Handy klingelte. Sie ging dran.

»Hi, Samantha?«, meldete sich eine Stimme am anderen Ende.

»Ja«, sagte Sam. »Sie ist fertig?« Die Frau zögerte. Sam setzte hinzu: »Michelle Arthur?«

»Vielleicht habe ich mich verwählt«, sagte die Frau. »Ich versuche, Samantha Arthur zu erreichen.«

Sam zuckte zusammen. »Wer sind Sie denn?«

»Mein Name ist Madeline Pettit. Ich rufe von der Washingtoner Jagd- und Fischereibehörde an. Spreche ich mit Samantha?«

»Ah«, sagte Sam. »Alles klar. Hallo. Ja.« Sie hatte schon gedacht, es sei ein Schuldeneintreiber, und sich in den Hintern treten wollen, weil sie den Anruf einer unbekannten Nummer entgegengenommen hatte, statt es einfach klingeln zu lassen. Elena hatte sie immer davor gewarnt. Sie war abgelenkt gewesen, weil sie auf den Anruf der Praxis wartete.

»Stimmt es, dass Sie neulich einem Bären begegnet sind?«

»Ja, das war meine Schwester.«

Sie hörte das Klappern einer Tastatur im Hintergrund. »Am zweiten Juni bei Ihnen zu Hause. In der Portland Fair Road? Das war Ihre Schwester?«

»Ach so«, sagte Sam – die erste, die Frau sprach von der ersten Begegnung –, »richtig, ja, nein, wir beide. Wir beide haben ihn gesehen. Vor dem Haus.«

»Verstehe. Nun, ich rufe an, um uns auf den neuesten Stand zu bringen. Hätten Sie einen Augenblick Zeit?«

Sam drehte sich von der Galerie weg. Vor der Eisbude nebenan bildete sich eine lange Schlange. »Ja, schon.«

»Sie haben sicher zu tun«, sagte Madeline Pettit. »Ich werde mich kurz fassen. Es ist nicht das erste Mal, dass Schwarzbären über die Inseln ziehen. In den letzten fünf Jahren hatten wir zwei Fälle.«

»Ja. Das hat uns die Polizei auch gesagt.«

»Trotzdem ist es sehr ungewöhnlich.«

»Besonders«, sagte Sam.

Eine winzige Pause. Dann: »Selten, gewiss. Deshalb wollen wir wissen, was genau passiert ist. Und uns vergewissern, dass alles in Ordnung ist.«

»Okay.« Sam war bereit zu antworten. Das Gesicht des Bären, sein Fell, seine Augen, alles war noch frisch.

»In dem Bericht hier steht, er sei an Ihre Tür gekommen.

Irgendwas hat ihn vermutlich auf Ihr Grundstück gelockt. Haben Sie Vogelfutter draußen? Tiernahrung? Einen Grill?«

»Nein«, sagte Sam. Einzelne Kinder lösten sich aus der Schlange an der Eisbude. Sie waren nicht von hier, man sah es ihnen an. Ihre Fäuste waren mit Streuseln bedeckt.

»Wie sicher sind Ihre Mülltonnen?«

Sam wusste nicht, wie sie das abschätzen sollte. »Ziemlich sicher«, riet sie.

Madeline glaubte ihr nicht, Sam erkannte es an ihrer Stimme. In entschiedenem Ton fuhr Madeline fort: »Das Problem ist, sobald ein Bär in der Umgebung eines Hauses Futter findet, wird er in Zukunft auch andere Häuser aufsuchen, in der Hoffnung, dort ebenfalls etwas zu finden. Dieses Verhalten gefährdet das Leben des Tiers. Daher bitten wir die Bewohner, ihre Mülltonnen in sicher umzäunten Anlagen zu haben und sie über Nacht nicht draußen zu lassen.«

»Tun wir nicht. Er hat unsere Mülltonnen nicht angerührt.«

»Halten Sie Hühner? Ein Hühnerstall kann ein Festmahl sein.«

»Er saß nur da. Das war alles.«

Sie hörte kurz die Tastatur. »Das ist sehr gut«, sagte Madeline. »Bitte tragen Sie weiter ihren Teil dazu bei, unsere Bären wild zu halten. Es ist Paarungszeit, deshalb wandern sie umher. Gewöhnlich fallen sie in die Gärten ein, kippen ein oder zwei Mülltonnen um und ziehen relativ zügig weiter.«

»Aber der hier ist geblieben«, sagte Sam.

Madelines Stimme wurde hörbar schärfer. Sie war hellwach. »Wirklich?«

»Ja.«

»Wieso?«

»Ich glaube ...« Kindisch, wie sie war, wünschte Sam, dass

Madeline noch einen zweiten Bericht vor sich hatte. Elenas Anruf vom letzten Freitag. Nach der zweiten Begegnung.

»Wollen Sie sagen, dass er an dem Tag noch längere Zeit vor Ihrem Haus verbracht hat oder dass Sie ihn später ein weiteres Mal gesehen haben?«

Auf der anderen Straßenseite stieg Danny Larsens Mutter aus ihrem Wagen, sah Sam, lächelte breit und winkte. Sam winkte zurück und drehte sich wieder zur Galerie um. Sie wollte für sich bleiben, mit dem Gesicht zum Schaufenster. Sie wusste nicht genau, ob Elena das, was sie hier tat, gutheißen würde, also war diese Position, in der man Geheimnisse wahren konnte, besser. »Ein weiteres Mal«, sagte sie.

»Wann und wo?«

»Auf dem Feldweg«, sagte Sam. »An der Cattle Point Road, am Freitag … gegen halb sechs …«

Das Tippen hatte wieder angefangen und ließ nicht nach. »Halb sechs morgens oder abends?«

»Abends.«

»Und was haben Sie gesehen?«

Jetzt musste Sam innehalten. Sie konnte sich, ihre Haltung, in der Glasscheibe sehen: das ans Ohr gepresste Handy, den gesenkten Kopf, die nach innen gewölbten Schultern, um das Gespräch abzuschirmen, im Versuch, ihren Verrat zu kaschieren. Elena würde das gar nicht gut finden. Sie würde so etwas nie machen. Und auch Sam wusste, dass es falsch war.

Deshalb versuchte sie, einen Rückzieher zu machen. »Eigentlich habe ich gar nichts gesehen.«

»So, aber eben haben Sie gesagt … war es Ihre Schwester?«

»Ja«, verplapperte sich Sam. »Genau.« Woher wusste die Frau das? Sam erinnerte sich nicht, dass sie es ihr gesagt hatte. Aber was hatte sie denn gesagt?

Madelines Tippen stockte. »Das wäre Michelle?«

»Nein. Elena«, berichtigte sie Sam, während sie versuchte, sich an den Anfang des Gesprächs zu erinnern. Abgelenkt sagte sie: »Michelle ist unsere Mutter.«

»Ah ja. Ich habe sie hier im Bericht.« Madeline las Elenas Handynummer vor. »Stimmt die?«

»Ja, die stimmt.«

»Derselbe Wohnsitz?« Sam bestätigte. »Dann erzählen Sie mir, soweit möglich, was bei diesem zweiten Vorfall genau passiert ist.«

Das Unbehagen, das in Sam an- und wieder abgeschwollen war, seit sie den Anruf entgegengenommen hatte – die Angst, die Schuldgefühle, die Anflüge von Erleichterung, die Bereitschaft, die in Ruppigkeit überging, die Verdächtigungen, Andeutungen und Zweifel – und hinter alledem der Wunsch, herauszufinden, was aus Sicht der Wissenschaftlerin passiert war, was sie über die Art des Besuchs, den sie erhalten hatten, wusste –, dieses Unbehagen erreichte jetzt seinen Höhepunkt. Sam fühlte sich beschissen, um genau zu sein. Schon wieder buhlte sie um die Aufmerksamkeit einer fremden, machtvollen Person. Jemand, der sie bestrafen, ihnen Bußgelder auferlegen oder ihnen schaden konnte. Die Art von Mensch, die ihnen Elena zufolge niemals wirklich helfen würde.

Warum konnte auch Sam nicht einfach akzeptieren, was der Alltag für sie bereithielt? Die lange Liste von Pflichten. Sam beschwerte sich darüber, Elena nicht. Elena ging zur Arbeit und kam zurück, kümmerte sich klaglos um ihre Finanzen, und zuckte nur die Achseln. Oder die kurzen schockierenden Visionen von Schönheit – der Bär –, die Elena niemandem anvertraute, außer Sam: Ihre Schwester bewahrte die Familiengeheimnisse für sich. Sam schaffte das nicht. Sie gab sie allen preis, von den Deckarbeitern bis hin zu irgendwelchen Staatsbeamten. Sie hatte sogar mit dem Gedanken gespielt, bei der Zeitung anzurufen. Offenbar konnte sie sich nicht mit ihrem Schicksal abfinden, nicht einmal vorübergehend.

Eines Tages würden sie San Juan verlassen. Ihre Welt würde sich weiten, reicher und stabiler werden. Das Glück würde ihr ständiger Begleiter sein und alles andere von ihnen abfallen, aber Sam würde diesen Zustand niemals unbeschadet erreichen, wenn sie nicht auf der Stelle anfing, sich die Gelassenheit ihrer Schwester anzueignen. Sie hatten einen Plan. Sie würden von hier wegziehen. Nur das zählte. Alles andere, das Schreckliche und das Wunderbare, ließ sich ertragen.

Sam hatte während des Anrufs nur so viel preisgegeben, weil sie verzweifelt gewesen war; sie hatte praktisch um eine Intervention gebettelt. Aber das hatten sie nicht nötig. Das wollten sie nicht. Sie würden dieses Leben schon bald hinter sich lassen. Sie musste so werden wie Elena: der klarste und ruhigste Mensch, den sie kannte.

»Nicht viel«, sagte Sam.

Madeline wartete, dass sie fortfuhr. Als Sam es nicht tat, sagte sie: »Sie hat den Bären gesehen.«

»Richtig.«

Stille in der Leitung.

»Das ist alles«, sagte Sam.

»Mich interessieren die Einzelheiten«, sagte Madeline. »Hat er gefressen? Hat er sich bewegt? Wie nah ist er ihr gekommen?«

»Weiß ich nicht.« Sam hatte ihr bereits viel zu viel gesagt. Alles andere gehörte nur ihnen.

Madeline seufzte. »In Ordnung. Vielen Dank. Ich rufe Ihre Schwester an und spreche mit ihr.«

Ein Pärchen mittleren Alters streifte Sam auf seinem Weg

in die Galerie. Sam erkannte die beiden von der Fähre wieder: Heiße Schokolade, schwarzer Tee, sie hatten sich darüber beschwert, dass die Milch sauer schmeckte. Der Mann hatte ihr vorgeworfen, einen schlechten Job zu machen. Das Paar erkannte sie nicht wieder.

Madeline sagte: »Ich treffe mich morgen auf der Insel mit dem Sheriff, um die Lage zu besprechen. Gäbe es irgendwann nach elf eine Möglichkeit, bei Ihnen vorbeizuschauen?«

»Ich weiß nicht«, antwortete Sam. »Das sollten Sie mit Elena besprechen.«

Madeline drängte. »Sind Sie denn zu dieser Zeit zu Hause? Ich würde mir gerne das Grundstück ansehen.«

»Sprechen Sie mit Elena«, sagte Sam. »Sie haben ja ihre Nummer, oder? Ich erwarte gerade einen Anruf und muss jetzt leider auflegen.«

Und tatsächlich rief die Praxis sie an. Es war ein Vorwand, aber auch die Wahrheit. Sams Mutter verlangte nach ihr. Madeline wollte noch etwas fragen, aber Sam musste Schluss machen. Sie beendete das Gespräch, ohne zu erwähnen, dass Elena bei der Arbeit war und weder auf eine unbekannte Nummer noch auf die Voicemail einer Staatsbeamtin reagieren würde. Die Washingtoner Jagd- und Fischereibehörde würde ohne sie auf Bärenjagd gehen müssen.

»Ihre Mutter erwartet Sie«, sagte die Sprechstundenhilfe. »Und könnten Sie bitte kurz in die Praxis kommen, wenn Sie da sind? Der Arzt würde Sie gern sprechen.«

Ihre Mutter würde sterben. Sam, Elena und ihre Mutter wussten es. Der Arzt wusste es, und auch, dass sie es wussten, daher teilte er ihnen unverblümt und schonungslos mit: Ihr Zustand habe sich verschlechtert. Ihre Lungenarterien wiesen mehr Schäden auf als bei ihrem letzten Termin, und die rechte Herzkammer, die sich immer mehr anstrengen musste, um das Blut durch die geschädigten Gefäße zu pumpen, habe sich weiter vergrößert. Das Herz arbeite auf Hochtouren. Irgendwann wäre der Herzmuskel so überanstrengt, dass er ausfiel. Als Sam fragte, wie lang *irgendwann* sei, antwortete der Arzt, das könne er nicht sagen. Irgendwann, wiederholte er. Sie würde an Herzversagen, an einem Blutgerinnsel oder einem plötzlichen Blutaustritt in die Lungen sterben. Seine Botschaft an Sam lautete nicht zum ersten Mal, dass sie irgendwann aus dem einen oder anderen Grund gehen würde.

Ihre Mutter saß auf dem mit Vinyl bezogenen Stuhl des Sprechzimmers, während er das vortrug. Sam, die auf dem zweiten Stuhl saß, griff nach ihrer Hand. Ihre Mutter erwiderte den Druck. Ihre dünnen Finger schlossen sich um Sams Hand. Die Fingernägel waren blass und glatt wie die halbierten Mandeln in den Salaten, die sie im Golfclub servierten. Ihr Puls war erschreckend schnell, der Rhythmus eines Vogelherzens in Sams Faust.

Schließlich begleitete der Arzt sie zur Rezeption, wo sie, wie er sagte, über ihre Außenstände reden müssten. Dort zeigte eine Angestellte Sam Zahlen, die sie nicht verstand. Die Frau war sehr bestimmt. Ihre Maske knitterte bei jeder Bewegung des Mundes. Sams Mutter lehnte sich gegen den

Tresen. Als sie die Augen schloss, sagte Sam: »Ich muss meine Mom jetzt nach Hause bringen.«

Ihre Mutter schlug die Augen wieder auf. »Tut mir leid. Ich bin nur müde.«

»Nichts muss dir leidtun«, entgegnete Sam. Sie nahm der Frau an der Rezeption die Mahnungen ab und half ihrer Mutter durch die Tür. Nachdem sie sie zum Wagen gebracht hatte, schrieb sie eine Nachricht an Elena: *Termin vorbei, Herz sieht nicht gut aus. Wir müssen reden.*

Ihre Mutter würde sterben. Das war keine Überraschung. Trotzdem hatte es Sam erschüttert. Sie umklammerte das Lenkrad, während sie den Wagen durch den Kreisverkehr der Stadt steuerte. Ihre Mutter beobachtete vom Beifahrersitz aus, wie die niedrigen Häuser an ihnen vorbeizogen. Über dem Brummen des Motors hörte Sam sie atmen. Flach und schnell. So wie immer. Wie lange noch würde Sam dieses Geräusch hören?

Kaum waren sie aus Friday Harbor raus, vibrierte das Handy auf Sams Schoß. Sie sah auf das Display hinunter und las die Nachricht. *Okay, danke. Hier gibts auch Neuigkeiten.*

»War das Elena?«, fragte ihre Mutter.

Sam drückte auf einen Knopf, und das Display wurde schwarz. »Ja.«

»Ist sie zu Hause?«

»Müsste sie«, sagte Sam. Das Restaurant hatte vor einer Stunde geschlossen.

»Mach dir keine Sorgen, mein Schatz«, sagte ihre Mutter. Sam warf ihr einen Blick zu und konzentrierte sich dann wieder auf die Straße. Wenn sie ihre Mutter jetzt so ansah, hätte sie am liebsten losgeheult. Als Sam klein war, hatte sie ihr Gesicht an die Schenkel ihrer Mutter gepresst, wenn sie Angst hatte, und ihre Mutter hatte sich zu ihr heruntergebeugt,

Kreise auf ihren Rücken gezeichnet und ihr ins Ohr geflüstert: Alles okay. Das wollte Sam, genau das. Den warmen Druck der Hände ihrer Mutter zwischen ihren Schulterblättern. Alles okay.

Aber es war nicht okay. Und Tränen halfen nicht. So war es eben.

»Tu ich nicht«, sagte Sam.

»Gut.«

Sie fuhren weiter. Blöd und hilflos glotzten sie die Kühe von der Weide über den endlosen Zaun entlang der Straße an. An einem Stoppschild sagte Sam: »Ich will nur, dass du dich wohlfühlst.«

»Ich fühle mich wohl«, sagte ihre Mutter. »Mir geht's gut.«

»Ich will nicht, dass du Schmerzen hast.«

Ihre Mutter seufzte. Dieses angespannte Pfeifen. Es tat Sam in den Ohren weh. »Weißt du, Sammy, vielleicht hilft es, wenn ich dir sage, dass ich mich an die Schmerzen gewöhnt habe.«

Der Blinker war an. Sam sagte: »Vielleicht, ja.«

Ihre Mutter blickte aus dem Beifahrerfenster. »Als deine Großmutter starb, war ich bei ihr. Ihre letzte Woche war sie … mal da, mal nicht da. Sie war nicht mehr wirklich bei Bewusstsein. Ich hab mir freigenommen. Ich wusste nicht, wann es so weit ist. Jedes Mal, wenn ich für euch Mädchen gekocht habe, auf die Toilette oder eine Windel wechseln musste, hatte ich Angst, dass sie ohne mich geht, aber sie hat durchgehalten.«

Sam wusste nicht, was ihre Mutter hören wollte. Sie musste raten. »Das war bestimmt sehr schwer.«

»Es war wunderschön«, sagte ihre Mutter. »Sie hat auf mich gewartet. Am Ende waren wir zusammen – es war nachts, ich war bei ihr im Zimmer –, und dann hat sich ihr

Atem verändert. Er klang anders. Er wurde flacher. Ich habe die ganze Zeit ihre Hand gehalten. Ich habe ihr gesagt, wie sehr ich sie liebte – wie sehr ich sie immer geliebt hatte, mein ganzes Leben lang. Sie hat leiser geatmet, und dann dachte ich, das war's, das muss der letzte Atemzug gewesen sein, aber dann atmete sie doch noch weiter. So ging es stundenlang, bis es schließlich einfach aufhörte.«

Sie standen jetzt vor dem Haus. Die Bäume beugten sich über sie. Der Motor lief noch. Sam drehte den Schlüssel um und schaltete ihn aus.

»Ich bin so dankbar, dass ich in dem Augenblick bei ihr war und ihr helfen konnte zu gehen«, sagte ihre Mutter.

Die Bäume waren mächtig, die Äste ineinander verflochten. Sam starrte durch die Windschutzscheibe auf ihre Umrisse. Die Luft im Wagen war kühl, und Sam spürte, dass ihre Mutter auf etwas wartete, wusste aber nicht, was dieses Etwas war.

»Ich wünschte, ich könnte mich an sie erinnern«, sagte Sam.

»Sie hat euch beide vergöttert.«

Sam und Elena waren noch klein gewesen, als ihre Großmutter starb. Ihre Mutter war damals praktisch selbst noch ein Kind – drei Jahre jünger als Sam jetzt –, hatte aber in dem jungen Alter bereits eine Menge vollbracht. Sie hatte zwei Menschen zur Welt gebracht und einen dritten aus ihr hinausbegleitet.

Ihre Mutter war eine bemerkenswerte junge Frau gewesen. Bevor ihr neuer Freund einzog, bevor sie krank wurde, damals, als die Schwestern noch klein waren. Ihre umwerfende, mädchenhafte Mutter: bauchfreie Hemden, falsche Zähne, makellose Pediküre. Sie lag im Dunkeln auf dem Boden zwischen ihren Betten und flüsterte Sam beruhigend ins Ohr, wenn sie wieder mal einen Albtraum gehabt hatte. Sie kam nach Hause und überreichte Elena mit schwungvoller Geste einen Zehndollarschein von ihrem Trinkgeld. Als wären sie reich. Als schwämmen sie in Geld. Und die Schwestern, naiv, wie sie waren, glaubten ihr. Sie verehrten sie dafür, wie sie sich um sie gekümmert hatte, bis sie es nicht mehr konnte.

»Gibt es irgendetwas, das du von uns brauchst? Oder dir wünschst? So wie du … Mimi geholfen hast?«, fragte Sam vorsichtig.

»Ach, mein Schatz«, antwortete ihre Mutter. »Danke. Nein. Ich bin nur froh, dass wir zusammen sind, nichts weiter.«

»Wir gehen nicht weg.« Es fiel Sam so leicht, das zu sagen. Weil es das war, was ihre Mutter brauchte, aber auch, weil es stimmte, sie würden nirgendwohin gehen, nicht solange ihre Mutter lebte. Nur bohrten sich diese Worte aus ihrem Mund wie ein Nagel in ihre Brust. Sie hatte sie unbewusst ausgesprochen: ihre größte Angst. Dieser Gedanke war noch schrecklicher als die Reißzähne des Bären, lebendiger als das Röcheln des Todes. Er durchbohrte sie.

»Das ist gut.« Die Stimme ihrer Mutter klang fröhlich.

»Ja«, sagte Sam. »Super.« Die Pflichten des Tages waren erledigt.

Sam knallte die Fahrertür so laut zu, dass das Geräusch bis in den Wald getragen wurde. Am späten Nachmittag wie jetzt legten sich lange Schatten über das Grundstück. Es war still, braun und grün. Irgendwo da draußen, hinter den Häusern und den Hügeln, war der Nachhall der zugeknallten Tür noch unterwegs. Er glitt über den Rand der Insel und die Wellen des Meeres.

Die Luft roch wieder wie neulich. Nach frischem Kot.

Sam ging um den Wagen herum und half ihrer Mutter

beim Aussteigen. Sie richtete sich auf, hielt sich an Sams Schulter fest und rümpfte die Nase. »Igitt.«

»Gehen wir rein«, sagte Sam.

Die Haustür ging auf, und Elena kam heraus. Sie hatte geduscht, sich umgezogen und das Haar zu einem Knoten geschlungen. Noch war es nicht diese magische Stunde vor Sonnenuntergang, wenn der Himmel die Farben von Malven und Honig annahm, doch Elena glühte.

»Braucht ihr Hilfe?«, rief sie.

»Wir schaffen das schon«, antwortete Sam.

»Du kannst meine Tasche nehmen«, sagte ihre Mutter. Elena kam und holte die Tasche aus dem Wagen. Sie hatte die Mundwinkel zu einem leichten Lächeln verzogen. Sie war irgendwo, wo Sam nicht war. »Riechst du das?«, fragte ihre Mutter.

Elena hob den Kopf. Ihr dünner Nacken streckte sich.

Der Gestank: Fleisch, Fell, Öl, Erde. Auf dem Gehsteig lag kein zweiter Haufen, aber das gewaltige Aroma hing noch in der Luft. Ein Tier hatte sein Revier markiert. Sam wollte nicht, dass ihre Familie noch länger hier draußen herumstand.

In der Küche machte Elena ein Spiegelei auf schwarzen Bohnen für ihre Mutter, die ein bisschen davon aß und dann eine Pause einlegen musste, um wieder zu Atem zu kommen. Sam erzählte Elena von der neuen Sprechstundenhilfe an der Rezeption, die ihr Haar blau gefärbt hatte. Und einen Kristallstecker in der Haut, genau hier, fügte ihre Mutter hinzu und berührte einen Punkt über ihrem Wangenknochen. Wieso war Sam das nicht aufgefallen? »Das nennt man Hautpiercing«, erklärte Elena, beugte sich vor und nahm die Gabel ihrer Mutter, um die Bohnen zu probieren. Ihre Mutter schob ihr den Teller zu, und Elena schob ihn wieder zurück.

»Woher weißt du das?«, fragte Sam. Elena zuckte die Achseln. Sie ermutigte ihre Mutter, ein wenig mehr zu essen, und ihre Mutter versuchte es.

Sam stützte den Kopf in die Hände und beobachtete die beiden. Elena machte einen Witz; ihre Mutter schmunzelte. Es war Sams freier Tag gewesen, dennoch sah ihre Schwester trotz einer langen Schicht viel frischer aus. Sie strahlte. Ihre Augen leuchteten. Unvermittelt kam Sam das Bild ihrer Großmutter in den Sinn, die im Dunkeln lag – die Geräusche, die sie gemacht haben musste, als sie sich zu Tode röchelte. Würden auch sie hören, wie sich der Atem ihrer Mutter veränderte? Sie verdrängte die Vorstellung. Sie wollte nicht daran denken. Elena erzählte eine Geschichte über einen Gast im Club.

Als ihre Mutter sich hinlegte, dämmerte es bereits. Sam wischte die Fettspritzer vom Herd. Am Ende des Flurs hörte sie Elenas Stimme, die leisen Antworten ihrer Mutter. Die Toilettenspülung, das laufende Wasser, eine Tür, die sich öffnete und wieder schloss. Das Surren des Sauerstoffkonzentrators. Elenas Schritte, als sie zurückkehrte.

Sie kam in die Küche und fragte: »Also, wie war's wirklich?«

»Nicht gut«, sagte Sam. »Die Herzkammer hat sich verschlechtert.«

»Wie waren die Lungenwerte?«

»Weiß ich nicht mehr. Sie haben mir einen Ausdruck mitgegeben.« Elena ging in den Flur, um Sams Jackentaschen zu durchsuchen. »Fünfzig vielleicht?«, rief Sam.

Elena drehte sich mit dem Ausdruck in der Hand um. Sie studierte ihn und runzelte die Stirn. »Sammy!«

»Was denn?«

»Hundertzwanzig.« Elena setzte sich an den Tisch und

hielt die Papiere umklammert. Die Haut über ihrem Kiefer straffte sich. »Das ist richtig schlecht.«

»Ich weiß. Das musst du mir nicht sagen.«

»Das hättest du mir sofort erzählen müssen.«

»Ich ...« Machte es einen Unterschied, ob sie ihr eine Nachricht noch von der Praxis aus schickte oder erst jetzt überbrachte? Änderte es etwas? Aber dann sah Sam Elenas angespanntes Gesicht. Elena trug die Verantwortung für sie alle; das Mindeste, was Sam tun konnte, war, ihr das zu geben, was sie dafür brauchte.

Elena drehte das Blatt um und schüttelte den Kopf. Dann legte sie alles beiseite. Es war das, was die Frau an der Rezeption mit Sam hatte besprechen wollen: ihre Außenstände, die unbezahlten Rechnungen. »Sie sind sauer«, sagte Sam.

»Ich kümmer mich drum«, sagte Elena. »Mach dir keine Gedanken.«

»Die Frau meinte, die Rechnungen sind längst fällig oder so was in der Art.«

Elena legte die Blätter auf den Tisch und presste die Finger auf die Stirn. Ihre Nägel sahen genauso aus wie die ihrer Mutter, dünn und oval, hatten aber mehr Farbe. Ihre Hände verbargen kurz die Augen. Dann senkte sie sie, und das Gesicht kam wieder zum Vorschein. »Ich kümmer mich drum. Okay?«

Sam zog sich einen Stuhl heran. Auf dem Tisch zwischen ihnen vibrierte Elenas Handy, Elena nahm es, warf einen Blick auf das Display und legte es wieder weg. Sam verzog den Mund. »Kristine?« Elena brummte etwas. »Was schreibt sie?«

»Nichts Wichtiges«, sagte Elena. Sie griff erneut nach den Blättern. »Erzähl mir, was sonst noch war.«

Sam stieß einen tiefen Seufzer aus. Jeder Termin, zu dem sie ihre Mutter fuhr, führte zu neuen winzigen, kaum erkennbaren Sorgen: der Ton des Arztes, die Körperhaltung ihrer Mutter. Sam schuldete Elena die Einzelheiten, aber sie waren zu düster, um sie weiterzugeben.

Statt über Dr. Boyces wiederholte Warnungen zu sprechen, sagte Sam: »Auf der Rückfahrt hat sie von Mimis Tod gesprochen.«

»Ach ja?«

»Sie hat gesagt, es war wunderschön, dass sie bei ihr sein konnte. Das ist das Wort, das sie benutzt hat.« Elena presste die Lippen aufeinander. Sam fuhr fort: »Sie hat gesagt, sie ist froh, dass wir jetzt bei ihr sind.«

Im Haus um sie herum war es still. Vom Ende des Flurs, jenseits der Tür ihrer Mutter, kamen leise Fernsehstimmen, doch es war nur ein Hintergrundgeräusch. Nicht aufdringlicher als das Surren des Kühlschranks oder das leise Zischeln des Windes draußen. »Tja«, sagte Elena und ließ ihre Stimme in diese Stille fallen. »Wir alle hier sind hinreißende Schönheiten.«

Die Papiere waren beiseitegelegt. Sam und Elena saßen am Tisch und schwiegen. Es gab so vieles, was nicht laut ausgesprochen werden musste. Wie lange standen sie schon an der Schwelle des Todes – warteten darauf, dass sich die Tür öffnete, damit ihre Mutter endlich hindurchgehen konnte.

Als sie die Diagnose erhielten, hatten die Schwestern gemeinsam geweint. Sam war am Boden zerstört gewesen. Das war damals, als sie sich den Schmerz als etwas Scharfes und Kurzes vorgestellt hatte. Jetzt wusste sie, was er wirklich war – nicht ein Glas, das man auf den Kachelboden warf, ein einziges schreckliches Zersplittern, sondern ein Baum, der jahrelang in einem beschränkten Raum wachsen musste. Die Zweige verschrumpelten, die Blätter fielen ab. Ein lebendes Ding, das erbarmungslos gezwungen wurde, sich zu fügen.

Das hatte der Schmerz bei ihnen bewirkt. Sam hatte sich

mehr für ihre Mutter erhofft, aber dieser Wunsch war vergeblich, er veränderte nichts. Ihre Mutter würde sterben, ob sie wollten oder nicht. Die meisten Behandlungen, zu denen die Ärzte rieten, um ihre Lebensqualität zu verbessern – nicht, um ihre Lungen zu heilen, betonten sie, höchstens, damit sie sich eine Zeitlang besser fühlte –, wurden von der Krankenversicherung nicht übernommen, sie würde also auf ihrem Weg in den Tod leiden müssen. Sie litt schon sehr lange. Irgendwann würde sie so schwach, dass Sam oder Elena ständig in ihrer Nähe bleiben müssten, um die Geräte zu bedienen, die Sauerstoffflasche, die Atemmaske, und wenn dieser Moment während der Hochsaison kam, müsste ihr Haushalt wahrscheinlich auf die Hälfte seiner jährlichen Einnahmen verzichten. Und dann kämen die Rechnungen. Sam wusste, dass der Tod ihrer Mutter bevorstand – er war unausweichlich –, und wenn sie daran dachte, wünschte sich ein Teil von ihr, der wartende Teil, der trauernde Teil, der Teil, der sich vor Schmerz krümmte, es wäre schon vorbei. Wenn dieser Verlust Sam das Herz brach, dann war es eben so; was für einen Unterschied machte es schon, ein intaktes Herz zu haben? Sollte es doch brechen. Sie wollte nur, dass dieser langgezogene Schmerz ein Ende hatte.

Elena beugte sich vor, sodass sich die Brust gegen die Tischkante presste, und flüsterte: »Sorry, aber ich muss dir was erzählen.«

»Okay«, sagte Sam.

»Aber du darfst Mom nichts sagen.«

Sam schüttelte den Kopf. »Mach ich nicht.«

Elena war wirklich eine Schönheit. Das hochgebundene Haar glättete ihre Stirn und hob ihre Brauen an. Sie hatte große Augen. Das blasse Blau darin strahlte, in Eis geschlagene Löcher. Sam beugte sich ebenfalls vor – sie konnte nicht anders. Elena sagte: »Der Bär war wieder da.«

Sie saßen am Esstisch, und Elena erzählte. Sie war von der Arbeit nach Hause gekommen und hatte geduscht. Unter dem plätschernden Wasser hörte sie einen dumpfen Aufprall draußen. Dann noch einen. Es klang, als schlüge jemand gegen die Fassade des Hauses, sagte sie. Als fiele ein großer Ast von einem Baum. Wuchtig.

Elena trat in ein Handtuch gehüllt aus dem Bad und horchte, und wieder hörte sie diesen dumpfen Aufprall. Sie ging ins Wohnzimmer und erspähte hinter dem Fenster das dunkle Fell eines riesigen Braunbären, der sich am Haus bewegte.

Sam war zu Tode erschreckt. »Wie bewegte?«

»Er stand mit dem Rücken zur Hauswand«, Elena richtete sich auf ihrem Stuhl auf und straffte die Schultern, »und scheuerte sich. So …« Sie wankte von einer Seite auf die andere und schüttelte den Kopf in der Luft, während sie den Bären nachmachte. »Hin und her, rauf und runter. Rhythmisch.«

»Was zum Teufel!«, sagte Sam. Etwas Besseres fiel ihr nicht ein. Elenas Pantomime erinnerte sie an eine Million alberner Bilder, die miteinander konkurrierten: eine Zeichentrickfigur in einem Disney-Film, die ihren Rücken an einem Baum rieb, eine Schlange, die sich über Sand bewegte, ein Hund, der ein Bein besprang, zwei Holzstöckchen, die man gegeneinanderrieb, um Feuer zu machen.

»Es war krass«, sagte Elena. »Ich war am Fenster, und er war direkt vor mir, keine drei Meter entfernt. Auf der anderen Seite der Scheibe.«

Sam war schleierhaft, wie ihre Schwester ans Fenster hatte

gehen können. Sie wollte ins Wohnzimmer laufen und nachsehen, sie wollte Elenas Spuren bis zu dieser Ecke des Hauses folgen, um sich das Ganze irgendwie begreiflich zu machen, aber sie hatte Angst davor, sogar Angst, aufzustehen. Der Bär war weniger als eine Stunde zuvor am Haus gewesen. Er könnte noch immer auf ihrem Grundstück sein und sie beobachten. »Du warst direkt am Fenster?«, fragte sie.

Elena nickte vor lauter ... war das etwa Begeisterung?

Elenas Euphorie war mehr als verstörend. Sie war besorgniserregend. Sie ließ Sam am Urteilsvermögen ihrer Schwester zweifeln, was sie bisher noch nie getan hatte. Dieses Leuchten in Elenas Gesicht. Dieses Lächeln. »Warum?«, fragte sie.

Die Muskeln um Elenas Augen zogen sich zusammen. War das ein Zucken oder ein Blinzeln? »Was meinst du mit warum?«

»Hattest du denn keine Angst?«

»Mein Gott! Na klar hatte ich Angst«, sagte Elena. Dann die Erleichterung – sie überwältigte Sam –, natürlich hatte ihre Schwester schreckliche Angst gehabt. Elena wusste, wie gefährlich das war, ein wildes Tier, das sich gegen die Hauswand presste. Elena war fasziniert gewesen, ja, weil es so ungewöhnlich war, aber diese Faszination hatte sie nicht blind für die Realität gemacht.

Sams Hände waren feucht vom Schweiß der letzten Minuten. Sie wischte sie am Hosenbein ab. Eigentlich wäre heute ihr freier Tag gewesen, stattdessen war sie stundenlang von Routinen, alten Sorgen und dann von Überraschungen und neuen Adrenalinschüben zermürbt worden, und jetzt war sie erschöpft von alledem. Ihr Körper machte schlapp. Ihr Verstand funktionierte nicht mehr richtig. »Ich verstehe nicht, warum er ständig hier auftaucht.«

»Er war doch nur ein paar Mal da.«

»Das ist viel. Oder etwa nicht?« Sam erwähnte nicht den Haufen vor der Tür, die aufgerissene Fassade.

»Nein«, sagte Elena. »Doch. Du hast recht.« Sie hielt inne. »Ich weiß auch nicht.«

»Wenn wir da draußen Vogelfutter oder so was hätten, würde ich es ja verstehen, aber …«

»Keine Ahnung, was ihn anlockt«, sagte Elena. »Wir sind doch keine Bärenexperten.«

»Hast du heute mit dieser Frau gesprochen?«

Elena sah sie stirnrunzelnd an. »Welche Frau?«

»Der Bärenexpertin.« Elena sah verdutzt aus, und Sam sagte: »Sie hat mich gegen drei angerufen? Und dich wollte sie auch anrufen.«

»Wer genau?«

»Sorry«, sagte Sam. Sie konnte noch immer keinen klaren Gedanken fassen. Eine Glasscheibe zwischen der Kreatur und ihnen reichte nicht. Seine Anwesenheit da draußen machte das Leben in diesem Haus, das Sam immer für einfach und sicher gehalten hatte, unberechenbar. Sie schloss die Augen, holte Luft und fing noch einmal von vorn an: »Eine Frau von der Jagd- und Fischereibehörde hat heute angerufen. Sie hat Fragen zum Bär gestellt und wollte vorbeikommen. Ich habe ihr gesagt, sie soll mit dir darüber reden.«

Elena scrollte durch ihr Handy. »Ach ja. Jetzt sehe ich die Nummer.«

»Du hast nicht mit ihr gesprochen?«

»Ich war auf der Arbeit.«

»Ich weiß«, sagte Sam. »Tut mir leid. Ich drehe gerade durch.«

Elena legte das Handy weg. Zog Sams Hand über den Tisch zu sich und umfasste sie. »Brauchst du nicht. Es ist alles okay.«

»Aber warum kommt er hierher?«

Elenas Finger fühlten sich kühl, trocken und kräftig an. Ihre Augenbrauen, dunkelblonde Linien, waren eng zusammengezogen, und Sam sah das kleine Mädchen von früher vor sich, das Kind, das sie durch den Wald geführt hatte, und die ältere Frau, die sie einmal sein würde. »Es ist alles okay«, wiederholte Elena.

So saßen sie da. Das Haus um sie herum kam zur Ruhe. Wasser in den Leitungsrohren, Wind um die Mauern. Es waren die kleinen Veränderungen eines Gebäudes, das nicht für die Ewigkeit gebaut war, aber trotzdem standhielt. Elena drückte Sams Hand. Sie lauschten gemeinsam.

»Du machst dir Sorgen um Mom«, sagte Elena.

»Kann sein.«

»Tust du.« Elena drückte ihre Hand. »Das verstehe ich.«

Der Fernseher im hinteren Haus war irgendwann während ihrer Unterhaltung verstummt. Ihre Mutter musste mittlerweile eingeschlafen sein. Sam sagte: »Wir warten schon so lange darauf, dass die Dinge besser werden.«

»Ich weiß.«

»Aber sie werden immer schlimmer.«

»Wir schaffen das«, sagte Elena. »Wir haben es bisher immer geschafft.« Ihre Stimme war fest. Sie ließ Sams Hand los. »Tee?«

Als Sam nickte, ging Elena zum Schrank, um die Kamillenteebeutel zu holen. Sie füllte zwei Becher mit Leitungswasser und stellte sie in die Mikrowelle. Von hinten sah sie mit ihren Hausklamotten und dem Haarknoten aus, als wäre sie wieder achtzehn, stünde mit dem Rücken zum Tisch vor dem Küchentresen und wartete auf den Piepton, der das Abendessen ankündigte. In solchen Augenblicken konnte Sam die letzten elf Jahre fast vergessen.

»Danke«, sagte Sam, als Elena ihr den Becher mit dampfendem Tee brachte.

Elena kehrte zur Mikrowelle zurück, um ihren eigenen zu holen. Über die Schulter sagte sie: »Manche Dinge werden schon besser.«

»Ach ja?«

»Ja.« Sie kam mit zwei Löffeln und einem Honigglas an den Tisch zurück.

Sam war skeptisch. »Was denn?«

Elena zuckte die Achseln. Sie zeigte auf das Wohnzimmer, auf die Stelle, wo der Bär sich gescheuert hatte, auf die Nacht draußen. Die Welt. Und Sam stellte sich vor, was als Nächstes kommen könnte: eine Gehaltserhöhung für Elena; ein zuverlässiger Dienstplan für Sam, der ausschließlich Nachmittagsschichten enthielt, ein potenzieller Käufer, der sich für das Grundstück interessierte. Wahrscheinlich gab es immer Gründe, zuversichtlich zu sein. Sie griff nach dem Henkel des Bechers und lächelte ihrer Schwester zu.

Elena lächelte zurück. »Ich versprech es dir. Du wirst sehen.«

Sie nippten an ihrem Tee. Er war zu heiß für Sams Geschmack, aber sie schluckte ihn trotzdem hinunter. Sie verbrannte sich die Fingerspitzen am Becher. Auf der anderen Seite des Tisches lächelte ihre Schwester. Die geschlossenen Lippen wölbten sich über dem vorstehenden Eckzahn. Ihre Augenwinkel waren gekräuselt. Sie war glücklich.

Als sie noch klein waren, liefen Sam und Elena nach der Schule gern die eine Meile bis Jackson Beach. Sie stiegen über kniehohe Baumstämme, weiß wie Knochen, bis zu der Stelle, wo das Wasser auf das Ufer traf. Dort gab es Gezeitenbecken. Hellgrüne Anemonen, winzige Krabben. Schleimfische, die sich unter Steinen versteckten.

Sie hatten nie genug Geld gehabt und auch keine echten Freundinnen, das war Sam klar, waren vom Freund ihrer Mutter misshandelt und benutzt worden, hatten aber immer Gründe gefunden, um weiterzumachen. Sie hatten ihre eigene Vorstellung vom Paradies. Winzige Orte, die nach Salz rochen und von anderen kaum bemerkt wurden. Orte, die immer nur ihnen gehört hatten und ihnen gehören würden.

Elena stellte das Honigglas auf den Kopf. »Glaubst du, dass Bären den wirklich mögen?«

»Versuchen wir lieber nicht, das rauszukriegen.«

Elenas Hände spielten mit dem Glas. Der Honig verschob sich wie geschmolzenes Gold und warf einen gelblichen Schimmer auf Elenas Gesicht. Über ihnen strahlte das Weiß der Küchenlampe.

»Wirst du die Frau zurückrufen?«, fragte Sam.

»Wen?«

»Die Expertin«, sagte Sam. »Von der Jagd- und Fischereibehörde.«

Elena stellte das Honigglas auf den Tisch. »Mal sehen.«

»Sie wollte morgen hier vorbeischauen.«

»Morgen arbeite ich.«

»Ich weiß«, sagte Sam. »Aber nach meiner Schicht. Ich könnte sie hier treffen.«

Elena stand auf, um ihren Becher zu spülen. »Ich verstehe nicht, warum wir uns überhaupt mit ihr treffen sollen.«

Weil sich ein Grizzly den Rücken an unserer Hauswand scheuert, hätte Sam am liebsten geschrien – weil er uns zerfleischen könnte. Stattdessen stand sie auf und brachte Elena ihren leeren Becher. »Vielleicht rufst du sie doch lieber an«, sagte Sam.

Von ihrem Zimmer aus hörte Sam das Klirren von Tellern, die abendlichen Geräusche, wenn Elena abwusch. Auf dem Handy waren drei Nachrichten von Ben. Scherze und Sticheleien. Sie hatte keine Lust, sie zu lesen. Stattdessen legte sie sich hin und tippte sich durch eine Umfrage. Es ging darum, wie oft sie Parfüm benutzte: nie, selten, manchmal, oft, immer. Sie entschied sich für immer. Es durchbrach die Eintönigkeit, wenn sie so tat, als hätte sie ein anderes Leben. Dann suchte sie die Website der Washingtoner Jagd- und Fischereibehörde und sah sich das Mitarbeiterverzeichnis an. Da war sie: Madeline Pettit. Eine E-Mail-Adresse.

Sam vertraute Elena. Völlig – in jeder Hinsicht, angefangen bei ihren Finanzen bis hin zu ihrer Zukunft. Sie schaute nur nach, weil sie ihre Schwester kannte, ihre Geschichte, ihre Eigenarten, weil sie wusste, dass Elena den Staat niemals um Hilfe bitten würde, obwohl gerade das jetzt angebracht war. Daher schickte Sam eine E-Mail. *Hallo Madeline, mein Name ist Sam Arthur. Sie haben mich wegen einem Besuch in unserem Haus in der Portland Fair Road auf San Juan angerufen. Ich bin morgen gegen dreizehn Uhr da und könnte Sie treffen.* Elena käme nicht vor sechs. Genug Zeit, alles zu klären. *Viele Grüße*, tippte Sam ins Display, und *Danke*.

Die Biologin kam fünf Minuten zu früh zu ihrer Verabredung. Als es an der Tür klingelte, war Sam gerade dabei, das Mittagessen zu servieren. Ihre Mutter setzte sich im Bett auf. »Wer ist das?«

»Ah«, sagte Sam und stellte das Mayonnaise-Tomaten-Sandwich auf dem Nachttisch ab. Ihr Herz raste. Dieses Treffen ohne Elena fühlte sich wie ein Verrat an, aber das war es nicht, es war ganz normal, eine lästige kleine Pflicht. Als wollte sie sich das selbst noch einmal bestätigen, antwortete sie: »Da kommt jemand wegen dem Bär.«

Ihre Mutter machte große Augen. »Wieso?«

»Um sicherzugehen, dass wir hier nichts haben, was ihn anlockt.«

»Kriegen wir Ärger?«

»Nein«, sagte Sam. »Auf keinen Fall.« Ihr Puls raste trotzdem. Sie stellte den Fernseher lauter, schenkte ihrer Mutter Wasser nach, klopfte das Kissen in ihrem Rücken auf und schloss beim Rausgehen die Tür hinter sich. Es läutete erneut. Sam presste die Lippen aufeinander.

Als sie die Haustür öffnete, stand eine kleine, gutaussehende Frau mit kräftigem Kiefer, perfekten Zähnen und dunklem, aus der Stirn gekämmtem Haar vor ihr. »Samantha?«, fragte Madeline Pettit.

»Sam.«

»Stimmt.« Madeline zeigte ihren Ausweis: ein winziges Foto vom Gesicht, grünes Logo. »Ich dachte schon, Sie wären vielleicht doch nicht zu Hause.«

»Entschuldigung. Jetzt bin ich da. Ich musste nur eben meine Mutter versorgen. Sie ist krank.« Madeline hob die

Augenbrauen. So zeigten höfliche Menschen, wie leid ihnen etwas tat. »Wollen Sie reinkommen?«

Madeline trat über die Türschwelle. Als sie die Stiefel aufschnüren wollte, sagte Sam: »Ist nicht nötig«, doch Madeline antwortete: »Bitte, ich war den ganzen Tag im Wald unterwegs.« Sie richtete sich wieder auf. Die Zehen machten winzige Ausbuchtungen in den Stoff der Strümpfe. Sie trug eine graue Hose und ein beigefarbenes Button-down-Hemd mit aufgesticktem Staatssiegel über der Brusttasche. Sam hatte Leggings und ein altes T-Shirt an. Sie schämte sich für ihren Körper und die Kleidung. Wie alt Madeline genau war, konnte sie nicht sagen, aber sie wirkte älter als sie. Gesetzter. Wie jemand, der zu beschäftigt war, um sich auch nur Sams Spitznamen zu merken.

»Ich arbeite auch für den Staat«, sagte Sam.

Madeline hatte einen Blick in den Flur geworfen und wandte die Aufmerksamkeit jetzt wieder Sam zu. »Tatsächlich?«

»Ich weiß nicht, ob es in Ihrem Bericht steht. Aber ja. Verkehrsministerium.«

»Super Sozialleistungen«, sagte Madeline. Sam rang sich ein Lächeln ab. Ihr war bewusst, dass Madeline sie missverstanden hatte – in Wahrheit arbeitete sie für Centerplate, den privaten Lebensmittellieferanten der Reederei und bekam keine der Leistungen, die eine Kariere in der Jagd- und Fischereibehörde so erstrebenswert machten, obwohl deren Mitarbeiter den ganzen Tag im Wald spielten. Schön für sie. Aber Sam hatte einen Job, sie tat etwas, und wenigstens das sollte Madeline wissen. »Und was genau machen Sie da?«, fragte sie jetzt.

»Ich arbeite auf den Fähren.«

»Wie toll! Ich bin heute Morgen von Anacortes gekommen. Was für eine Fahrt.«

Sam sah sich Madelines Gesicht erneut an, es war wie gemeißelt. War diese Frau während Sams Schicht im Bistro gewesen? Hatte sie ein Croissant bestellt, das Sam dreißig Sekunden in die Mikrowelle gesteckt hatte? Aber würde Sam sich dann nicht an sie erinnern?

Madeline sah sie ausdruckslos an. Auch sie hatte sie nicht erkannt. »Dann erzählen Sie mir doch nochmal, was Sie gesehen haben.«

Sam schilderte den Schreck am Morgen, als der Bär zum ersten Mal aufgetaucht war. Sie beschrieb den riesigen Körper vor der Eingangstür. Sie zeigte Madeline die unscharfen Fotos, das braune Fell. Madeline machte sich Notizen und stellte Fragen: Ob ihre Familie auf dem Grundstück Haus- oder Nutztiere hielte? Ob es Obstbäume auf dem Grundstück gäbe? Ob sie irgendwelche Duftstoffe im Auto hätten? Als Sam bei der letzten Frage zögerte, drückte Madeline es anders aus. »Etwas, das besonders stark riecht.«

»Ich weiß, was Duftstoffe sind«, sagte Sam. »Nein.«

»Wir wollen diesen Bären daran hindern, die sogenannte Verhaltensleiter hinaufzuklettern: Findet er zum Beispiel in einer Garage etwas zu fressen und dringt danach in ein leerstehendes Haus ein, verursacht er Schäden und schafft es in die Nachrichten. Wir chippen und siedeln ihn um, aber der Bär hat ein gutes Gedächtnis, er kommt zurück. Und am Ende hat er das Pech, jemanden in seinem Garten zu erschrecken. Er wird zum Problembären. Dann müssen wir ihn einschläfern.«

»Moment mal. Er könnte in unser Haus kommen?«, fragte Sam.

»Nein.« Madeline hob die Hand, mit der sie sich Notizen machte. Der Stift klemmte zwischen den Fingern. »Bislang spielt sich sein Verhalten etwa auf dieser Ebene ab.« Sie beugte sich vor und hielt die Hand knapp über dem Boden. »Und wir wollen dafür sorgen, dass es auch dabei bleibt.«

Dann zogen beide ihre Schuhe an und traten aus dem Haus. Madeline warf einen Blick auf die Stufen und fotografierte den Gehweg, der durch den Vorgarten zur Straße führte. Sam studierte Madelines Hinterkopf, den makellosen Pferdeschwanz. Merkwürdigerweise fiel ihr dabei ein, wie sie früher, als sie noch klein waren, hinter Elena gestanden und darauf gewartet hatte, dass sich ihre Schwester vom Muschelsammeln aufrichtete und die Regeln für irgendein fantastisches Spiel verkündete. Sie verlor sich in Erinnerungen. Nach einer Weile fragte sie: »Normalerweise chippen Sie also die Tiere und nehmen sie mit?«

Ohne sich umzudrehen, zeichnete Madeline erneut eine imaginäre Sprosse auf der unsichtbaren Leiter. »Das wäre die Antwort, sollte das Verhalten des Tieres eskalieren«, erklärte sie über die Schulter hinweg. »Falls es zurückkehrt.«

»Aber das hat es schon getan.«

Da drehte Madeline sich um. »Tatsächlich?«

»Gestern«, sagte Sam. »Nach unserem Telefongespräch. Direkt da drüben.«

Madeline folgte der Richtung, in die Sam zeigte, zur Ecke des Hauses. Sie hockte sich dort auf die Erde und kam dann die paar Meter, die sie trennten, langsam wieder zurück. Während dieser Inspektion erkannte Sam Madelines Zweifel – ihr Misstrauen. Madeline hatte wohl erwartet, dort Hundefutter zu finden, reife Beeren oder weggeworfene braune Bananenschalen. Der Beweis, dass Sam und ihre Familie irgendetwas falsch machten.

Neben der Haustür, wo die Paneele Schaden genommen hatten, blieb sie plötzlich stehen. »Wie ist denn das da passiert?«

»Das ist alt«, sagte Sam. »Unser Nachbar tippt auf Wühlmäuse.«

Madeline fuhr mit den ausgestreckten Fingern über die aufgeplatzte Vinyl-Verkleidung. Sie hob sie an, um sie sich von beiden Seiten anzusehen. »Echte Plage, wie mir scheint.« Sie verdrehte das sonnengebräunte Handgelenk, um ihr den Schaden zu zeigen. »Sehen Sie das? Die Zahnabdrücke?«

»Keine Wühlmaus?«, fragte Sam.

»Nein, außer wenn Ihre Wühlmäuse zweihundert Kilo wiegen.«

Sam runzelte die Stirn.

Vielleicht konnte Madeline im hellen Licht des Juninachmittags Sams Ausdruck nicht erkennen, denn sie fuhr unbekümmert fort. »Eigentlich sieht man so was an Bäumen. Die nagen sie an, um an den Saft zu kommen. Ihr Bär hat sich den falschen Ort ausgesucht – hier konnte er höchstens ein bisschen Isolierung ergattern –, aber er hat sein Bestes gegeben. Riechen Sie das?«

Ja, in der Tat. Es stank nicht so sehr wie am Tag zuvor, aber immerhin. Moschus und feuchte Erde. Haut und Haar.

»Der Bär hat hier uriniert«, sagte Madeline.

Sam wich einen Schritt zurück. »Mein Gott!«

Madeline lächelte. In dieser Sonne war sie perfekt ausgeleuchtet. Ihre Augen strahlten. Braunschwarz, ein tiefes samtiges Schwarz, vom Tageslicht eingefangen und festgehalten. Ein Schwarz, das Gold enthielt. Die Wangen waren mit hellen Sommersprossen übersät: Staub auf dem Teint. Sie sah aus wie eine Frau, die alles hatte: allen Luxus, alle Chancen. Sam konnte sich nicht einmal ansatzweise vorstellen, wie sich das anfühlte. »Er wird nachlassen«, sagte Madeline.

Sam musste sich erst wieder erinnern. »Der Geruch.«

»Dieser Bär hat Ihr Zuhause in eine Art Scheuerbaum verwandelt. Bären markieren einen Baumstamm oder, wie in diesem Fall, eine bestimmte Stelle mit Urin, dem Fett ihres Fells oder den Analdrüsensekreten, um untereinander zu kommunizieren – aber keine Sorge, sie schaden niemandem damit.«

»Was kommunizieren sie denn?«

»Ach, was auch immer sie ihrer Umwelt verkünden wollen. Ihre Dominanz oder dass sie eine Partnerin suchen.«

Sam war wesentlich beunruhigter, als Madelines nüchterner Ton bezweckte. »Ihre Dominanz?«

»Es ist Paarungszeit«, sagte Madeline. »So reden Tiere miteinander. Sie trommeln sich auf die Brust oder hinterlassen ihren Duft, um zu zeigen, wie stark sie sind.«

»Aber wieso macht er das hier?«

»Er ist vermutlich verwirrt.«

Sam gefiel das nicht. Kein bisschen. Der Bär, sein Verhalten, seine Verwirrung. Die wiederholten Besuche. Drei Mal! Genug, um selbst eine Biologin staunen zu lassen. Und die Markierung. Der Bär hatte sie auf dem Kieker. »Er kommt jetzt also dauernd zurück?«, fragte Sam.

»Nein, nein, Bären haben viele Scheuerstellen. Sehen Sie es als eine Art Wegweiser, nicht als sein Ziel.«

»Befinden wir uns etwa auf einem Bärenpfad?«, fragte Sam besorgt. »Es kommen also noch andere?« Madeline schüttelte den Kopf. »Aber woher wissen Sie das?«

»Auf diese Insel verirren sie sich nur sehr selten.«

»Die Leute sagen, das stimmt nicht. Vor ein paar Jahren war schon mal einer da. Und jetzt der hier.«

Sams Stimme klang jetzt angespannter, schriller, doch Madeline ließ sich nicht beirren. »Ich kann Ihnen versichern, dass es extrem selten vorkommt«, sagte sie. Sie wählte jedes ihrer Worte bewusst, als befürchtete sie, Sam könnte wie ein panisches Tier in den Wald flüchten. »Vor allem zu dieser Jahreszeit legen männliche Bären lange Wege auf der Suche nach einer potenziellen Partnerin zurück. Der hier ist Ihnen nur zufällig auf seiner langen Reise über den Weg gelaufen. Er setzt Markierungen, um den Bärinnen seine Anwesenheit mitzuteilen. Er wird weiterziehen und seine Markierungen setzen, bis er eine Partnerin findet.«

»Bisher rührt er sich nicht vom Fleck.«

»Warten Sie ab«, sagte Madeline. »Das kommt noch. Er stammt vom Festland, und wenn er von seiner Suche frustriert ist, zieht er weiter.«

Sam wusste nicht, wie sie sich verständlich machen sollte. Okay, ja, der Bär war von irgendwoher zu ihnen gekommen und nicht einfach vom Himmel gefallen, aber es ging doch darum, dass er ständig wiederkam und nicht verschwand. Er hockte vor ihrer Tür, scheuerte den Rücken an ihren Fenstern, folgte Elena auf einsamen Pfaden. Madeline hatte gesagt, es käme nur sehr selten vor, aber Sam und ihrer Familie war es egal, dass so etwas normalerweise nicht passierte. Denn jetzt passierte es eben doch. Und zwar ihnen.

»Ich finde, Sie sollten ihn hier wegschaffen«, sagte Sam. »Ich hab mich nur gemeldet, weil ich es ernst meine. Wenn Sie ihn woanders hinbringen können, dann bitte, tun Sie es.«

Madeline seufzte. »Ich verstehe Sie ja. Trotzdem gibt es keinen Grund, beunruhigt zu sein.«

»Okay, aber ich bin nun mal beunruhigt«, beharrte Sam. Sie könnte Madeline noch mehr erzählen, zum Beispiel, dass Elena dem Tier im Wald begegnet war, aber was sie an der Hauswand und auf dem Boden vor Augen hatten, musste doch reichen. »Er hat sich angewöhnt, hierherzukommen. Er beschädigt das Haus, und das ist ein Problem, wir müssen … wir wollen das Haus verkaufen, es darf keinen Schaden nehmen, wir können nicht zulassen, dass es zum Ziel von wilden Tieren wird. Meine Schwester und ich rechnen damit. Wir wollen bald von hier wegziehen.«

Madeline zeigte keine Gefühlsregung, als Sam ihr ihren größten Traum verriet. Die Information ging in ihrer Gelassenheit unter. Das Einzige, was sie sagte, war: »Es sind keine größeren Schäden entstanden. Sie sollten sich an Ihre Gebäudeversicherung wenden. Vielleicht übernimmt sie das.«

Schadensmeldungen bei Versicherungen waren Dinge, um die sich Elena kümmerte. Sam sah, wie Madeline Handy und Notizblock in die Umhängetasche steckte, die ebenfalls mit dem Logo des Ministeriums geschmückt war. Madelines natürliche Schönheit vertrug sich nicht mit der Uniform; sie wirkte ganz anders als die staatlichen Autoritäten, die Sam bislang kennengelernt hatte. Trotzdem war der nächste Schritt des Staates offensichtlich: Er würde sie mit dem Problem allein lassen. »Achten Sie darauf, ihm nicht zu nah zu kommen …«

»Er kommt uns nah!«

»… und alles wird gut. Sehen Sie es als interessante, vielleicht einmalige Begegnung mit der Natur. Halten Sie respektvollen Abstand und genießen Sie es.«

Draußen im Garten beendeten sie das Treffen. Madeline reichte Sam ihre Visitenkarte, während Sam noch immer versuchte, sie zu durchschauen. Diese Ältere-Schwester-Attitüde. Oder war es einfach Arroganz? Wie bei den unzähligen Reichen, die jeden Tag über den Channel kamen? Als sie sich verabschiedeten, konnte Sam nicht anders: »Wirklich cool, dass Sie … wie kommt man zu so ’nem Job?«

»Ich habe Wildbiologie studiert. Mich schon immer für Tiere begeistert. Wie sie sich verhalten, wie wir mit ihnen umgehen. Mein Onkel hat mich früher mitgenommen, wenn er Fallen ausgelegt hat.«

Diese adrette Frau hatte also Fallen zwischen den Bäumen ausgelegt. »Das ist ja lustig«, sagte Sam. »Sie sehen eigentlich nicht aus, als wären Sie gut in so was.«

Kaum hatte sie das gesagt, wusste sie, dass es falsch gewesen war. Madelines Mund schloss sich über den perfekten weißen Zähnen. Nein, wollte Sam sagen, so war es nicht gemeint, es sollte –, doch keine Erklärung könnte diese Worte rückgängig machen, mein Gott, wie sie dieses dumme, tollpatschige Kind hasste, das immer wieder aus ihr hervorbrach, wenn sie versuchte, mit selbstbewussten Frauen wie Madeline und Elena Schritt zu halten und dabei kläglich versagte.

»Wenn Sie sonst noch Fragen haben, die Kontaktadressen unseres Büros stehen auf der Karte«, sagte Madeline. »Schönen Tag noch.«

»Ihnen auch«, antwortete Sam. Bitter. Verlegen. Ein Gefühl, das sie verabscheute: Verlegenheit. Ein Gefühl, mit dem sie die ganze Zeit leben musste.

Sam ging zurück ins Haus. Sie zog die Schuhe aus – sie waren dreckig, das stimmte schon. Dann sah sie nach ihrer Mutter. Begleitete sie ins Badezimmer. Dachte an Uniformen und Pferdeschwänze, Visitenkarten und Eleganz, während ihre Mutter auf der Toilette saß. Die Unterhaltung mit Madeline ging ihr nicht aus dem Kopf. Auf den Knien hockend rief sie sich jeden einzelnen Fehler ins Gedächtnis zurück, die Momente, in denen sie Madeline dazu gebracht hatte, innezuhalten, die Augen zuzukneifen und pampig zu werden.

Und dann verdrängte sie diese Gedanken. Sie hatte sich nicht danebenbenommen, sagte sie sich. In Wahrheit war die Biologin diejenige gewesen, die sich seltsam verhalten hatte. Die Toilettenspülung rauschte, und inmitten dieses Geräuschs sagte Sam sich noch einmal, dass Madeline unrecht hatte, nicht sie selbst.

Die Reichen, die Überqualifizierten, diejenigen, die sich für was Besseres hielten – alles Leute, mit denen Sam nichts zu tun haben wollte. Madeline war nicht wie Elena. Es war ziemlich bescheuert von ihr gewesen, das zu denken. Nachdem sie ihre Mutter ins Bett gebracht hatte, ging sie in ihr Zimmer und öffnete eine neue Umfrage auf dem Handy.

Stimmen, draußen.

Elena. Das Auf und Ab ihres Tonfalls durch die Wand … was? Jetzt schon? Sam steckte das Handy in die Tasche und lief zur Haustür.

Elena stand in ihrer Arbeitskleidung da, wo der Gehweg auf die Straße traf. Wo Madelines Wagen parkte. Madeline unterhielt sich mit ihr. Als Sam die beiden von der Haustür aus musterte, warf Elena ihr einen Blick zu, winkte und rief: »Die Bärenexpertin!«

»Was machst du hier?«, fragte Sam.

»In der Küche ist die Sicherung durchgebrannt«, sagte Elena. »Wir wurden nach Hause geschickt, bis sie es repariert haben. Könnte ein paar Stunden dauern. Und sieh mal, wen ich getroffen habe.«

Sams Haut glühte. Sie wurde rot und war sich dessen bewusst. Sie trat zurück ins Haus, zog die Schuhe an, holte tief Luft und ging dann raus zu ihnen.

»Er könnte ein junges Reh reißen«, sagte Madeline gerade, als Sam zu ihnen stieß. »Aber hauptsächlich ernähren sie sich von Wurzeln, Beeren, Körnern und Insekten.«

»Fische«, schlug Elena vor.

»Fische. Natürlich. Kleine Säugetiere. Sie sind Allesfresser.«

»Hat sie dir gerade erzählt, dass wir keine Angst haben müssen, dass er uns angreift?«, fragte Sam an Elena gewandt.

Elena drehte sich zu Sam um. Sie hatte ein schwarzes Polohemd an und die Haare nach hinten gekämmt; ihr Gesicht wirkte verträumt und müde. »Wir haben darüber gesprochen, was Bären alles so fressen«, sagte sie, und Madeline, die neben ihr stand, setzte hinzu: »Ich dachte, Sie machen sich über Schäden am Haus Sorgen. Haben Sie Angst, dass der Bär Sie angreift?«

Machte Madeline sich lustig über sie? Sie wiederholte Sams Worte so, dass sie idiotisch klangen, aber das waren sie nicht. Jeder, der einen Bären in der Nähe seines Hauses sieht, würde sich Sorgen vor einem möglichen Angriff machen. »Na klar haben wir Angst«, antwortete sie. »Wir werden von einem Grizzly gestalkt.«

Die anderen beiden taten das ab. »Ach komm!«, sagte Elena, und Madeline erklärte: »Das ist kein Grizzly.« Elena sah Madeline interessiert an. »Nein?«

»Nein. Ich habe das Ihrer Schwester bereits bei unserer ersten Unterhaltung gesagt. Es ist ein Schwarzbär, ganz sicher.«

»Er ist aber nicht schwarz«, wandte Elena ein.

»Manche sind zimt- oder sogar hellbraun«, sagte Madeline. Die Bärenexpertin hielt schon wieder einen Monolog. »Nicht die Färbung ist ausschlaggebend. Es handelt sich um eine eigenständige Spezies, enger verwandt mit asiatischen Schwarzbären als nordamerikanischen Braunbären.«

»Das überrascht mich jetzt allerdings«, sagte Elena. »Ich dachte immer, Schwarzbären wären kleiner.«

»Sie sind mittelgroß.«

»Aber der hier ist riesig.«

»Mittelgroß ist bei einem Bären immer noch beachtlich«, sagte Madeline. »Männchen können bis zu ein Meter achtzig groß werden, wenn sie sich auf die Hinterbeine stellen. Denen möchte man lieber nicht ins Gehege kommen.«

»Der scheint mir aber größer zu sein«, entgegnete Elena leise.

Sam kam ihrer Schwester zu Hilfe. »Elena muss es wissen. Neulich ist er ihr ganz nah gekommen.«

»Genau. Diese Tiere unerwartet aus der Nähe zu sehen kann ein echter Schock sein und die Wahrnehmung ziemlich durcheinanderbringen.« An Elena gewandt fuhr sie fort: »Bestimmt haben Sie sich zu Tode erschreckt, als Sie die Haustür öffneten und dort ein Bär stand.«

»Halb so wild«, sagte Elena.

»Nein, er ist da draußen auf sie zugekommen, nicht hier«, sagte Sam. »Sie hat ihn ganz genau gesehen und meint, es war ein Grizzly.«

Madeline taxierte die beiden Schwestern. Dann griff sie in die Umhängetasche und nahm den Notizblock heraus. »Das wäre die Sichtung, die Sie am Telefon erwähnten. An der Cattle Point Road.«

»Genau«, sagte Sam. »Er ist ihr ganz nah gekommen.« Elena sah ihre Schwester an. Dann sagte Sam, an sie gewandt: »Erzähl es ihr.«

Elena war nicht sauer, ihre Stirn war glatt, aber froh über diese Chance, zu reden, war sie auch nicht. Sie war gar nichts. Nur ganz anders als nach der Begegnung auf dem Waldweg: den unzähligen Nachrichten und Anrufen, der überstürzten Erzählweise, der Euphorie. Sam fand diese Veränderung irritierend. So war Elena in der Schule gewesen, so hatte sie sich im Club benommen, als sie dort zusammen arbeiteten – Fremden gegenüber war sie immer höflich, sie lächelte und machte Smalltalk, aber das war nur Schein. Sie zeigte ihnen nichts von ihrem wahren Ich. Sam wusste, dass Elenas Erregung da war, gefangen in ihrem Körper, in Schach gehalten von ihrer Haut, doch diese Seite zeigte sie nur Sam, selbst in Augenblicken wie diesem, wo es nötig gewesen wäre.

»Ganz nah gekommen? Wirklich?«, hakte Madeline nach.

»Ganz nah nicht«, verneinte Elena. »Aber nah.«

Sam reichte es jetzt. »Zehn Meter, hast du gesagt.«

»Vielleicht«, räumte Elena ein.

»Das muss ja sehr beeindruckend gewesen sein«, sagte Madeline.

Elena nickte. Lächelte. Vage, geduldig. Wie oft hatte Sam schon in der Öffentlichkeit neben ihrer Schwester gestanden und war Zeugin ihrer Täuschungsmanöver geworden? Wenn Elena nichts preisgegeben, allem zugestimmt und einfach abgewartet hatte, bis der Moment vorbei war?

Madeline ging ihre Notizen durch. »Das war am Freitag, dem zweiten Juni? Ihre Schwester hat gesagt, Sie hätten das Tier gegen halb sechs gesehen.«

»Könnte hinkommen.«

»Gibt's noch andere Details, an die Sie sich erinnern?«

Elena schüttelte, immer noch höflich, den Kopf.

Und Madeline schloss den Notizblock. Sam verstand nicht, wieso. Madeline hatte nichts begriffen: weder, wie riesig das Tier war, noch wie massig die Hinterläufe, weder das Licht auf seinem Pelz noch die langen Krallen. Die gewaltige Energie, die wellenartig von ihm ausging und Sam dazu brachte, ihn anstarren und gleichzeitig losschreien zu wollen. Sein Interesse an Elena, seine Bereitschaft, sich zu zeigen. Seine Ohren, sein Maul, seine Kraft. Alles, was wichtig war, hatte Madeline überhört.

»Ich habe es Samantha schon gesagt: Ich sehe keinen Grund zur Beunruhigung«, erklärte Madeline. »Sorgen Sie nur dafür, dass das Grundstück frei von Dingen bleibt, die ihn anlocken könnten. Angriffe von Bären sind äußerst selten. Hat er sich auf die Hinterbeine gestellt, als Sie ihm begegnet sind?«

»Nein.«

»Nun, falls Sie ihm nochmal über den Weg laufen und er tut es, dann denken Sie daran, dass er wahrscheinlich nur neugierig ist. Es sind sehr wissbegierige Tiere, wissen Sie. Aber solange Sie ihn nicht füttern oder ihm etwas antun, wird es keine Probleme geben.«

»Sie unternehmen also nichts?«, sagte Sam. »Seine Bewegungen verfolgen, ihn einfangen oder …«

»Wir verfolgen seine Bewegungen, soweit uns das möglich ist«, sagte Madeline. »Deshalb bin ich heute hier.« Mit ihrem Stift, ihrer Handtasche, ihrer herablassenden Art. »Rufen Sie mich bitte an, wenn er wieder auftaucht.«

Endlich war sie so weit, aufzubrechen, und Elena, das sah man, wollte auch endlich reingehen, doch Sam, die sich vorgenommen hatte, das Problem mit dem Bären heute zu lösen, hatte der Tag nichts gebracht, und sie war extrem frustriert. Nichts von dem, was die Frau über die Verhaltensweisen von Bären vorgebracht hatte, war geeignet, Sams Zuhause oder ihre Familie zu schützen. Sie konnten doch nicht einfach warten, bis dieses Tier wieder zwischen den Bäumen erschien, sich auf die Hinterbeine stellte und sie anfauchte. »Und was haben wir davon, wenn wir Sie anrufen?«, fragte sie.

Elena legte Sam die Hand auf den Arm. Drückte ihn.

»Meinen Sie so was wie eine Belohnung, wenn wir ihn einfangen?«, fragte Madeline.

Nein. »Gibt es denn eine?«, fragte Sam.

Madeline runzelte die Stirn. »Nein.«

Sam glühte vor Scham. Und vor Wut. Madeline war mit der festen Überzeugung gekommen, bei ihnen Abschaum zu finden, und sie hatte ihn gefunden, oder? Zwei naive habgierige junge Frauen, die keine Ahnung hatten, wovon sie sprachen. Mädchen, die nicht wussten, was ein Braunbär ist oder was ein Meter achtzig bedeutete, woher das Geld kam oder was es bedeutete. Den ganzen Tag lang sprachen die Passagiere so mit Sam: *Ich habe ohne Sahne gesagt*, obwohl sie *mit Sahne* gesagt hatten. Manche fragten, welches der beste Wanderweg auf Shaw Island sei, und verdrehten die Augen, wenn sie ihnen antwortete, sie sollten eine Wanderkarte zu Rate ziehen. Ihr ganzes Leben lang waren Sam und Elena wie Idioten behandelt worden. Vergiss es. Bloß nicht um Hilfe bitten. Egal wen.

Dumme Tussi«, sagte Sam. Sie saß auf dem zugeklappten Toilettendeckel im Badezimmer, wo Elena sich umzog. Sie löste das Haargummi, kämmte die Haare mit den Fingern durch und band sie wieder zusammen. Möglicherweise hatte sie die Achseln gezuckt, aber da ihre Arme erhoben waren, konnte Sam es nicht sagen. »Oder?«

»Ich fand sie eigentlich ganz okay. Du warst aber ganz schön schroff.«

Sam fuhr verblüfft zurück und knallte mit dem Rücken gegen die kalte, harte Keramik des Spülkastens. »Nein.«

Elena fasste sich ein letztes Mal ans Haar und senkte dann die Arme. »Okay.«

»Du hättest sie hören sollen, bevor du da warst.«

»Wäre besser gewesen«, sagte Elena. Sie drehte den Hahn auf, um sich das Gesicht zu waschen, hielt aber nur die Finger darunter und sah zu, wie das Wasser strömte. Mehr nicht. Ohne Sam anzusehen, fragte sie: »Wieso war sie überhaupt hier?«

Seit Sam Elenas Stimme draußen gehört hatte, wusste sie, dass sie diese Frage würde beantworten müssen, und doch – wie sollte sie das erklären? Sam hatte etwas getan, von dem sie wusste, dass ihre Schwester es nicht gutheißen würde. Sie öffnete den Mund, um eine Entscheidung zu begründen, die nun unerklärlich schien. »Ich hab sie angerufen.«

Elena beugte sich vor, schöpfte Wasser mit den Händen und wusch sich das Gesicht. Ein paar Spritzer trafen Sam.

»Ich weiß ja, wie viel du zu tun hast. Ich dachte, um diese eine Sache kümmer ich mich mal.«

Elena kniff die Augen zusammen. Sie war dabei, die

Wangen einzuseifen. Ihre Stirn war vor Anstrengung gerunzelt.

»Ich dachte, sie sagt uns, wie wir ihn wieder loswerden. Sie hat gemeint, er ist öfter hier gewesen, als wir dachten. Er hat die Wand neben der Haustür aufgerissen. Unser Haus markiert. Und ich hab Angst, dass er gefährlich ist.«

Elena richtete sich auf und blickte in den Spiegel. Wasser perlte über ihren Kiefer und tropfte vom Kinn. Sam reichte ihr ein Handtuch vom Ständer. »Du weißt jetzt hoffentlich, dass das nicht der Fall ist.«

»Das sagt sie.«

»Du glaubst ihr nicht?«

»Ich weiß nicht.«

Elena zuckte vor ihrem Spiegelbild die Achseln. »Hast du sie nicht gerufen, weil du glaubst, dass sie sich auskennt?«

Sam schnaubte verächtlich. Sie nahm Elena das feuchte Handtuch ab. Und als sie es aufhängte, sah sie Madelines hübsches, unbekümmertes Gesicht, die schmalen Hände auf der Hauswand. Da kam die Scham wieder hoch und prickelte auf ihrer Haut. »Sie war echt komisch«, sagte Sam. »Kannst du sie dir nicht im Biounterricht vorstellen? Scharf aufs Sezieren oder so was?«

Elena schüttelte den Kopf. Ihr Gesicht leuchtete wieder, nachdem sie die Schweiß- und Fettschicht abgewaschen hatte. »In letzter Zeit hast du wirklich eine blühende Fantasie.« Ehe Sam sich verteidigen konnte, drehte Elena sich um, lehnte sich mit der Hüfte gegen das Waschbecken und sagte: »Bring sie bitte nicht nochmal hierher.«

Sam schüttelte den Kopf. Eine Schwester, ein Echo. »Mach ich nicht.«

»Ich mag es nicht, wenn du Geheimnisse vor mir hast.«

»Hab ich nicht – ich wollte nur helfen.«

Elenas frisch gewaschenes Gesicht war klar, scharf und blass, der dünne blonde Flaum am Haaransatz dunkel vom Wasser. In der letzten Woche hatte es Augenblicke gegeben, in denen Sam dachte, ihre Schwester hätte sich von ihr entfernt, ließe sie an ihrer Begeisterung nicht mehr teilnehmen, aber hier und jetzt war Elena ihr ganz nah. Sie waren zusammen in diesem kleinen Raum, und Elena sagte ihr, was zu tun war. »Was hier passiert, ist nicht gefährlich«, meinte sie. »Es ist magisch. Es ist das Beste, was uns je passiert ist.«

Elena erklärte es ihr: Ein Geschöpf, das auf ihrer Insel nicht heimisch war und nicht zu ihrem Leben gehörte, war trotzdem gekommen. Es war meilenweit durch die nasse schwarze Nacht geschwommen, um an ihrer Haustür zu landen. Es hatte sich zur Ausnahme der Regel gemacht – und damit auch sie. Es galt als aggressiv, war aber eher sanft. Es galt als wild, verhielt sich aber zahm. Es hatte sich auf dem Waldweg behutsam wie ein Verehrer Elena genähert. »Ist das nicht toll?«, fragte sie Sam. »Kommt dir das nicht auch magisch vor?«

»Ist es magisch, wenn ein Waschbär in eine Mülltonne klettert?«, sagte Sam. »Es ist ein Raubtier. Und es treibt sich da rum, wo es sich nicht rumtreiben soll.«

Elena lachte. Sam saß noch immer auf dem Toilettendeckel und sah zu ihrer Schwester hoch. Zu Elenas langem Hals und dem spitzen Kinn. »Aber es ist kein Waschbär, oder?«, sagte Elena. »Es ist etwas, das wir noch nie vorher gesehen haben.«

Auf dem Weg zur Arbeit hoffte Elena jetzt immer, ihm noch einmal zu begegnen. Sie hörte unterwegs keine Musik mehr, sondern nutzte die Zeit, um Ausschau nach ihm zu halten. Der Weg war abgeschieden und schattig. Die einzigen Geräusche stammten von vorbeirasenden Autos in der Ferne und knarzenden Ästen über ihr. Jahrelang war der Weg zur Arbeit eine einsame Angelegenheit gewesen, jetzt aber machte es Spaß, weil sie wusste, dass sie da draußen etwas begleitete. Etwas, worauf sie sich freuen konnte. Etwas Spektakuläres, etwas, das nur sie sah, während alle anderen daran vorbeieilten. Ein Raubtier, ja. Wie Sam gesagt hatte. Wild, ungeheuerlich und frei.

»Dich holt also keiner ab?«

»Wenn es passt, schon«, sagte Elena. Sie konnte nicht immer mit Kristine fahren, weil sie unterschiedliche Schichten hatten. Manchmal musste sie zu Fuß gehen.

»Ich würde dich fahren.«

Elena meinte, dass es ihr darum nicht gehe. Ob Sam verstehe, was sie sagte. Sam versuchte ihr Bestes.

Elena fuhr fort. Es war ein Geschenk, ihn zu sehen, behauptete sie. Sie hatte die ganze Woche daran gedacht, wie es gewesen war, ihm im Wald zu begegnen. Sein massiger Körper zwischen den Bäumen. Sein Blick. Sie hatte jeden Blutstropfen im Körper gespürt, als er sie ansah. Gespürt, wie sich die Muskeln anspannten, wie sich der Atem in den Lungen veränderte. Sie hatte sich lebendig gefühlt – lebendiger, als sie je für möglich gehalten hätte – als wären der Bär und sie die einzigen Lebewesen auf der Welt.

Sam verzog den Mund. »Obwohl er dich jeden Augenblick umbringen könnte.«

Elena schüttelte den Kopf. »So war es überhaupt nicht.«

»Er ist ein Bär.«

Nicht einfach ein Bär, widersprach Elena. Der hier sei anders.

Sam nickte und versuchte zu folgen. »Er hat uns ausgesucht«, fuhr Elena fort. Er hatte sich ihnen genähert, sie beobachtet und mit seinem Verhalten signalisiert, dass er bei ihnen sein wollte. Er war nicht gekommen, um sie zu verletzen.

»Du klingst, als würdest du ihn am liebsten küssen«, sagte Sam. Aus Spaß. Sie wollte, dass Elena darüber lachte.

»Ich bin doch nicht verrückt.«

»Dann ist ja gut«, sagte Sam. »Ich war mir nicht ganz sicher.«

Da musste Elena dann doch noch lachen. »Hab ich denn

etwas gesagt, das nicht stimmt?«, fragte sie. »Das nicht so passiert ist?« Dieser Bär war da gewesen. Er hatte auf den Treppenstufen gesessen und praktisch an ihre Tür geklopft. Er begleitete sie zur Arbeit und zurück. Er gehörte ihnen.

»Unser Bär«, sagte Sam.

Elena seufzte. »Ich versuche, es genau zu erklären, aber ich krieg's nicht richtig hin. Wann hast du dich das letzte Mal richtig lebendig gefühlt, Sammy?«

»Jetzt gerade«, sagte Sam.

»Nein, ich mein es ernst. Wann?«

»Jetzt«, sagte Sam. »Bei dir.«

Elena war nicht zufrieden. Sie verzog den Mund. Wahrscheinlich fand sie Sams Antwort flapsig, doch das stimmte nicht, Sam meinte es ernst, ja wirklich. Sie war sich der kühlen Fläche unter den Schenkeln, der gedämpften Stimmen aus dem Fernseher und jedes einzelnen seltsamen Wortes bewusst, das ihre Schwester in diesem Raum von sich gab.

»Also«, sagte Elena. »Für mich … war es … es war eine schlimme Zeit.«

»Mit dem Bär?«

Nein, sagte Elena. Davor. Lange davor.

Sam hörte zu. Elena sagte, sie wolle sich nicht beklagen. Das war es nicht wert. Es war eine Tatsache, die Dinge waren schwierig gewesen. Die Stammgäste, ihr Chef, die miesen Trinkgelder, die gelegentlichen Lohnabzüge. Die Schulden. Die Rechnungen. Sie wollte nicht ins Detail gehen – das war es nicht wert –, aber es waren schlimme Zeiten für sie gewesen, Sam arbeitslos, die Pandemie, und sie, Elena, hatte sie alle durchbringen müssen, Sam sollte nichts sagen, es gab nichts zu sagen, es war nun mal so, aber es war schwer gewesen, jeden Tag die Last des Haushalts zu schultern und zur Arbeit zu gehen, die Angst, das Virus nach Hause zu bringen, die Lungen ihrer Mutter, das Gefühl, so nicht weitermachen zu können und zu wissen, dass sie es musste, weil es keine Alternative gab. Die überzogenen Kreditkarten. Die Frage, wie lange sie noch so weitermachen konnten.

»Ich wusste nicht, dass dich das alles so stresst«, sagte Sam.

Elena nahm die Hände vom Rand des Beckens. »Was sonst? Es macht mich fertig. Ich bin erschöpft. Ich will, dass die Dinge besser werden.«

»Ich doch auch«, sagte Sam. »Und das werden sie.«

»Nein, ich weiß, woran du denkst ... Ich will, dass sie jetzt besser werden. Ich möchte eine Frau einstellen, die sich tagsüber um Mom kümmert. Aber wir können uns das nicht leisten. Ich wünschte, es wäre für eine von uns leichter, zu Hause zu bleiben. Oder dass Mom an einer klinischen Studie teilnimmt und eine bessere Behandlung bekommt. Sie soll keine Schmerzen haben.« Sie blickte dabei nicht Sam an, sondern auf den Boden. »Ich will, dass es uns gut geht. Ich will nicht länger warten.«

»Das kommt noch.«

Da hob Elena das Gesicht. Die Wangen waren immer noch feucht. »Nein«, sagte sie. »Das versuche ich dir die ganze Zeit zu sagen. Es ist bereits da.«

Der Bär, sagte sie. Der Bär. Er machte ihre Tage heller. Allein zu hoffen – zu wissen, dass sie ihn sehen könnte – zu wissen, dass er da war, um gesehen zu werden.

Der Bär war gekommen und hatte Glück gebracht. Er war eine Majestät im Pelzgewand. Ohne ihn wüsste Elena nicht, was sie machen sollten. Der Bär war das einzig Gute, das sie hatten: ein Spuk, ein Gespenst, ein außergewöhnliches wildes Tier. Ein Besucher aus einem verzauberten Reich, eine Vision aus einer geheimnisvollen Welt.

Hatte der Bär ihnen irgendwie geschadet? Nein. Stellte er

eine Bedrohung dar? Keineswegs. Warum dann jemanden bitten, ihn fortzujagen? Dafür gab es überhaupt keinen Grund. Der Bär war hier, für eine kurze schöne Zeit, um ihnen beizubringen, das Leben zu lieben, und ihnen zu helfen, sich durchzuschlagen.

»Verstehst du?«, fragte Elena. Und Sam saß da, sah zu ihr auf und musste zustimmen.

Als Sam zwei Tage später nach einer Frühschicht das Auto parkte, sah sie, wie Danny Larsen vor ihrem Haus auf dem Boden kniete und sich an der Fassade zu schaffen machte. Teile der beschädigten Verkleidung lagen hinter ihm. Sie stieg aus und knallte die Wagentür hinter sich zu. Er drehte sich um und grinste.

»Ich hab gehört, dass euer Haus ein paar Reparaturen gebrauchen könnte«, rief er ihr zu. Als er ihren Gesichtsausdruck sah, wurde er präziser: »Elena hat mich gebeten, mir das mal anzusehen.«

»Nein, hat sie nicht«, widersprach Sam. »Das hätte sie mir gesagt.« Sein Werkzeug lag ringsum verstreut. Unglaublich, welche Freiheiten er sich nahm.

»Ach ja. Manchmal vergisst man halt, Bescheid zu geben.«

Er wandte sich wieder der Hauswand zu, bevor Sam abschätzen konnte, was er damit meinte. Ein kleiner Seitenhieb, weil sie Madeline kontaktiert hatte? Falls Elena ihn tatsächlich gebeten hatte vorbeizuschauen, hatte sie ihn dann vielleicht auch aufgefordert, ihr das zu sagen? Nein, es war paranoid, in diesem Mann so was wie einen Boten zu sehen.

Sie kam über den Gehweg und blieb hinter ihm stehen. Es roch nicht mehr so stark nach Urin. Wie lange war er schon hier, riss die alte Verkleidung ab und nagelte die neue fest? »Hast du das vorher mit meiner Mutter geklärt?«, fragte sie.

»Ich habe geklingelt, aber sie hat nicht aufgemacht. Und ich wollte nicht stören.«

Zuerst ein Bär, dann der Sheriff, die Biologin und jetzt das. »Ich frag sie.«

Ihre Mutter schlief. Sam ging in ihr Zimmer und schickte

eine Nachricht an Elena, die wahrscheinlich zu tun hatte und nicht antworten würde. Sam blieb am Handy und beendete zwei Umfragen, bevor sie wieder aufstand. Das Kratzen an der vorderen Hauswand störte sie. Es ähnelte auf unheimliche Art dem, was Elena gehört haben musste, als sie vom Wohnzimmerfenster aus den Bären sah.

Sam ging nach draußen, und Danny sah von seiner Arbeit auf. »Alles in Ordnung mit deiner Mutter?«

»Ja. Und ich habe Elena geschrieben«, sagte sie.

»Cool.«

Sie setzte sich auf die Eingangsstufe und verschränkte die Arme über den Knien. Es war ein windiger Nachmittag. Am Morgen hatte über dem Channel ein dichter weißer Nebel gehangen; die Reling an Deck war von innen kaum zu sehen gewesen, und als Sam in der Pause hinausging, klebte die feuchte Luft an der Haut. Seemöwen schrien in der Nähe, aber sie konnte sie nicht sehen. Die Fähre tutete. Wenn sie in einen Hafen einfuhren, hörte sie das Rasseln der Ketten, die Durchsage, sich darauf vorzubereiten, an Land zu gehen, aber sie sah kein Land. Dann der dumpfe Aufprall am Dock. Bumm, bumm. Das Schiff schwankte unter ihren Füßen. Touristen kamen in schicken Regenjacken an Bord und fragten nach heißem Kakao. Unmengen von gebräunten Kaliforniern mit ihren schweren Metallkreditkarten. Einmal sah sie Ben auf dem Pkw-Deck, wo er mit einem der Decksmänner herumalberte. Sie hatte nicht versucht, ihm zuzuwinken, und er hatte nicht zu ihr aufgesehen.

Um halb zwölf war ihre Schicht zu Ende gewesen. Um die Mittagszeit hatte sich der Nebel gelichtet. Jetzt gab es für den Rest des Tages nichts mehr zu tun, außer zuzusehen, wie Danny die einzelnen Vinylpaneele übereinanderschob und festnagelte.

»Die Farbe stimmt nicht«, sagte sie.

Er sah sich die Wand an. »Was Besseres habe ich nicht gefunden.«

Sie warf einen Blick auf das Handy. Nur eine Nachricht von Ben: *komme gerade vom lunch, essen an bord ohne dich mies, hab die würze vermisst.* Sie antwortete: *netter versuch, trotzdem falsch, das essen an bord ist immer mies, mit oder ohne würze* – und legte das Handy weg. Es summte erneut, aber sie ignorierte es. »Wann hat dich Elena um das hier gebeten?«

Der Hammer klopfte einen weiteren Nagel in das Holz. »Gestern.«

»Ich wusste gar nicht, dass ihr Kontakt habt.« Er zuckte die Achseln. »Finde ich komisch«, setzte sie hinzu.

Danny senkte den Hammer und sah sie an. »Warum?«

»Keine Ahnung. Nur so.«

Der Hammer lag auf seinem Oberschenkel. Die Jeans spannte sich um die Beine. So nah war sie Danny Larsen wahrscheinlich noch nie gekommen. Aus dieser Entfernung konnte sie jedes gekräuselte Härchen seines Barts sehen, die feinen Fältchen, die das jahrelange reflexartige Lächeln um seine Augen gezeichnet hatte. Er roch nach Seife. Nach Drugstore. Sauber. »Das nennt man Nachbarschaftshilfe«, sagte er.

Er hatte noch nie zuvor was am Haus repariert. Stirnrunzelnd starrte sie auf die Straße. Er griff nach einem weiteren Paneel. Dann sagte er: »Ich hab gehört, dass ihr jetzt ein Bärentreffpunkt seid.«

Herrgott! Das war es also. Er wollte Tratsch. Vermutlich hatte er Elena genau dieselbe Unterhaltung aufgenötigt, als er mit seinem Köter Gassi ging und sie ihm über den Weg lief. Schlau, wie sie seine Neugier ausgenutzt hatte. Er schob ein Paneel an seinen Platz. »Woher weißt du das?«

»Ich hab da so meine Quellen«, antwortete Danny grinsend. Sam verdrehte die Augen. Er fischte einen Nagel aus der Schachtel neben seinem Fuß. »Steve Packenham hat's mir erzählt. Kennst du ihn von der Schule?«

Sam konnte sich vage erinnern: ein dünnes Hemd, groß, mit spitzem Adamsapfel. »War er nicht in deiner Klasse?«

»Eine drüber.«

»Und was weiß er darüber?«

»Er arbeitet jetzt für die Stadt.« Bumm, bumm, bumm. »Im selben Gebäude, wo auch der Sheriff sein Büro hat. Sie quatschen miteinander. Er meinte, sie hätten Spuren an eurem Haus gefunden. Und in South Beach war der Bär auch. Da haben sie zwei tote Rehe entdeckt.«

Sams Herz pochte. Jetzt war sie diejenige, die mehr erfahren wollte. »Nein!«

Danny lehnte sich zurück. »Doch. Eine Mutter mit ihrem Kitz, halb vergraben, nicht weit weg vom Parkplatz. So macht ein Bär das anscheinend, er vergräbt seine Beute für später.«

Sie zog eine Grimasse. »Grausam.«

Er griff nach dem nächsten Stück Vinyl. Er hatte große Hände, mit langen Fingern, kurz geschnittenen Nägeln und gepflegter Nagelhaut und bewegte sich, als wüsste er, was er tat. Die Paneele, die er mitgebracht hatte, waren weiß, die alten eher cremefarben. Vielleicht würden sie sich mit der Zeit angleichen.

Sie musste die Frage einfach stellen. »Hast du ihn gesehen, den Bär?«

»Ich? Nein. Du?«

»Ja«, sagte sie. Sie konnte nicht anders. Sie musste es erzählen. »Er ist wirklich gruselig. Riesig.«

So kriegten diese Männer einen rum. Zuerst heuchelten sie Fürsorge. Er spielte seine Rolle sehr gut, das musste sie ihm lassen. »Ihr beiden seid echt mutig. Ich wäre ausgeflippt, wenn er bei mir aufgetaucht wäre. Ich hätte sofort meine Waffe geholt.«

»Wir haben keine.«

»Umso schlimmer.«

Eine Windböe fuhr in die Paneele, die er von der Wand entfernt hatte, und hob sie leicht an. Die Baumwipfel raschelten. Über ihnen sang ein Vogel, ohne zu ahnen, dass sich ein Raubtier auf der Insel herumtrieb. »Er hat mich zu Tode erschreckt«, sagte Sam.

Wieder legte er sein Werkzeug ab. Sie sah ihn an, wandte sich dann ab, Richtung Wald – sie konnte seinem Blick nicht standhalten. Es war seltsam, dass er in ihrem Vorgarten war, egal, was er behauptete. Wenn sie ihn anschaute, sah sie doppelt; da war der Danny aus der Highschool, der Sportler, der zu laut lachte und mit seinen Freunden herumalberte, und darüber lag dieser Mann mit den Lachfältchen, der neben einer Hakenklinge und einem Winkelmesser kniete. Der jüngeren Version war nicht zu trauen. Aber dieser hier? Sie konnte die beiden einfach nicht miteinander in Einklang bringen.

»Weißt du, was Steve sonst noch gesagt hat?«, meinte Danny mit leiser Stimme. Jetzt sprach der Erwachsene, nicht der Teenager. »Dass wir uns keine Sorgen machen müssen. Bären haben mehr Angst vor uns als wir vor ihnen. Der hier will es so unbehelligt wie möglich nach Vancouver schaffen.«

»Stimmt«, sagte Sam. »Das denkt Elena auch.«

Sie sah ihn an. Die Hände lagen auf den Schenkeln, und sein Ausdruck war ernst. Hatte sie ihn jemals zuvor so gesehen? Er sah aus wie ein anderer Mensch – gebändigt. »Deine Schwester ist der vernünftigste Mensch, den ich kenne«, sagte er. »Hör auf sie. Wenn Elena das sagt, dann stimmt es auch.«

War es das, was Elena mit lebendig sein meinte? Ihren Puls, ihren Atem, ihren Körper zu spüren? Sam und Ben vögelten in der Toilette auf dem Pkw-Deck. Er hielt ihre Beine umklammert, während sie auf ihm ritt. Sie schwitzten und keuchten. Der Dienstausweis baumelte zwischen ihnen, und sie schob das Band über seine Schulter, wo das Bild und der Nachname gegen seinen Rücken schlagen konnten. GARCÍA verkündete er in Großbuchstaben jetzt nur noch der Glasfaserwand. Sie hatte ihn gedrängt, die Warnweste auszuziehen, weil sie sich sonst die Haut an den reflektierenden Streifen aufschrammen würde. Sie lag zusammengeknüllt auf dem klebrigen Boden, wo schon Tausende von anderen Menschen gestanden hatten.

Am nächsten Morgen kam er vor Beginn ihrer Schicht, ehe das Bistro um halb sechs für Passagiere öffnete, zum Oberdeck und lockte sie in die Vorratskammer. Sie hielt sich an den Regalen mit den verpackten Backwaren fest. Sie hielt sich an seinem Kopf fest. Auf der Rückfahrt von Anacortes nach Friday Harbor, als ihre Schicht zu Ende war, rissen sie sich in der Mannschaftsunterkunft die Kleider vom Leib. Sie mussten sich beeilen; sie hatten nur eine Viertelstunde, wenn er zwischen dem Auslaufen aus einem Hafen und den Vorbereitungen für die nächste Anlandung ein paar Minuten frei hatte. Er schmiegte sein glattes, warmes Gesicht an ihren Hals und drang in sie ein. Sie war lebendig. Oder etwa nicht? Sie spürte ihre Organe. Die Stelle in ihrem Innern, die er traf. Er sprach zu ihr, leise, beständig, stammelte wildes Zeug, wie stark er sie begehrte, Dinge, die er nie sagte, wenn sie angezogen und eine Kassenbreite voneinander entfernt waren. Sie ließ sich von den Worten überfluten und verstärkte den Druck, bis er kam. Danach war er sanft. Kuschelte sich so eng an sie, dass sie ihn schließlich wegschieben musste. Sie vögelte nicht gern in den Mannschaftsunterkünften, weil die Decksmänner wussten, was sie da machten. Wenn sie herauskamen, zwinkerten sie oder lachten, und Ben, noch ganz erhitzt, machte einen Witz, und sie dachte, wie blöd sie doch alle waren. Dann musste sie hoch, an die frische Luft, um sich abzukühlen.

Für einen Decksmann war Ben wirklich süß. Immer gut drauf. Wenn das nicht Leben war, was dann? Jedenfalls kannte sie nichts anderes. Ihr erstes Mal hatte sie mit einem Jungen aus ihrem Kurs bei der Handelsmarine gehabt und sich danach mit ein paar Caddies vom Golfclub eingelassen. Nichts davon war was Ernstes gewesen; und das sollte es auch nicht sein.

Elena hatte ihre eigenen Methoden, um die Jahre zu überstehen. Sie schrieb sich Nachrichten mit Kristine. Ging spazieren. Organisierte die Pflege ihrer Mutter. Sie ging mit niemandem aus, hörte sich aber Sams gelegentliche Abenteuer gern an – der Kellner aus Alaska, der Mann, der so versessen aufs Schnorcheln war, der eine, der darauf bestand, ein Gentleman zu sein –, und Sam brachte die Geschichten (nie die Männer) gern mit nach Hause.

In den letzten zwei Monaten hatte sich alles um Ben gedreht. Seine Eltern wohnten noch immer in dem Haus, in dem er aufgewachsen war, in Medford, Oregon, aber während des Lockdowns war er nach Anacortes gekommen. Er hatte zwei Jahre College absolviert und spielte mit dem Gedanken, seinen Bachelor zu machen. Als sie sich das erste Mal begegneten, hatte er Sam nach ihrer Handynummer gefragt. An seinen freien Tagen ging er angeln. Er konnte scharfsinnig sein, clever, versuchte nicht, sie mit Nettigkeiten rumzukriegen, und nach Ende der Saison würde er wahrscheinlich wieder verschwinden. Damit war er genau das, was Sam suchte.

Ben heiterte sie auf. Er kam zum Bistro hoch und setzte sich in den letzten Stunden, wenn nur noch wenige Passagiere vorbeikamen, mit ihr an einen der Plastiktische. Dann nahm sie die Maske ab und entspannte sich. Manchmal tat er so, als würde er ihr die Zukunft aus der Hand lesen. »Ich sehe einen großen dunkelhaarigen Mann«, sagte er. »In etwa … zehn Minuten. In einer Abstellkammer.« Sie zog die Hand zurück und verdrehte die Augen. Einmal schenkte er ihr ein Glas süße Himbeermarmelade. Elena und sie aßen sie tagelang auf ihrem Toast. Elena sagte Sam, sie solle sich bei ihm bedanken, aber das tat sie nicht, und Ben fragte nicht nach. Danach gab es keine Geschenke mehr, die alles nur verkompliziert hätten. Stattdessen erzählte er ihr Geschichten von seinen Freunden zu Hause: dem Quatsch, den sie gemacht hatten, den Nächten voller Bier, Drogen und Böllern. Er fragte auch nach Geschichten aus ihrer Schulzeit, aber sie sagte, sie hätte keine.

»Keine Geschichten?«, fragte er.

»Keine Freunde«, sagte sie.

Er schüttelte den Kopf und nannte sie seine Einsiedlerin. Fragte, ob auf ihrer Insel die Leute allein in Höhlen lebten. Sie sagte nein, nur in hässlichen kleinen Häusern, und er sagte, das würde er erst glauben, wenn er es sähe, aber dazu ließe sie es wohl nicht kommen, und deshalb würde er sich vorstellen, wie sie mit einem langen Bart und im Schneidersitz einsam auf San Juans nackter Erde saß und meditierte. Völlig ausgemergelt, erklärte er. Im Lendenschurz. Oh, das gefiel ihm, der Lendenschurz. »Du Spinner«, lachte sie, und er: »Ausgerechnet du sagst das? Du verwaistes Wunder?« Sie trat unter dem Tisch nach ihm, bis er sie am Fußgelenk packte, ihr Bein festhielt und die Hand unter das Hosenbein schob.

So brachte er sie schließlich dazu, über Elena zu sprechen. Über ihre Kindheit. Bei jedem seiner Besuche erfuhr er mehr, als Sam eigentlich preisgeben wollte. Sie erzählte ihm von ihren ersten Ausflügen in die Wälder, dem klaren Nachthimmel, den Lachsbeeren im Sommer, und er zog sie auf, aber er hörte auch zu, er hörte ihr zu, und allein das war tröstlich. Sam hatte sonst niemanden, mit dem sie ihre Erinnerungen hätte teilen können; Elena kannte schon alles.

Sie sprachen nicht nur über die Vergangenheit. Ben wusste, dass sie eine kranke Mutter zu Hause hatte, auch wenn Sam ihm nichts Genaueres verriet. Und er wusste auch, dass Sam und Elena demnächst wegziehen würden.

Bei den seltenen Gelegenheiten, wenn ihre Schichten gleichzeitig endeten, lud er sie zum Mittag- oder Abendessen ein. Sam lehnte jedes Mal ab. Die Mahlzeiten, die sie gemeinsam einnahmen, fanden im Bistro statt: in Plastik verpackte Sandwiches oder mit Analogkäse überbackene Nachos. Später beim Vögeln lag ihr dieses Essen schwer im Magen. Das war es, was sie teilten. Mehr wollte sie nicht von ihm.

Die Fähre tuckerte dahin. Wolken zogen auf, teilten sich und fanden wieder zusammen. Ben ging hinunter zum Pkw-Deck, und Sam sortierte die Süßstofftütchen nach Farben, blassgelb, blassrosa, blassblau. Touristen klagten über Seekrankheit. Wellen schlugen gegen die Schiffsseiten. Kinder liefen ohne Aufsicht durch den Passagierraum, bis Sam hinter sich einen Schlag und einen Aufschrei hörte. Passagiere kauften Kaffee, Tee, Soft Drinks und Kombucha. Sie kauften Kekse, Suppen, Brezeln, rote Äpfel, Bananen mit braunen Stellen. Nahmen eine Handvoll Süßstoff mit. Sam besorgte

Nachschub. Sie musste das Beste draus machen. Diese Zeit wäre bald vorbei.

Tag für Tag drehte sie ihre Runde – Anacortes, Orcas, Lopez, Shaw – und stellte sich vor, wie Elena auf dem Feldweg durch den Wald ging. Den Bären stellte sie sich nicht vor. An ihn zu denken machte ihr Angst – wie unter seinen Tatzen die Zweige brachen, wie sein Atem aus den feuchten Nüstern strömte, das offene Maul, die gebleckten gelben Reißzähne –, aber das Bild ihrer Schwester war eine Beruhigung. Elena, da draußen, glücklich, unbelastet, wenn auch nur vorübergehend, von den Ansprüchen der alten Damen, die im Club zu Mittag aßen. Unterwegs in der Hoffnung, etwas zu sehen, das sie entzückte. Sam arbeitete an dieser Vorstellung, und wenn sie sich konzentrierte, war es gar nicht so schwer.

Dann der Schreck, als Ben abends um Viertel vor neun im Bistro auftauchte und sagte: »Dein Bär ist schon wieder in den Nachrichten.«

Sie war gerade dabei, die Kasse zu schließen, und griff mit kalten Händen nach dem Stapel von Zehndollarscheinen. »Was ist passiert?«

»Er hat ein paar Lämmer gerissen oder so was.«

»O Gott«, sagte sie. »Schrecklich!« Sie dachte an die wackligen Lämmchen mit den schwarzen Gesichtern, die Elena und sie über den Zaun der Hearthside Farm mit Gras gefüttert hatten, während die älteren Tiere sie aus sicherer Entfernung beäugten. Diese süßen kleinen Dinger, die jetzt in der aufgerissenen Erde vergraben lagen.

Ben wirkte nicht beunruhigt. Er saß auf einem der vorgeformten blauen Plastikstühle, die in den Boden des Bistros geschraubt waren. Sein Haar wurde allmählich zu lang, es fiel ihm schon über die Ohren; Wangen und Hals zeigten Anfänge eines Stoppelbarts. Er hatte eine Doppelschicht hinter sich und sah zu müde aus, um sich über irgendetwas aufzuregen. »Irgendwann muss jeder mal fressen.«

Sam legte die Zehner weg und begann mit dem Stapel Fünfer. Sie musste sich beim Zählen nicht mehr konzentrieren, das machten ihre Finger automatisch. »Ich kann nicht fassen, dass er noch immer auf der Insel ist. Diese Frau meinte doch, er würde weiterziehen.« Sie hatte ihm von Madeline erzählt.

»Wie lange ist das her?«

»Schon drei Wochen.«

»Das ist nicht lang«, sagte Ben. Er streckte die Beine aus, sodass die Stiefelspitzen nach oben zeigten. Sam legte die Fünfer auf den Tresen. »Er wird sich bald davonmachen. Aber deine Schwester und du, ihr hattet wirklich Glück, was?«

Als sie mit den Eindollarscheinen fertig war, notierte sie die Endsumme auf einen Zettel, stopfte ihn zusammen mit den anderen Scheinen in eine Geldtasche und deponierte sie im Safe unter dem Tresen. So viel Bargeld, weggeschlossen, nutzlos durch den Channel kreisend. »Glück? Wieso?«

»Dass er euch nicht entdeckt hat, als ihr ihn gesehen habt.« Er stemmte sich vom Stuhl hoch. »Er ist gefährlich, oder? Jagt kleine Tiere.« Er stellte sich hinter sie, legte ihr die Hände auf die Schultern, verwandelte die Finger in Krallen und drückte zu. Legte den Mund an ihr Ohr. »Er hätte euch in Stücke reißen können«, flüsterte er. Sam lief es kalt über den Rücken. Genau wie Elena beschrieben hatte, merkte sie, wie sich ihre Muskeln verkrampften und ihr Atem schneller ging. All das spürte sie in seiner vollen Bedeutung unter Bens Händen – dieses fragile Leben.

Die Farm, auf der die Lämmer gerissen worden waren, lag an der nördlichsten Spitze der Insel, oben bei Roche Harbor, doch Sams Internetrecherchen ergaben, dass Bären an einem Tag riesige Entfernungen zurücklegen konnten, und im Supermarkt bekam sie zufällig eine Unterhaltung über einen demolierten Bienenstock nur wenige Meilen von ihrem Zuhause entfernt mit. Der Bär war zum Gesprächsthema geworden, wie die Nachricht von der Scheidung eines rechtschaffenen Ehepaares oder ein Skandal beim jährlich stattfindenden Knowledge Bowl. Es brachte die guten Bürger von Friday Harbor zusammen. Eine Unterhaltung, an der sich alle beteiligen konnten.

Soweit Sam mitbekam, hatte keiner etwas Wertvolles beizutragen. Keine Sichtung war auch nur halb so bedeutend gewesen wie die von Elena und ihr. Niemand hatte bislang ein vernünftiges Foto von dem Ding machen können. Die Leute tratschten über eine Bärenspur hier und einen Kothaufen dort. Sie redeten von dem Bären, als wäre er ein exotisches Haustier. Ein neues Maskottchen, das den fauchenden Vielfraß an der Highschool-Mauer ersetzen sollte. Er machte ihnen Angst, aber mehr noch, er erregte sie, so wie eine Fahrt in einem roten Coupé über die Hügel von San Juan – eine Abenteuergeschichte, die sie einander immer wieder neu erzählen konnten.

Sam hörte, wie die Menschen darüber redeten, in der Klinik, in der Apotheke, im Supermarkt. Selbst auf der Fähre kam eine Familie zu ihr und fragte, ob sie wüsste, wo auf der Insel man am besten Bären beobachten könne. Ehrlich gesagt hatte sie diese Frage auch schon vorher gehört – Touristen fragten die dämlichsten Sachen –, doch jetzt schien es mehr als nur ein schlichtes geografisches Missverständnis zu sein. Jeder wollte ihn sehen. Wollte an dem Zauber teilhaben, von dem Elena gesprochen hatte.

Sam ging zur Arbeit und wartete, dass das Tier endlich verschwand. Elena und sie hatten die Begegnungen mit ihm mehr oder weniger unbehelligt überstanden; ein bisschen Angst, eine kleine Demütigung, eine kurze und verstörende Meinungsverschiedenheit, aber jetzt war alles wieder in Ordnung. Das Haus hatte Schaden genommen, doch Elena hatte dafür gesorgt, dass er behoben wurde. Ihre Familie hatte das Ganze mit einem minimalen Aufwand an Zeit und Geld bewältigt. Sam wollte weder das eine noch das andere weiterhin riskieren. Sollten sich jetzt andere von dem Bären ablenken lassen. Sam würde sich nur auf das konzentrieren, was noch vor ihnen lag: der Tag, an dem ein potenzieller Käufer auf ihrem Grundstück auftauchte und sie sich keine Sorgen darum machen müsste, ob es bei ihnen nach Moschus stank.

Das Ganze hatte nur gezeigt, wie dringend Elena und sie die Insel hinter sich lassen mussten. Sam wollte irgendwohin, wo es im Drugstore mehr als nur ein Gesprächsthema gab. Und sie wollte mehr als nur einen Drugstore. Sie wollte von allem mehr. Deshalb bot sie ihrem Vorgesetzten auch sofort an, einzuspringen, als sie gegen Ende der Frühschicht erfuhr, dass ihre Kollegin abgesagt hatte. Eine Schichtzulage für Wasser kochen: ja, das passte. Kein Problem. Sie schickte Elena eine Nachricht, damit sie Bescheid wusste.

Überstunden waren eine Chance, aber auch ein Opfer, das man brachte. Nach zwölf Stunden zogen sich die Minuten endlos in die Länge. Es war spät am Nachmittag, als ein Mitglied der Crew auftauchte und sagte, sie hätten jemanden gefunden, der den Rest der Schicht übernehmen konnte. Sie hätte auch länger gearbeitet – sie war schon halbwegs über die Ewigkeit hinaus –, doch der Mann winkte ab. Vermutlich hatte Centerplate keine Lust, ihr noch mehr Überstunden zu zahlen. Die neue Kollegin ging in Lopez an Bord und löste sie ab. Sam verbrachte die letzten zwanzig Minuten an Bord an der frischen Luft und hielt ihr Gesicht der feinen Gischt entgegen. Über ihnen brummten Wasserflugzeuge.

Mit heruntergelassenen Fenstern fuhr sie vom Hafen nach Hause. Der Wind war warm, voll von Pollenstaub und der sanften Verheißung auf einen frühen Sommer. Wieder ein Tag, den sie eingepfercht in der von Neonröhren erleuchteten Kiste fast vollständig verpasst hatte, aber zumindest hatte sie noch diesen Rest Sonne ergattert. Sie fuhr langsam und hörte Popmusik im Radio. Rechts und links sausten die Bäume an ihr vorbei. Rinder starrten ihr nach. Wenn Elena und sie von hier weggezogen waren, würden sie wahrscheinlich anderen Leuten von dem wunderschönen Ort erzählen, an dem sie aufgewachsen waren. Die Luft schmeckte nach Zedernholz und Zucker. Es war himmlisch. Mit jeder Kurve entspannte sich ihr Körper mehr und rutschte tiefer in den Fahrersitz. Sie hatte das letzte gute Stück vom Tag erwischt.

Und dann auf der anderen Seite am Straßenrand, auf dem Standstreifen: Elena. Sam sah sie, als sie an ihr vorbeifuhr. Elena mit dem Rücken zu den Autos, das Haar hochgesteckt, in dem verräterischen schwarzen Poloshirt aus dem Club. Sam warf einen Blick auf die Uhr, schaute in den Rückspiegel, bog nach rechts auf den Schotter ab und drehte sich auf dem Sitz um. Ja, ganz sicher. Es war Elena. Sie streckte den Kopf aus dem Fenster, um sie zu rufen. »Elena!« Doch sie war zu weit weg; ihre Schwester hörte sie nicht. Sam drehte das Lenkrad, wendete und fuhr zu der Stelle zurück, wo ihre Schwester stand.

Nur noch sechs Meter trennten sie jetzt voneinander. Sam beugte sich über den Beifahrersitz. »El«, rief sie, aber ihre Schwester reagierte nicht. Sam drückte auf die Hupe, ganz kurz und leicht, Elena fuhr zusammen, und hinter ihr bewegte sich etwas: ein langer, flacher Schatten.

Sam wusste, was es war. Sie wusste es. War es das, was ihre Mutter fühlte? In ihrer Brust, die ganze Zeit? Ihre Mutter, deren Lungen versagten, deren überstrapazierte Arterien bald kollabieren würden – fühlte sich das Wissen um den Tod, der mit Sicherheit kommen würde, so für ihre Mutter an? Sams eigene Gewissheit raubte jetzt auch ihr den Atem.

Elena schirmte die Augen ab und grinste. Im Sonnenlicht schien sie zu strahlen. Hinter ihr war ein Bär gewesen. Sam hatte ihn gesehen. Ein Bär bei ihrer Schwester, nah genug, um ihn mit ausgestreckter Hand zu berühren.

Als Elena sicher im Wagen saß, fragte Sam: »Was zum Teufel war das?« So schnell sie konnte, verriegelte sie die Türen. Elena zog am Gurt, um sich anzuschnallen. Die Bäume hinter den hochfahrenden Fensterscheiben bewegten sich nicht.

»Du bist ja ganz schön spät dran heute«, sagte Elena. »Was war was?«

»War es das, was ich glaube?« Das war es. Das war es.

»Was denn?« Elena trieb ein Spielchen mit ihr. Sie lächelte, machte Witze. Sie roch nach der Restaurantküche und noch etwas anderem. Erde. Wald. Oh, Gott, Sams Herz. »Was glaubst du denn, was es war?«

»Elena!«, sagte Sam. »Hör auf damit. Ein verdammter Bär. Das war es. Ich hab's gesehen. Genau da drüben.«

Elena lächelte noch immer. Der geliebte Eckzahn, die geraden, kleinen Zähne. Die Ringe unter den Augen waren dunkel, die Haut dünn, aber voller kleiner Fältchen und beinahe verborgen von ihrem Glück. »Okay. Na und?«

Plötzlich packte Sam die Wut. Sie ließ das Lenkrad los, griff nach Elenas Schulter und bohrte ihr alle fünf Finger ins Fleisch. So fest sie konnte. Elena wand sich unter dem Griff und rief: »Lass das!«, doch Sam hielt sie fest, bis Elena plötzlich aufschrie. »SAM!« Mit beiden Händen umklammerte sie Sams Hand und zerrte sie von der Schulter weg. Ihre Nägel hinterließen sichelförmige, rote und violette Abdrücke auf Sams Handgelenk und dem Handrücken. Ein scharfer Schmerz. Sam schlug nach ihr, versuchte, sie zu packen, doch Elena wehrte sie ab, und ihr Körper prallte gegen die Beifahrertür. Sams Gurt hakte ein und zerrte sie zurück. Erneut schlug Sam in die Luft.

»Was machst du denn?«, rief Elena verzweifelt.

»*Ich?* Was ich mache?«, brüllte Sam zurück. »Was –« Der eingerastete Gurt hielt sie zurück. Sie schlug gegen das Lenkrad, und die Hupe ertönte. Sie hämmerte darauf. Der Lärm war irgendwie befreiend; das Hupen lauter als ihre Schreie, größtmögliche Verunsicherung. Es würde alle Tiere auf Abstand halten. Sie machte weiter.

Der Krach im Auto übertönte ihren Verstand. Ihre Hände schmerzten, der Kiefer auch. Auf dem Rücken der rechten Hand bluteten zwei sichelförmige Kratzer. Ihre Schwester. Was dachte sie sich. Hier, neben ihr.

Elena streckte die Hand aus, legte sie über die von Sam und löste sie vom Steuer. Ganz langsam. »Sammy.«

So sanft, dachte Sam. Als wollte Elena ein wildes Tier bändigen.

»Psst«, sagte Elena. »Tief einatmen.«

Sam ließ den Kopf gegen die Kopfstütze fallen. Sie hatte Ohrensausen. Die Wut war genauso schnell verflogen, wie sie gekommen war, und hatte nur Leere hinterlassen. Erschöpft von dem, was über sie hereingebrochen war, schloss Sam die Augen und atmete durch die Nase ein.

»Du hast mich geschlagen«, sagte Elena. »Das darfst du nicht. Das geht einfach nicht.«

Sam hob den Kopf wieder. »Tut mir leid«, sagte sie automatisch, aufrichtig – war sie etwa der Ex ihrer Mutter? Sie wollte niemanden verletzen, das passte nicht zu ihr. Es hatte sie einfach überwältigt.

Elena drückte ihre Hand, beugte sich über sie und schaltete den Motor aus. »Wenn du darüber reden willst, dann lass uns reden«, sagte sie. »Aber du und ich, wir machen so etwas nicht.«

»Ich war nur …«

Sam wusste nicht, wo sie anfangen sollte.

»Was hast du da gemacht?«

»Nichts.«

»Nein. Nicht nichts.«

»Ich habe hallo gesagt.«

Der Körper, der sich zurück in den Wald getrollt hatte. Seine schockierende Größe. »Du hast … was?«

»Er ist da, wenn ich zur Arbeit gehe, nicht immer, aber manchmal. Und wenn er da ist, kommt er auf mich zu. Dann sage ich hallo. Ich rede mit ihm.«

»Du redest mit ihm.«

»Er hört zu. Und wenn ich was zu essen dabeihabe, will er's haben.«

Sam konnte nicht glauben, was sie da hörte. »Das ist genau das, was wir auf keinen Fall machen sollen.«

»Es kommt nicht oft vor.«

»Das ist verrückt«, sagte Sam. »Ist dir das klar? Du hast sie wohl nicht alle!«

Elena seufzte. Es hörte sich an, als würde sie an Sam verzweifeln – als hätte Sam nicht möglicherweise gerade ihr Leben gerettet, als sie rechts ranfuhr –, als würde sie irgendwie nicht sehen, was Sache war. »Na gut, du verstehst es nicht«, sagte sie, und allein das fühlte sich an wie ein Schlag ins Gesicht. Sam wollte verstehen. Sie hatte versucht, zu verstehen. Wenn es einen Aspekt gab, den Sam zu diesem Zeitpunkt nicht verstand, dann nur, weil Elena ihr die Einzelheiten vorenthielt. »Glaubst du wirklich, ich würde irgendwas Verrücktes machen? Bestimmt nicht. Ich stehe einfach da, und er lernt mich langsam kennen, er studiert mein Verhalten. Es ist wie – du weißt doch, wie ein Hund an deinen Händen schnüffelt, bevor er sich von dir streicheln lässt?«

»Du *streichelst* ihn?«

Elena holte tief Luft. »Ich möchte, dass du mir zuhörst. Im Moment tust du das nicht.«

Sam ertrug es nicht, dieses bedächtige Ein- und Ausatmen ihrer Schwester. Die Stelle, aus der die Wut in ihr aufgestiegen war, fühlte sich leer und riesengroß an. Es war die Distanz zwischen Elena und ihr. Die es nicht geben durfte. Sie wollte nicht hier festgeschnallt sein, nicht verstehend, eine Armlehne von Elena entfernt auf der gegenüberliegenden Seite eines Abgrunds. Sie wollte auf der Seite ihrer Schwester sein, wie sie es immer gewesen war.

Sam musste diese Kluft zwischen ihnen schließen. »Erzähl es mir nochmal«, sagte sie.

»Ich gehe zu Fuß zur Arbeit und zurück, wie immer. Ich halte Ausschau nach ihm. Manchmal ist er da. Wenn er näherkommt, bleibe ich stehen, mit gesenkten Armen und lasse ihn so nah kommen, wie er will. Ich mache nichts, was ihn provozieren könnte.« Elena war geduldig, wählte präzise und beruhigende Worte, weil auch sie sich wieder mit ihrer Schwester vertragen wollte. »Ich weiß, dass wir ihn nicht füttern sollen. Sie haben gesagt, dass wir einen Bogen um aggressive und unberechenbare Tiere machen sollen, aber er ist weder das eine noch das andere. Er ist anders. Sie meinen Bären im Allgemeinen – sagen, dass sie sich so oder so verhalten. Aber den hier kennen sie nicht. Er hat seinen eigenen Charakter, genau wie du und ich. Er ist nicht so, wie sie sagen.«

Sam tat ihr Bestes, um es zu begreifen. »Und wie ist sein … Charakter?«

Elena überlegte. »Sehr sanft. Zurückhaltend. Und neugierig.«

Sam musste nachdenken. Es stimmte, bislang hatte niemand, weder die Polizeibeamten, die Zeitungsreporter, die Wissenschaftler noch die Leute, die im Supermarkt getuschelt hatten, den Schwestern irgendetwas mitgeteilt, das sich tatsächlich mit den Erfahrungen deckte, die sie selbst gemacht hatten. Sie sagten, der Bär sei klein, aber er war riesig; sie sagten, es sei ein Schwarzbär, dabei war er braun; sie sagten, er würde die Insel verlassen, und das hatte er nicht getan. Das, was alle beschrieben, war nicht das, was Sam und Elena vor ihrer Haustür vorgefunden hatten.

Elena hatte recht: Was hier vor sich ging, war außergewöhnlich. Ein Wesen aus einem Märchen war aus dem Wald gekommen. Madeline Pettit hatte sie davor gewarnt, sich dem Tier zu nähern, aber nicht gesagt, was sie tun sollten, wenn sich das Tier ihnen näherte, sich wie ein zahmes Ding benahm, schnüffelte und schnupperte. Sie hatte diese Möglichkeit nicht einmal in Betracht gezogen. Elena hatte recht: Hier geschah etwas, das die Behörden nicht fassen konnten. Etwas Einmaliges.

Das Kind in Sam, der Kleine-Schwester-Teil in ihr, der immer da wäre, egal wie alt sie waren oder wie lang sie lebten, sah das ein. Elena selbst war etwas Besonderes. Ihre ganze Familie war nicht so wie die Nachbarn, die sie kannten. Es hatte einen gewissen ursprünglichen Sinn, dass ihnen Dinge passierten, die jenseits der Vorstellung anderer lagen.

Sams Aufmerksamkeit ruhte nun ganz auf Elena. Auf den winzigen Muskeln ihrer Wangen und den reglosen, trockenen Lippen. Den nicht gezupften Brauen. Augen, Hals, Kieferpartie. Der eingeschlossenen Luft zwischen ihnen – der im Wagen gestauten Hitze. Ihren vermischten Gerüchen. Erde, Salz, Wasser, Hamburger-Fett und zerknüllte Dollarscheine. All ihre Gedanken, alle Sinne, sogen Elena in sich auf. Ordneten sich der Schwester unter. Elena forderte sie auf, das Unmögliche zu akzeptieren, aber das Unmögliche war die Realität, in der sie bereits lebten.

»Okay«, sagte Sam.

»Okay?«

»Okay.« Sam drehte den Schlüssel um. Der Wagen sprang an. Sie berührte die Schulter ihrer Schwester, dieselbe, die sie zuvor fast zerquetscht hatte. »Tut mir leid.«

»Schon gut«, sagte Elena. »Das Ganze ist … heftig.«

Sam umfasste das Lenkrad. Sie musste lachen. »Kann man wohl sagen.« Dann warf sie einen Blick über die Schulter, wendete und fuhr nach Hause.

Elena ließ ihr Fenster herunter, und Sam machte dasselbe. Der Wind streifte sie, zerzauste ihnen das Haar und erfüllte ihre Ohren. Die Straße war fast leer. Je weiter sie das Zentrum von Friday Harbor hinter sich ließen, desto friedlicher wurde es. Ihr Haus lag nur wenige Meilen außerhalb der Stadt, aber es fühlte sich an wie ein anderes Universum. Ein Ort ohne Touristen, Fähren, Bistros, Boutiquen, Hafermilch-Latte oder Kuscheltierkraken, die als Souvenir herhalten mussten. Ein ruhiger Ort, an dem üppige Sommerpflanzen wucherten, und er gehörte nur ihnen.

»Du glaubst, ich verstehe es nicht«, sagte Sam, »aber doch, ich verstehe es, wirklich.« Dann bog sie rechts von der Cattle Point Road ab.

Elena war beruhigt. Sam entnahm es ihrer Stimme, ohne von der Straße aufzusehen. »Nein, ist mir schon klar.«

»Ich versuche, dir zu helfen.«

»Weiß ich.«

»Aber es ist schwer, einen kühlen Kopf zu behalten«, sagte Sam. »Kein Wunder. Wer rechnet denn mit so was?« Sie waren schon fast vor dem Haus. Das dichte Grün der Bäume im Garten, die aufgewühlte Erde, die schäbige Verkleidung. Ihre Mutter, die im Haus auf sie wartete. Sam parkte den Wagen, fasste nach dem baumelnden Wagenschlüssel und sammelte sich. Dann drehte sie sich noch einmal zu ihrer Schwester um. Zu Elena, die sie geschlagen hatte, die sie liebte. »Ich will nur, dass du glücklich bist.«

Elena saß noch immer angeschnallt auf dem Beifahrersitz und atmete erleichtert auf. Sam staunte über die starke Wirkung ihrer Worte. Ihre Schwester ließ die Schultern fallen und schloss die Augen. »Danke«, sagte sie. »Genau das musste ich von dir hören.«

»Ich hab's wirklich ehrlich gemeint«, sagte Sam. »Und ich sag's dir immer wieder. Weißt du, woran ich gerade gedacht habe? Erinnerst du dich an das alte Video, in dem diese Typen einen Löwen umarmen?« Elena schüttelte den Kopf. »Oh«, sagte Sam. »Also, das war echt cool.« Eine Klassenkameradin hatte es Sam in der Bibliothek der Grundschule gezeigt. Sie erinnerte sich noch genau an die verschwommenen, gelbstichigen Bilder und die anschwellende Musik, als der Löwe über die afrikanische Savanne rannte und einem spindeldürren Mann in die Arme sprang. Das hatte Sam zu Tränen gerührt. Solche Situationen waren zwar außergewöhnlich, aber nicht unbekannt: Sam hatte im Fernsehen gesehen, wie Menschen sich mit Elefanten anfreundeten, einen Filmtrailer über Männer in Kanada, die mit Grizzlys zusammenlebten, und Fotos von Menschen, die Gorillas umarmten. Sie hatte Legenden von Waisenkindern und Wolfsrudeln, von Schönen und Biestern gehört. Vor Tausenden von Jahren, als Menschen noch in Höhlen lebten, hatten sie diese Kreaturen auf die Wände gemalt, damit sie im Schein des Feuers tanzten, während sie schliefen. Irgendwo, irgendwie gab es Leerstellen, die Bürokraten und Biologen noch nicht erforscht hatten. Vielleicht waren das die Orte, an denen man noch Magie finden konnte.

Ihr Zuhause wartete. Zum Abendessen würde es Hühnchenschenkel geben. Elena umfasste den Türgriff, ohne die Tür zu öffnen. »Ich hab dich lieb«, sagte sie.

»Ich dich auch.«

»Vertraust du mir?«

»Hundertpro«, sagte Sam. »Immer. Das weißt du doch.«

Elenas Lächeln kehrte zurück. So hatte sie ausgesehen, als sie noch jung und abenteuerlustig waren. Unbeschwert. Damals hatte sie sie tief in den Wald geführt. Sam erwiderte das Lächeln. Es war unwiderstehlich. »Hör mal, Sammy«, sagte Elena, »möchtest du ihn nicht auch kennenlernen?«

Und so fand sich Sam an ihrem nächsten freien Tag, nachdem sie den Nachmittag damit verbracht hatte, das Haus zu putzen, einzukaufen, Medikamente für ihre Mutter zu besorgen und ein Haarbüschel aus dem verstopften Abfluss der Dusche zu entfernen, auf dem Parkplatz des Golfclubs wieder. E-Autos glitten in die benachbarten Parklücken ringsum. Sam konnte nicht daran denken, was Elena und sie gleich vorhatten; sie konnte an nichts anderes denken; sie sah durch die Windschutzscheibe, über die sanften Hügel des Golfplatzes und die grün-weißen Golfcarts auf die Wolken, die träge über das makellose Blau zogen.

Als Elena die Tür aufriss, fuhr Sam zusammen. Elena setzte sich auf den Beifahrersitz und lachte. Auch Sam lachte, unsicher, und ließ den Wagen an. »Wie war dein Tag?«

»Beschissen«, sagte Elena. »Egal. Bist du bereit?«

So bereit wie nur möglich. Zusammen fuhren sie um die gepflegte Rasenanlage des Clubs und legten die Entfernung, für die Elena hin und zurück eine Stunde pro Tag brauchte, in wenigen Minuten zurück. Golfspieler schwangen ihre Schläger in den Himmel. Der Wagen war jetzt vom Geruch des Grillrestaurants erfüllt. Folgte der Bär Elena etwa, weil sie danach roch? Nach gewürztem Fleisch?

»Fahr hier rechts ran«, sagte Elena.

Sam bog von der Straße ab. Der schwere Wagen rollte über Schotter, Erde, zertrampelte Gräser und blieb schließlich stehen. Sie waren zehn Minuten zu Fuß von der Stelle entfernt, wo sich zwei Wochen zuvor der Bär Elena genähert hatte. Ringsum standen von der Sonne gesprenkelte Bäume.

Braun geriffelte Stämme und feine, glitzernde Fäden von Spinnweben. Raschelndes Laub. Sam schaltete den Motor aus.

Sie fürchtete sich vor dem, was jetzt kam. Nein, sie sehnte sich danach. Beides. Sie war zu Tode erschrocken, fasziniert und eingeschüchtert, alles auf einmal. Sie hätte gern mit ihrer Schwester gesprochen, wusste aber nicht, was sie sagen sollte. Elena stieg aus. Sam folgte ihr.

Ihre Schwester war bereits über die Böschung am Straßenrand geklettert, aber Sam, die auf der anderen Seite um den Wagen kam, musste noch ein Stück hinabsteigen. Der Boden unter ihren Schuhen fühlte sich weich und uneben an. Elena hatte bereits die Bäume erreicht, und sofort war sie von schattigen Streifen bedeckt, färbte sich braun und blau wie ein Bluterguss. Als Sam die Baumgrenze erreichte, spürte sie den Schatten auch auf ihrer Haut, die Temperatur veränderte sich. Sie beschleunigte ihre Schritte.

Auf der anderen Seite der Straße, wo sie angehalten hatten, führte ein unbefestigter Waldweg durch die Bäume, doch noch war er nicht zu sehen. Der Hang unterhalb der Straße und die Äste darüber verdeckten ihn. Sie ließen die Zivilisation hinter sich und gingen auf das Unbekannte zu, das sie erwartete. Elena hatte angefangen zu rufen. Ruhig und klar erhob sich ihre Stimme in die Luft: »Bist du da? Hallo? Ich bin hier. Hörst du mich?«

Die Zuversicht in Elenas Worten. Klar wie eine Glocke hallten sie durch den Wald. Der Klang ließ Sam erschauern. Eines fernen Tages wäre dies eine verrückte Geschichte, die sie einander erzählten; eines Tages würde Sam diese Worte wiederholen, um Elenas Erinnerung aufzufrischen und sie zu unterhalten.

Hallo? Bist du da?
Ich bin hier. Hörst du mich?
Hallo? Bist du da? Ich bin hier.
Hörst du mich? Hallo? Ich bin hier. Bist du da?
Ich bin hier. Hallo? Bist du da?

Sie waren nun so tief im Wald, dass die Straße, das Auto und jegliche Hilfe außer Reichweite waren. Der Boden war mit dickem Moos bedeckt. Elena kletterte über umgekippte Baumstämme. Falls der Bär sie hörte, konnte er urplötzlich aus jeder Richtung auftauchen. Sam rutschte auf dem feuchten Boden aus und fing sich wieder. Sie beeilte sich, um zu ihrer Schwester aufzuschließen. Betete, dass ihnen nichts begegnen würde.

Ich bin hier. Hallo? Hörst du mich? Bist du da?
Hallo? Bist du da?
Ich bin hier.

Elena hatte von Tieren erzählt, die sie im Traum verfolgten. Sam hatte keine Erinnerung an ihre eigenen Träume, aber sie spürte deren Nachhall, den Schrecken kindlicher Albträume. Haiangriffe, Serienmörder. Verfolgungsjagden bis in Hexenhäuser hinein. Dies war der Wald, den sie kannte, derselbe, durch den sie ihr Leben lang gewandert war, doch jetzt war er ein anderer, das Wesen darin hatte ihn verwandelt. Er machte ihr Angst. Der Atem ging schneller, das Herz schlug ihr bis zum Hals, und sie wusste nicht, ob es an den feuchten Blättern lag, auf denen sie ausrutschte, oder an dem, was sie sich in ihrer Fantasie ausmalte. Die Bilder, die Elenas Worte in ihrem Kopf erzeugten, machten sie beinahe ohnmächtig. Sie wollte nicht hier sein.

Eine Armeslänge von ihr entfernt blieb Elena plötzlich stehen und hob das Kinn. Sam stellte sich neben sie, und Elena sah sie kurz an. Zwinkerte ihr zu.

War das nicht auch wie ein Traum: Elenas Vertrautheit, ihre Fremdheit. Ihre Schwester und doch nicht ihre Schwester. Ein anderer Mensch. Sam roch die Erde, die Baumsäfte, die scharfen Baumrindenstücke unter ihren Füßen. Das widerliche Gewicht von Schlamm, der mehlige Pollenstaub. Vögel zwitscherten. Eine leichte Brise wehte. Dann roch sie etwas Fauliges.

Der Bär war da.

Elena schaute nach rechts, und Sam folgte ihrem Blick. Da. Ein riesiges Tier kam auf sie zu. Der Kopf war gewaltig. Die Arme waren massig, die Schultern enorm. Mit jedem Schritt hoben und senkten sie sich, abwechselnd, zuerst die eine, dann die andere. Der Rumpf bewegte sich auf und ab, während der Bär einen langsamen Bogen um sie herum beschrieb. Er beäugte sie.

Sam stockte der Atem. Elena sagte: »Oh! Hallo.«

Er war nun weniger als fünfzehn Meter entfernt. Fast genau vor ihnen. Ein mit Fell bedecktes Muskelpaket.

»Das ist meine Schwester«, sagte Elena. »Ich wollte, dass ihr euch kennenlernt.«

Der Bär blieb stehen. Er wartete. Er überlegt, dachte Sam, der Bär überlegte.

Da lachte Elena, und nichts hätte Sam mehr überraschen können. Elena war völlig entspannt. Ihre Stimme, die Leichtigkeit darin war vertraut– sie zeugte von Freundschaft. Wie oft hatte sie dieses Ding gesehen? Traf sie jeden Tag auf ihn? »Hunger, du hast bestimmt Hunger«, sagte sie. »Aber heute hab ich nichts für dich.«

Sam konnte hören, wie die Luft aus seinen gigantischen

Lungen strömte. Er hob den Schädel, nahm dann mit einer einzigen fließenden Bewegung sein ganzes Gewicht von den Armen und richtete den Rücken auf.

Jetzt, dachte Sam. Jetzt würde er sich auf sie stürzen. Jetzt würden sie sterben.

Der Bär stand auf seinen kurzen Hinterbeinen. Der dicke Bauch war mit blassblondem Fell bedeckt. Er taxierte sie. Die Arme hingen seitlich herab. Der Hals war massig.

Elena hatte Sam gesagt, der Bär sei etwas Besonderes. Er sei Magie – ein Wunder – ein Geschenk vom Gott der Tiere. Sie hatte Sam erzählt, dass sie sich in seiner Gegenwart stark und mutig, aber auch klein und unbedeutend fühlte, sich ihres eigenen Körpers gänzlich bewusst und doch ganz und gar eins mit dem Universum. Es sei ein wunderbares, strahlendes Gefühl von Verbundenheit. Das Beste, was ihnen je passiert sei – das hatte sie gesagt. Elena. Der Bär sei das, worauf sie sich jeden Tag freue. Und deshalb war Sam trotz ihrer Angst in diesen Wald gekommen, in der Hoffnung, dasselbe zu fühlen.

Doch so war es nicht. Sie war erschüttert.

Anders, ja; in dieser Hinsicht hatte Elena recht. Sam wurde von einem Gefühl überwältigt, das sie noch nie im Leben gehabt hatte. Es war anders als Sex, als Träumen, als das Zählen von Trinkgeldern oder die schreckliche Routine von Arztbesuchen. Es war nicht so, als raste man kurvenreiche Straßen entlang oder hörte laut Musik. Als könnte man morgens ausschlafen oder führe auf der Fähre durch eine Nebelbank. Es war etwas völlig anderes. Es war vor einem Bären stehen. Es fühlte sich höchstens ansatzweise so an wie damals, als sie vierzehn und Elena fünfzehn war, der Freund ihrer Mutter bei ihnen wohnte und sie hörten, wie er durch den Flur auf ihr Zimmer zukam und die Tür aufmachte, und es nichts gab, was sie gegen sein Wüten hätten tun, niemanden, der sie hätte beschützen können. So ähnlich fühlte es sich an, nur schlimmer.

Sam war weder stark noch mutig, weder klein noch sich ihres Körpers bewusst. Sie würde sich nicht aus Ehrfurcht vor den komplexen Zusammenhängen der Nahrungskette opfern. Das hier war nicht wunderbar. Sie war nur sie selbst, ganz und gar, und sicher, dass sie so nicht sterben wollte. Sie wollte nicht von Krallen zerfetzt, ausgeweidet und enthauptet werden. Sie wollte nicht, dass ihr Leben auf San Juan endete. Dieses Ding durfte ihr nicht näherkommen. Sie wollte, dass es verschwand.

Der Bär stand da und starrte sie an. Größer als ein Kühlschrank. Braun, mit einem Stich Gold. Um Hals, Achseln und Leiste war das Fell zottelig. Der Gestank war überwältigend: nach altem Urin und nassem Hund. Er war nah genug, dass Sam sehen konnte, wie sich seine Nüstern bei jedem Atemzug blähten. Er sog sie förmlich ein.

»Willst du ihm hallo sagen?«

Sam schwieg. Elena berührte ihr Handgelenk. Reflexartig ballte Sam die Hand zur Faust, und die Augen des Bären registrierten die Bewegung. Zwei bernsteinfarbene Perlen an einer Schnur.

»Und?«, drängte Elena

Sam versuchte etwas zu sagen, ohne die Lippen zu bewegen. »Ich?«

»Ja, du. Wer sonst? Er etwa?«

Es hätte sie nicht groß überrascht. Elena hatte die ganze Zeit mit dem Tier gesprochen wie mit einem Kumpel. Trotzdem versuchte Sam nur einen Schritt vom Abgrund entfernt so zu tun, als wäre alles in Ordnung. »Okay«, sagte sie und sah den Bären an, und der Bär sah sie an, die Augen waren glasig, der Ausdruck darin unergründlich. Es gab keinen Ausdruck. Er war kein Mensch. Er konnte nicht denken, hatte nur den Instinkt, sie zu verschlingen. Während ihre Schwester neben ihr wartete, sagte Sam: »Hallo.«

»Er ist neugierig auf dich«, sagte Elena.

Sam räusperte sich.

»Erinnerst du dich, was die Frau gesagt hat? Wenn er so dasteht, will er mehr herausfinden.«

So würde Sam also in den Tod gehen: Nur, weil sie ihrer Schwester einen Gefallen tun wollte, indem sie mit einem wilden Tier Smalltalk machte. Der Bär würde sich auf alle viere fallen lassen, die Erde aus seinem Fell schütteln und ihr die Reißzähne in den Hals bohren. Er würde sie in Stücke reißen. Sie würde verbluten.

Elena wandte sich dem Bären zu. »Du hast dich doch nicht wieder an den Lämmchen vergriffen, oder? Du wildes Ding.«

Er richtete den Blick auf sie. Elena gluckste, sie war froh, seine Aufmerksamkeit wieder für sich zu haben. Sam fröstelte. Starr, steif und sich absolut darüber im Klaren, wie dumm sie waren. Sie erwarteten Freundschaft von einem Ding, das nicht fähig war, irgendetwas für sie zu empfinden.

Der Bär ließ sich nach vorne fallen. Seine Vordertatzen prallten auf die Erde. Sam zuckte zusammen. *Jetzt.*

Auf allen vieren angekommen, riss der Bär das Maul weit auf. Die Lippen glitten über die Zähne und enthüllten rotweißes Zahnfleisch und den hellen, knochigen Gaumen. Die Zunge hing ihm aus dem Maul. Dann verlagerte er sein Gewicht, wandte sich ab und trollte sich davon. »Bis zum nächsten Mal«, rief Elena ihm nach.

Sie drehte sich zu Sam um. Der Körper des Bären war noch sichtbar, entfernte sich zwischen den Bäumen. Ging er weg? Oder umkreiste er sie? »Na? Wie war's?«, fragte Elena.

»Lass uns zum Wagen gehen.«

Elena grinste. »Nein, warte. Zuerst will ich wissen, wie du es fandest. Irre, oder?«

Sam war schon wieder in einem Traum gefangen. Mitten in der Nacht betrat sie ein schreckliches Reich, in dem ihr Zuhause anders war als sonst, in das Fremde eindrangen und Elena nicht mehr Elena war. Sam erkannte nichts wieder. Sie hielt das nicht aus. Sie musste aufwachen und in ihr altes gewohntes Leben zurückfinden, wo sie unter Druck standen und manchmal sogar verzweifelten, aber zumindest sicher waren. »Mom wartet«, sagte sie. Dann umfasste sie Elenas warmen Arm mit beiden Händen. Sam zitterte. Sie flehte: »Lass uns zum Auto zurückgehen. Jetzt. Bitte.«

Als Elena am Abend das Essen für ihre Mutter machte, entschuldigte sich Sam. Ihr sei nicht gut, sagte sie. Sie müsse sich hinlegen. Und so war es auch. Der Tag hatte sie krank gemacht. Während sie im Bett lag, sah sie ständig ihre Schwester vor sich – und wie das Tier sie angestarrt hatte. Die glühenden runden Augen. Bernsteinfarben und von innen erleuchtet. Der dichte, zottelige Pelz, so tief, dass sich eine Hand darin verlieren konnte. Elena, die schutzlos vor ihm stand.

Sam öffnete eine Umfrage und tippte sich durch zwei Seiten.

Die Fragen konnten sie nicht beruhigen. Sie hatte schon Millionen ähnlicher Fragebögen ausgefüllt – Alter, Geschlecht, ethnische Zugehörigkeit, Postleitzahl, Haushaltseinkommen, Lieblingsfrühstück –, doch jetzt setzte die betäubende Wirkung nicht schnell genug ein. Während sie die Fragen beantwortete, sah sie im Geist noch immer Elena vor sich. Die schrecklich langen Krallen, die in der Erde scharrten, und Elenas Sneaker auf dem Waldboden.

Das Handy summte: eine Nachricht von Ben. Sam hatte gerade keinen Nerv für seine Albereien und rief stattdessen den Browser auf. Sie suchte nach »Mensch und Tier« und stieß auf einen Artikel über einen Mann, der einen ausgewachsenen Alligator in der Badewanne seiner Wohnung gehalten hatte. Er war im Gefängnis gelandet, wegen vorsätzlicher Gefährdung anderer. Einer Frau, die Freundschaft mit einem Schimpansen hatte schließen wollen, war der Arm ausgerissen und das Gesicht zerfetzt worden. In Indien war eine Frau von Elefanten zu Tode gestampft worden, die dann bei ihrer Beerdigung erneut aufgetaucht waren und auf ihrer Leiche herumgetrampelt hatten. Der Mann aus dem Filmtrailer, der in den Norden gezogen war, um mit Grizzlys zu leben, war zusammen mit seiner Freundin zerfleischt worden.

Musste sie sich übergeben? Ein saurer Geschmack erfüllte ihren Mund. Hinter der Tür hörte sie die Stimmen ihrer Familie. Warum um Himmels willen hatte sie sich auf Elenas Geschichte eingelassen? In der Küche, im Badezimmer, im Auto. Warum hatte sie sich davon einlullen lassen? Musste sie denn buchstäblich jedem Wort ihrer Schwester folgen?

Bevor die Treue zu Elena ihr einen Strich durch die Rechnung machte, öffnete sie ihren E-mail-Account und suchte nach dem Thread mit Madeline. Hastig tippte sie: *Hi. Wie können wir uns am besten davor schützen, dass der Bär uns nahekommt? Danke.*

Gesendet.

Kaum war die Mail abgeschickt, kamen die Schuldgefühle. Sam presste sich das Handy an die Brust und starrte auf die Risse in der Decke. Sie musste das tun, sagte sie sich. Das Ganze war zu einer Frage des Überlebens geworden. Sie durfte nicht zögern, nur weil sie Angst hatte, ihre Schwester könnte sauer sein. Außerdem, sagte sie sich, hatte Elena ihr nur das Versprechen abgerungen, Madeline nicht erneut hierherzuholen, was sie nicht tat, also schuf sie auch keine weiteren Probleme, machte nichts verkehrt. Sie hatte nur eine Frage gestellt, deren Antwort für sie alle wichtig war.

Doch dieser Gedankengang half nicht. Im Flur fiel eine Tür zu. Schritte. Elena summte leise vor sich hin. Sam fühlte sich noch immer elend. Sie musste sich beruhigen, und so lag sie mit geschlossenen Augen da und dachte an das, womit sie sich am liebsten beschäftigte: eine Zukunft, in der es nichts zu fürchten gab.

Eine halbe Million Dollar. Sobald sie die Insel verlassen hätten, würden sie all dieses Geld haben, um tun und lassen zu können, was sie wollten. Als Erstes würden sie vom Hafen aus direkt Richtung Süden fahren, über die I-5. Sie würden den Skagit River überqueren, dessen Ufer dicht mit immergrünen Pflanzen bewachsen waren. Im Radio liefe laute Musik, und überall duftete es nach Pinien. Sie würden an der Skagit Wildlife Area vorbeifahren, wo Tausende von Schneegänsen dicht an dicht überwinterten, und am Possession Sound, wo im Frühjahr die Grauwale zum Fressen hinkamen.

In Seattle würden sie sich ein Hotelzimmer nehmen und ein paar Tage oder eine Woche bleiben, und wenn es ihnen wirklich gefiel, sogar für immer – Zimmerservice und Kontinentalfrühstück inklusive. Wenn nicht, könnten sie eine Luxuswohnung mieten, in einem gläsernen Gebäude mit Portier und Tiefgarage. Jede würde ein eigenes Bad haben, Sam könnte ihre Kajalstifte auf dem Waschtisch liegen lassen, und Elena den gebrauchten Waschlappen über den Wasserhahn des Waschbeckens hängen, es wäre egal, es gäbe keinen Anlass zum Streit. Am Abend würden sie von ihrer Couch aus auf einen neuen Horizont blicken, wo Millionen von Lichtern flackerten.

Und wenn ihnen die Stadt mit ihrem hektischen, urbanen Lifestyle nicht gefiel, könnten sie einfach weiterfahren. Südwärts nach Tacoma? Ostwärts nach Yakima? Westwärts zur Halbinsel Olympic? Sie würden durch den Hoh-Regenwald wandern, Mount Rainier besteigen und in Sol Duc Hot Springs entspannen. Ausnahmsweise wären sie die Touristen, andere würden sie bedienen, und Sam und Elena würden ihnen genauso viel Trinkgeld geben, wie die Bestellung gekostet hatte. Wenn sie die Nase von Washington voll hatten, würden sie nach Idaho weiterfahren. Kalifornien. Dann rauf nach Kanada ins Lower Mainland, wo ihre Mutter als Kind einmal hingereist war, die Schwestern aber noch nie gewesen waren. Sie würden tanzen gehen, Cocktails trinken und neue Pässe beantragen. Abgesehen von sich selbst hätten sie keine Verbindung mehr zu dem, wer sie einmal gewesen waren.

Noch hatte Sam nicht über jeden einzelnen Schritt des Plans entschieden, aber eins wusste sie: Es würde wunderbar sein. Waren sie erst einmal unterwegs, würde der Bär Elena nichts mehr bedeuten. Die Ringe unter ihren Augen würden verschwinden. Sie würden bis in den späten Vormittag hinein schlafen und nicht arbeiten. Wenn sie Hunger hatten, würden sie in angesagten Restaurants essen, mehrere Gänge bestellen und alles probieren, ohne die Verpflichtung, aufessen zu müssen. Wenn die Wohnung schmutzig war, würden sie eine Reinigungskraft einstellen. Jemand anders würde für sie einkaufen gehen. Sam würde ausgehen. Elena könnte Skilaufen lernen. Sie würden für den Rest ihres Lebens nur noch tun, was sie wollten.

Sams Atem hatte sich beruhigt. Das Haus war still, der Himmel vor dem Fenster dunkelblau. Sie stand auf.

Die Tür ihrer Mutter war geschlossen. Der Sauerstoffkonzentrator lief. Sam tastete sich mit den Fingern an der Wand entlang durch den langen, samtig schwarzen Gang. Die Badezimmertür stand einen Spalt auf, das Licht des aufgehenden Mondes sickerte durchs Fenster. Sie ging im Dunkeln auf das Wohnzimmer zu.

Das Holz unter ihren Füßen knarzte. Ein Schritt. Noch einer. Sie ging so schnell sie konnte in das von der Nacht erfüllte Wohnzimmer. Das schwache Licht der Sterne spiegelte sich im Glas der Fensterscheiben. Der Vorhang, hinter dem ihre Schwester schlief, hing reglos herab.

Elena hatte Sam gesagt, der Bär sei etwas Besonderes. Was Elena nicht zu begreifen schien, war, dass sie selbst das Besondere war.

Wäre Elena jetzt wach, würde Sam sich neben sie kauern und sie anflehen, das einzusehen. Sie würde sagen: Elena, wir sind so nah an dem, worauf wir warten. Ich weiß, es war zu lang – länger als wir dachten –, und es war hart für dich, all die Verantwortung, es war zu viel. Zermürbend, hast du gesagt; du bist erschöpft. Ich weiß das. Ich bin es ja auch. Aber wir sind fast am Ziel, Elena. Halt durch.

Wir brauchen dieses Tier nicht. Es ist das Risiko nicht wert. Wenn du eine schnelle Erleichterung brauchst, dann such sie woanders – stopf dich mit Süßigkeiten voll, betrink dich oder schlaf mit einem Fremden. Fahr mit dem Auto durch die Gegend. Schneid dir die Haare ab, wenn du willst. Ich liebe dein Haar, es ist perfekt, aber du kannst alles ändern, kannst es dir violett färben, wenn du willst, Mom würde dir helfen, es wäre lustig. Gönn dir was. Aber lauf nicht diesem Ding im Wald hinterher.

Tu es nicht. Das würde Sam ihrer Schwester sagen. Im Dunkeln hockend, hier in ihrem Zuhause, von Angesicht zu Angesicht. Hin- und hergerissen zwischen Angst und Vertrauen. Elena. Bitte. Wir haben uns. Wir schaffen das. Kannst du dich nicht daran halten und den Bär vergessen?

Am nächsten Morgen wachte Sam spät auf. Das Zimmer war von Sonne durchflutet. Die blassorange gestrichenen Wände ertranken im Licht. Sie blendeten sie.

Elena war schon unterwegs, doch Sams Schicht begann erst am Mittag. Sie ging ins Badezimmer, um Wasser aus dem Hahn zu trinken. Ihr Mund war klebrig, die Zunge trocken, der Hals rau. Hatte sie im Schlaf geweint? Sie fühlte sich gerädert. Mit brennenden Augen ging sie ins Zimmer ihrer Mutter, die sich gerade eine Quizshow ansah.

»Hast du schon gefrühstückt?«

Ihre Mutter schüttelte den Kopf. »Elena hat mir Haferbrei gemacht, aber ich hatte keinen Hunger. Sie hat ihn in den Kühlschrank gestellt.«

Sam bekam Kopfschmerzen vom Fernseher. Die Teilnehmer sprangen hinter ihren Buzzer-Pulten auf und ab. »Hast du jetzt Hunger? Ich kann ihn dir bringen.«

Ihre Mutter griff nach der Fernbedienung, drehte die Lautstärke herunter und schob die Bettdecke zur Seite. »Ich komme mit.«

Zusammen gingen sie durch den Flur. Sam blieb hinter ihr und passte auf. Die Knochen im Nacken standen wie bei einem Bergkamm hervor. Topografie einer öden Landschaft. Die Fußgelenke waren geschwollen. Hinter ihnen verebbten die Geräusche der Show: Jubel und die glückliche Stimme eines Gastes.

»Geht's?«, fragte Sam.

Ihre Mutter hatte die Hand ausgestreckt, um das Gleichgewicht zu halten. »Ja, alles gut.«

Nachdem sie sich an den Küchentisch gesetzt hatte, nahm

Sam die Schale aus dem Kühlschrank und stellte sie in die Mikrowelle. Sie träufelte Ahornsirup über den dampfenden Haferbrei und machte auf Wunsch ihrer Mutter auch Kaffee. Das hätte Elena nicht gefallen; sie wollte immer, dass ihre Mutter Kräutertee trank. Dann frühstückten sie zusammen, und die Sonne strömte durch die Fenster herein.

»Wie geht es dir, mein Schatz?«, fragte ihre Mutter.

Sam wusste nicht, wo sie anfangen sollte. Elena hatte sie gestern einem Bären vorgestellt. Nachts hatte sie Visionen von Alligatoren und Schimpansen gehabt. »Gut«, sagte sie, griff nach dem Handy und überflog ihre Mails: nichts von Madeline. Hastig tippte sie eine Nachricht an Elena: *Bist du gut angekommen?* Erneut stieg die Angst in ihr auf, scharf wie ein Reißzahn. Was, wenn die Antwort nein lautete?

»Wie ist es jetzt auf der Fähre? Kommen noch immer so viele Touristen wie früher?«

Sam sah auf. »Geht so«, sagte sie. »Es ist nicht so viel los wie früher, aber die Saison hat ja auch gerade erst begonnen.«

»Tragen die Leute Masken?«

»Die meisten nicht.« Das Handy vibrierte unter ihrer Hand, und sie warf einen Blick auf das Display. Elena hatte geantwortet: *Ja, alles gut! Wieso?*

»Weißt du, was ich in diesem Sommer gern nochmal machen würde?«, sagte ihre Mutter. »Jetzt, wo die Welt sich wieder öffnet? Nach Vancouver Island fahren. Was meinst du? Wenn ihr mal beide einen freien Tag habt, könnten wir hinfahren, durch Sidney bummeln und nachmittags Tee in einem Hotel trinken.«

Abwesend sagte Sam: »Seit der Pandemie fahren die Fähren da nicht mehr hin.« *Weil ich gerade an dich gedacht hab,* schrieb sie. Auf dem Display erschien keine Antwort. *Weil ich mir Sorgen gemacht hab,* setzte sie hinzu.

Warum?

Rate mal.

Ha, schrieb Elena. *Mach dich nicht verrückt. Es ist alles okay.*

»Ich vermisse die Zeit, als du den ganzen Tag hier bei mir warst. Ich hab mich so daran gewöhnt«, sagte ihre Mutter.

Sam blickte zu ihr auf. Die Lippen hatten eine bläuliche Färbung. Die Augen waren groß und wunderschön. »Oh«, sagte Sam. »Ich auch, Mom.« Diese letzten beiden Jahre, die sie zu Hause verbracht und darauf gewartet hatte, dass das Leben wieder begann. Sam und ihre Mutter hatten die Mahlzeiten nach Elenas Schichten gerichtet, weil es sonst nichts gab, worauf man sich freuen konnte. Virtuelle Arztbesuche, bei denen alle wichtigen Symptome ihrer Mutter übersehen wurden. Die Klaustrophobie in dieser Zeit – die Nähe.

»Die Quizshows sind nicht dasselbe, wenn du nicht mitguckst.«

»Genau. Du musst mich auf dem Laufenden halten, was da so passiert.«

»Wer weiß das schon. Ich verliere allmählich den Überblick«, sagte ihre Mutter. »Es ist so langweilig.«

Sam lachte. »Weißt du, was? Bei mir auf der Arbeit auch.« Ihre Mutter strahlte. Diese perfekten Schneidezähne. Sie war noch immer die Schönste im ganzen Land. Als sie die Hand berührte, in der Sam das Handy hielt, waren ihre Fingerspitzen kalt.

Was war das für ein Charakterzug in Elena und ihrer Mutter, der von Gefahr angezogen wurde? Wenn sie sie ansah, ergab es keinen Sinn. Sie waren Frauen, die niemanden sonst brauchten und die jeder gern um sich hatte. Auch Sams und Elenas Großmutter war so gewesen, selbstbewusst, jedenfalls in den Geschichten ihrer Mutter. Eine Krankenschwester, eine Frau, die gern flirtete, Hüterin des Gemüsegartens neben dem Haus, bevor ihr alles zu viel wurde und die Pflanzen vertrockneten. Ihr Großvater dagegen war ihrer Mutter zufolge jähzornig gewesen. Er hatte Teller zertrümmert und Löcher in die Wände geschlagen. Und ihre Großmutter hatte seine Gewalttätigkeiten jahrelang ertragen, egal wie kompetent sie in den Geschichten ihrer Mutter auch erscheinen mochte. Sie hatte drei Kinder mit ihm bekommen. Als er das Familienauto zu Schrott fuhr, kaufte sie sich ein Fahrrad. Das waren Erinnerungen, die ihre Mutter gern erzählte: wie umwerfend sie auf dem Rad ausgesehen hatte, wenn sie mit wehendem Haar über die Straßen der Insel fuhr.

Bis zum Tod ihres Mannes hatte sich ihre Großmutter nicht von seiner Schreckensherrschaft befreien können. Vorübergehend hatten sie, ihre Mutter, Elena und Sam zusammen in diesem Haus gewohnt, auf engstem Raum, die ganze kostbare Familie, dann war die Großmutter gestorben. Und irgendwann brachte ihre Mutter erneut Chaos ins Haus.

Als der Freund ihrer Mutter einzog, konnte Sam an nichts anderes denken. Während des Unterrichts, nach der Schule, wenn er bei der Arbeit war, wenn Elena und sie einschliefen – immerzu musste man mit ihm rechnen. War er gut gelaunt? Wenn nicht, wie könnten sie ihn aufheitern, oder sollten sie ihm besser aus dem Weg gehen? Was mussten sie ihrer Mutter zuliebe tun, um die Dinge in Ordnung zu bringen, beim Abendessen oder während er fernsah? Er hatte unzählige Regeln, gegen die Sam und Elena am Ende immer verstießen. Genau wie ihre Mutter. Sie gaben ihr Bestes, aber es war nie genug.

Das Haus war klein, und er konnte es erbeben lassen. So lebten sie fast ein Jahr, bis sich das Jugendamt einschaltete. Er zog aus, und seitdem konnten Wochen und Monate vergehen, ohne dass Sam einen Gedanken an ihn verschwendete. Nur gelegentlich tauchte er noch in ihrem Bewusstsein auf: Wenn sie hörte, wie sich zwei Fremde stritten, wenn sie an einem Mann vorbeikam, der dasselbe Rasierwasser benutzte wie er. Oder wenn ihre Mutter an die Vergangenheit erinnerte. Sie sprachen nicht über ihn, aber manchmal erwähnte sie die Zeit, die sich mit seiner Anwesenheit überschnitten hatte. Dem damit verbundenen Schrecken.

Aber Spuren verblassen. Niemand schreckte mehr zusammen. Seine einzige Hinterlassenschaft war das Wissen der Familie, auf wen von ihnen Verlass war und auf wen nicht. Ihre Mutter würde einen vergifteten Apfel essen, wenn man ihr einen anbot, anders als ihre Töchter. Nicht, dass sie ihre Mutter deswegen weniger geliebt hätten – sie hatte diese Schwäche geerbt; es war ein Familienfluch. Aber sie gingen ein wenig auf Abstand. Sie wuchsen auf mit dem Ziel, sich eine Welt ohne Bedrohungen zu suchen.

Zumindest hatte Sam das geglaubt. Bis ihre Schwester anfing, den Bären zu rufen.

»Ihr beiden arbeitet so viel«, sagte ihre Mutter. »Wisst ihr eigentlich, wie stolz ich auf euch bin?«

Sam stocherte im Haferbrei herum, der am Rand der Schale allmählich verklumpte. »Wir hatten ja auch ein perfektes Vorbild.«

Im hinteren Teil des Hauses leierte ein Sprecher die Nebenwirkungen eines soeben beworbenen Medikaments herunter. Sams Mutter kaute. »Wollt ihr eigentlich eure Kinder auch hier aufziehen?«

Sam hustete in den Löffel. Allein die Vorstellung – bloß nicht! Vor acht Jahren war Sam schwanger geworden (was sie sich nicht erklären konnte, sie hatte immer verhütet und war nun trotzdem schwanger, sogar ein Jahr früher als ihre Mutter mit Elena), und ihre Schwester hatte sie ins Ärztezentrum der Stadt gefahren. Dort saßen sie und warteten, dass jemand mit der Überweisung für die Abtreibung hereinkam. Sam hatte sich unwohl gefühlt. Das war der bleibende Eindruck der kurzen Schwangerschaft: ein Gefühl, wie wenn einem im Auto übel wird. Plus Enttäuschung. Im Warteraum, der mit gerahmten Aquarellen vom Meer geschmückt war, damit er so etwas wie Heiterkeit ausstrahlte, hatte Elena Sams Knie gedrückt und gesagt: »Wir schaffen das zusammen.«

Dann war die Schwester gekommen. Sam hatte eine Pille, einen Eingriff und eine reine Weste erhalten. Danach war sie mehr als je zuvor entschlossen, alles zu meiden, was eine Stadt tun konnte, um ihre Bewohner in die Falle zu locken: Teenager-Schwangerschaften, Ehen mit der Jugendliebe aus der Highschool, haufenweise Freundinnen, die sich einmal im Monat in einer Bar trafen, oder die Entscheidung, das miese Blatt zu akzeptieren, das einem zugeteilt worden war. Sam und Elena würden nichts davon mitmachen. Niemals.

»Keine Ahnung«, antwortete Sam ihrer Mutter. »Vielleicht.«

»Es ist eine schöne Vorstellung, wieder Babys in diesem Haus zu haben. Mimi wäre begeistert. Sie war so glücklich, als sie erfahren hat, dass ich mit Elena schwanger bin.«

»Hat sie nicht geschimpft?«, fragte Sam.

Ihre Mutter sah sie rasch und erstaunt an. »Warum hätte sie schimpfen sollen?«

»Du warst noch so jung.«

»Ich war aber auch kein Kind mehr. Damals ging ich schon seit einer Ewigkeit arbeiten.« Der Kaffeebecher hatte einen braunen Wasserfleck auf dem Tisch hinterlassen. Sam holte ein Geschirrtuch und wischte ihn weg. Ihre Mutter fuhr fort: »Ihr beide wart ein Geschenk. Eine direkt nach der anderen. Und Geschenke kommen nun mal, wann sie wollen. Man kann nicht sagen, o nein, nicht jetzt, ich bin noch nicht so weit. Man nimmt sie mit offenen Armen an.«

Sam faltete das Geschirrtuch zusammen und schob es unter den Becher. Sie hätte ein oder zwei Argumente parat, die dagegen sprachen.

»Hast du eigentlich einen Freund?«, fragte ihre Mutter.

»Ach, Mom«, sagte Sam verlegen.

Ihre Mutter lachte. »War nur eine Frage.«

»Nein. Hab ich nicht.«

»Und Elena?«

Sam stellte sich vor, wie sie sagte, oh, Elena trifft sich mit jemand. Mit einem Ungeheuer, das sie auf dem Weg zur Arbeit stalkt. Ein Ding, das aus dem Wald kommt und an ihr rumschnüffelt. Ein wildes Tier.

»Du weißt doch, wie Elena ist«, sagte Sam. »Nein.«

Ihre Mutter schob Sam die Schale zu, auf deren Boden noch eine dicke Schicht Haferbrei klebte, und Sam stand auf, um sie zum Spülbecken zu bringen. Mit dem Rücken zum Tisch checkte sie erneut das Handy. Eine Nachricht. Eine Antwort von Madeline Pettit. Sam hielt den Atem an.

Hi, Sam, danke für Ihre Nachricht. Ist das eine hypothetische Frage? Falls ja, möchte ich nochmals darauf hinweisen, wie unwahrscheinlich es ist, dass der Bär Ihnen nahekommt. Sollte er es aber trotzdem tun, klatschen Sie am besten in die Hände und schreien, um ihn zu erschrecken. Eine Trillerpfeife oder Bärenspray können ebenfalls helfen, sich sicherer zu fühlen. Alles Gute, M

Bärenspray. Sam warf einen Blick auf die Uhr der Mikrowelle: Sie würde keine Zeit haben, noch vor der Arbeit welches zu besorgen. Sie hatte zu lange geschlafen, hatte es vergeigt, jetzt musste sie warten. Dann merkte sie, dass ihre Mutter immer noch sprach. Sam nahm die Kaffeekanne von der Arbeitsplatte, schenkte ihnen beiden nach und setzte sich wieder.

»Heutzutage braucht man ja nicht mal mehr einen Mann, um ein Baby zu bekommen«, sagte ihre Mutter. »Man kann sich in der Arztpraxis schwängern lassen. Sich das Kind aus einem Katalog aussuchen. Und wenn es erst mal da ist, ergibt sich alles andere von selbst.«

»Um Himmels willen, Mom!«

»Ich sag ja nur.«

»Lass es lieber sein!« Sam versuchte, es wie einen Scherz klingen zu lassen, doch ihre Worte täuschten über eine tiefe Schmach hinweg. Ihre Mutter hatte Themen angesprochen, die sie in einem klaren Moment lieber umgangen hätte. Dann ergibt sich alles andere von selbst, hatte sie gesagt. Hatte sich denn für sie alles andere von selbst ergeben? Mit fünfundzwanzig Vollwaise und zwei Kinder am Hals?

Ihre Mutter beugte sich vor. Ihr Gesicht war jetzt ernst. Manchmal dachte Sam, ihre Mutter hätte keine Ahnung, was bei ihnen los war, und dann wieder gab es Momente, in denen sie zuhörte und sogar das mitbekam, was ungesagt blieb. Es gab unzählige Geheimnisse in diesem Haus, die nur dazu dienten, sich gegenseitig zu schützen. Gelegentlich schnappte ihre Mutter eins davon auf, wenn es durch die Luft flog.

Ihre Stimme war leise. »Ich hab nur dran gedacht, wie gern ich meine Enkel kennenlernen würde.«

Also hatte ihre Mutter nicht mitbekommen, was Sam im Kopf herumschwirrte. Der Bär, die Angst, das intensive Bedürfnis, dem Tod zu entkommen, der sie auf dieser Insel erwartete. Tja. Wie sollte sie auch? Was sie sagte, war deutlich genug: Die Zeit, die ihnen zusammen bleiben würde, war begrenzt. Selbst wenn Elena und sie noch an diesem Nachmittag schwanger würden, wäre es ihrer Mutter aller Wahrscheinlichkeit nach nicht vergönnt, die Kinder, die dabei entstünden, kennenzulernen. Wozu dann streiten? Was gab es da noch zu streiten?

Die Sonne wärmte sie beide. »Weißt du, was«, sagte sie, »ich glaube ganz sicher, dass wir unsere Kinder hier kriegen werden.« Ihre Mutter lächelte ihr zu, und Sam lächelte zurück. Die wahre Zukunft verbarg sich hinter etwas, was ihre Mutter nicht ahnte: der Bestattung, dem Hausverkauf, der letzten Fahrt mit der Fähre.

Sam hatte sich eingeredet, dass sie nicht verstand, was ihre Schwester, ihre Mutter und die Mutter ihrer Mutter dazu trieb, sich so zu verhalten, wie sie es taten. Doch in Wirklichkeit stimmte das gar nicht, oder? Sie spürte, wie es in ihr arbeitete. Sam würde jeden Schmerz ertragen – die Lüge, das unterdrückte Ich –, solange sie eine kurze Freude daraus ziehen konnte. Sie würde zehn Jahre im Bistro schuften, um sich ihre einzige, heißgeliebte Fantasie zu bewahren. Sich von neuen Beziehungen fernhalten, die Wünsche ihrer sterbenden Mutter verraten, sich von Elena überreden lassen, die Hände in dem mit Gold bestäubten Fell des Bären zu versenken. Das alles war die Sache wert, Hauptsache, sie und ihre Schwester kamen am Ende heil hier raus.

Ihre Großmutter, die in ihrem knielangen Rock in die Pedale trat. Ihre Mutter, die einen zwielichtigen Mann umarmte, den sie vergöttert haben musste. Sam, die sich das Kopfkissen mit ihrer Mutter teilte, wenn sie sich zusammen Seifenopern ansahen. Elena, die *Hallo?* über die Bäume rief. Es war egal, wenn es wehtat. Sie taten, was sie tun mussten. Sie freuten sich, wann immer sie Freude fanden, weil sie wussten – sie alle wussten es –, wie rar sie gesät ist. Sam wollte ihn genießen, diesen Moment, den sie mit ihrer Mutter in der Sonne saß und Kaffee trank. Kurz und verlogen, wie er war – na und? So hielt sich ihre Familie aufrecht. So würden sie überleben.

Als Sams Fähre am nächsten Nachmittag in Friday Harbor anlegte, wartete Ben am Kai auf sie. »Warum hast du so lange gebraucht?«, fragte er. Sein Haar kräuselte sich in der feuchten Brise. Sie brauchte immer eine Weile nach Schichtende; sie musste den Tresen abwischen, die Kasse schließen und eine letzte Runde durch den Essbereich drehen, um den Müll einzusammeln. Er dagegen konnte einfach von Bord gehen und hatte noch Zeit für eine Zigarette.

Sie nahm eine von ihm an. Das Feuerzeug auch. »Ich wusste nicht, dass du schon Schluss hast.«

»Ich hatte gestern eine Doppelschicht«, sagte er. »Hast du Lust, mit mir zu Mittag zu essen?«

»Ich kann nicht.«

»Ah.« Er schielte aufs Wasser. Die Fähre hinter Sam tutete zwei Mal. Um sie herum schnallten die Leute ihre Kinder im Kinderwagen fest und streiften ihren Hunden komplizierte Brustgeschirre über. Vermutlich hatte er auf sie gewartet, weil er mit ihr vögeln wollte; er war schon mehrmals in Friday Harbor von Bord gegangen, unter dem Vorwand, sie in ein Restaurant in der Stadt einzuladen. Und jedes Mal hatte sie ihn auf den Rücksitz des Wagens umgeleitet, wo sie eine schnelle Nummer schoben, bevor er die nächste Fähre nahm. »Du hast zu tun?«, fragte er. »Volles Programm. Musst du gleich wieder los?«

»Ja. Muss ich. Du hättest im Bistro vorbeischauen sollen.«

»Hab ich ja. Du warst den ganzen Tag an deinem Handy.«

Sie hatte nach Outdoor-Ausstattern und deren Öffnungszeiten gesucht. »Tja«, sagte sie. »Wie auch immer, ich muss los.«

»Was ist denn so wichtig?«

»Ich muss was besorgen, und dann, na ja, du weißt schon, meine Mom.«

»Ach ja«, sagte Ben. »Sorry.« Er zog die Augenbrauen zusammen. Die dichten schwarzen Wimpern umrahmten seine honigbraunen Augen wie dunkle Schatten. »Was musst du denn besorgen? Kann ich helfen?«

»Musst du nicht.«

»Will ich aber«, sagte er.

Sam kniff die Augen zusammen und musterte ihn. Willst du – wieso?

Der Kai hatte sich fast geleert. Ein einzelner Terminal-Angestellter sammelte im Wartebereich Abfälle auf. Sam drückte die Kippe mit dem Absatz aus. Ben griff nach ihrer Tasche. Sam überlegte kurz und überließ sie ihm. »Wo wollen wir hin?«, fragte er.

Das »wir« verhallte. Ben konnte albern sein, dumme Witze oder Quatsch machen und sie im nächsten Moment verunsichern, indem er sie zum Essen einlud. An den Tagen, an denen sich ihre Schichten nicht überschnitten, schickte er ihr Nachrichten. Manchmal benahm er sich fast so, als wäre er ihr fester Freund. Diese Mühe konnte er sich schenken, sie hatte genug anderes um die Ohren.

»Kings Marine«, sagte Sam. »Ich muss da was besorgen.«

Kings Marine hatte kein Bärenspray. Der beengte zweite Stock richtete sich ausschließlich an Bootsfahrer: Krabbenfallen, Angel-Ratgeber und wasserdichte Elektrogeräte. Ben schlenderte durch die Gänge und sah sich die Bojen und schwarzen Fischernetze an. »Wonach suchen wir?«, fragte er.

»Bärenspray.«

Seine Hände blieben an einer Rettungsweste hängen. »Echt? Warum? Ist der Bär wiedergekommen?«

»Die Biologin hat mir dazu geraten«, erklärte Sam. »Für alle Fälle.«

»Ich dachte, du traust ihr nicht?«

Wann hatte Sam ihm das erzählt? Im Bistro, in der Enge der Mannschaftsquartiere, als sie zusammen darauf warteten, dass die Fähre andockte – es hatte viele Gelegenheiten gegeben, sich zu verplappern. »Das habe ich nicht gesagt.«

Ben trat zu einem Fass mit Kajak-Paddeln. »Schon klar.«

Sam stand vor einem Regal mit Insektenspray. Sie nahm eine Dose und stellte sie wieder zurück. »Sie ist bloß ziemlich schräg«, sagte sie. »Scheinheilig.«

»Verstehe. Sie verunsichert dich.«

Sam wandte sich vom Regal ab und sah ihn an. Er lächelte. Er glaubte, sie blödelten herum, doch sie kochte vor Wut. »Du kannst mich mal«, fauchte sie.

»Uff! So dünnhäutig?«

»Nein, mir geht's fantastisch«, sagte Sam. »Blendend. Ich finde es nur komisch, dass du diese Person in Schutz nimmst, obwohl sie … na ja, mindestens eine Nummer zu groß für dich ist.«

Da sie direkt vor ihm stand, erkannte sie die Wirkung ihrer Worte. Er hatte sie ungewollt gekränkt, sie dagegen hatte versucht, ihn absichtlich zu verletzen, und es hatte funktioniert: Sein Lächeln erstarb. Eine Wunde war aufgeplatzt.

Ben wandte sich ab. Nach einer Sekunde Stille ging er weg. Sam stand vor dem Regal mit Insektensprays und nahm eine weitere Dose in die Hand, als würde sich die Mücke auf dem Etikett in einen Bären verwandeln.

Ihre Augen brannten. Sie hatte fast das Gefühl, sich entschuldigen zu müssen, aber … Eigentlich schuldete *er* ihr eine Entschuldigung, fand sie. Jegliches Gefühl von Kränkung ging auf sein Konto. Oder?

Sicher, Madeline besaß Eigenschaften, die Sam … verunsicherten, sie veranlassten, jeden Kontakt mit ihr zu bereuen, ihr rieten, einen weiten Bogen um sie zu machen. Die Art, wie Madeline aussah, wie sie sich ausdrückte oder verhielt, ließ keinen Zweifel daran, dass Sam und sie aus verschiedenen Welten stammten. Sam sollte ihr nicht über den Weg trauen.

Aber gerade das verwirrte sie am meisten. So fremd Madelines Leben auch war, gab es doch etwas an ihr, das Sam erkannte … Es ergab einfach keinen Sinn. Ben würde es nie verstehen; Sam verstand es ja selbst nicht. Aber Madeline brachte sie genau wie Elena dazu, sich ihrer Führung unterwerfen zu wollen. Als Madeline Anweisungen gab, war Sam gegen den Rat ihrer Schwester versucht gewesen, sie zu befolgen. Das war es, was sie verunsicherte und zugleich faszinierte, ja, dazu verleitete, über sie nachzudenken, ihr verzweifelte E-Mails zu schreiben und offensichtlich viel zu viel über sie zu reden.

Dann berührte jemand ihren Rücken, und sie fuhr zusammen. Die Spraydosen klapperten. Ben stand neben ihr, mit erhobener Hand. »Hey«, sagte er. »Ich hab mit jemand gesprochen, der hier arbeitet; sie haben kein Bärenspray. Versuchen wir es woanders.«

Sie liefen fünf Minuten zu Fuß die Spring Street hinunter bis zum Baumarkt. Am Eingang legte Ben ihr erneut die Hand auf den Rücken. Kleine Wärme-Inseln – fünf Punkte der Anklage. »Es ist nicht so, wie du glaubst«, sagte Sam leise. »Ich hab nichts gegen sie. Aber es ist besser, jemand, der so anders ist als man selbst, nicht zu nahezukommen.«

»Stimmt«, sagte er. »Deshalb kommst du mir auch nicht nah.«

»Ich kann …«

»Weil ich dich mit meiner Schönheit einschüchtere«, sagte er und zwinkerte ihr zu. Diese dichten schwarzen Wimpern, dieser lässige, leicht anmaßende Blick.

Sie sagte nichts mehr, und er auch nicht. Sie suchten verschiedene Gänge ab und kamen mit leeren Händen am Infoschalter wieder zusammen, wo ein Verkäufer in einem roten Kittel Sam anbot, eine Dose für sie zu bestellen. »Sie haben den Bären also auch gesehen?«, fragte er.

Sam nickte. Ben mischte sich ein. »Direkt vor dem Haus.«

»Herrgott«, sagte der Mann. »Der wird ja immer dreister. Kennen Sie die Gerards? Die haben ihn letzte Woche auf ihrem Grundstück gesehen, und jetzt vermissen sie ihre Katzen.«

»Mist«, sagte Ben. »Das ist echt schlimm.«

Kopfschüttelnd tippte der Verkäufer etwas in seinen Computer ein. »Tja, Sie sind nicht die Ersten, die nach Bärenspray fragen. Man kann gar nicht vorsichtig genug sein.« Er drückte auf eine Taste. »Das Spray ist in einer Woche da. Kostet fünfundfünfzig Dollar – vierundfünfzig fünfundneunzig, um genau zu sein.«

Er hätte genauso gut ein Jahr und tausend Dollar sagen können. Oder eine Ewigkeit und einen Sack Edelsteine. Zeit und Geld, die Sam nicht hatte und auch nicht aufbringen konnte. Ben hatte sich ein paar Schritte vom Tresen entfernt und machte sich an einem Regal mit Angelködern zu schaffen, hielt Federn und Haken in den Händen.

»Kannst du mir einen Gefallen tun?«, fragte sie.

»Klar«, sagte Ben. »Schieß los.«

»Kannst du mir fünfundfünfzig Dollar leihen? Damit ich das verdammte Ding bestellen kann? Nächsten Freitag kriegst du sie wieder.«

Ben wandte sich vom Regal ab. Für einen Augenblick ließ

er die Maske fallen und zeigte Sam sein wahres Gesicht. Sein Zögern. Der hübsche Mund war verschlossen. Trotz aller Avancen war er nicht ihr Freund, oder? Nur ein Besucher auf der Insel, jemand, der die Saison auf San Juan verbrachte und mit ihr vögelte.

Und heute hatte er an der Fähre auf sie gewartet, um ihr genau das unter die Nase zu reiben. Ben hielt sie für ignorant, weil er ein interessanteres Leben gehabt hatte als sie. Er war woanders aufgewachsen, hatte in der Coast Guard Reserve gedient, war herumgekommen. Und was hatte Sam aus all den Jahren zu Hause gelernt? Mit welchen Lektionen konnte sie aufwarten? Sie wusste nur das, was sie ihm zu sagen versucht hatte: Bitte niemals einen Fremden um Hilfe.

»Schon gut«, sagte sie.

»Nein. Ich …« Er zögerte. »Sam, es ist … Wie viel?«

»Vergiss es.«

Ben hatte wieder sein gewöhnliches Gesicht aufgesetzt. Er tat so, als griffe er nach seiner Brieftasche, steckte aber die Hand nicht wirklich in die Jacke. Der Arm stockte mitten in der Bewegung. »Wenn du es wirklich brauchst«, sagte er, »kein Problem.«

»Nein«, sagte sie. »Ich komme schon klar.« Die Hand fiel zur Seite. Jetzt beherrschte er sich, aber er war erleichtert. Sam sah es. Sie griff nach dem Handy, um ihn nicht anschauen zu müssen, aber auch, weil sie wissen wollte, wie viel Uhr es war. »Es ist schon spät.«

Ben begleitete sie aus dem Geschäft und die Spring Street entlang zum Hafen, wo sie das Auto geparkt hatte. Sie ging einen Schritt vor ihm her, damit er sie nicht berühren konnte. Er erzählte von einem anderen Decksmann. Von einer Auseinandersetzung, die sie gehabt hatten, und seinen schlagfertigen Antworten. Sam dachte an die fünfundfünfzig Dollar:

zwei Zwanziger, ein Zehner und ein Fünfer. Nur ein paar Scheine, und trotzdem mehr, als sie besaß; mehr, als sie in seinen Augen wert war.

Seine Familie hatte mehr Geld als ihre. Das war offensichtlich. Er war zwei Jahre aufs College gegangen, aber von einem Stipendium hatte er nie gesprochen. Er trug Red-Wing-Stiefel, Markenartikel, Qualitätsware, und hatte ein neueres Handy. Seine Eltern waren noch zusammen. Sie seien im Ruhestand, hatte er Sam irgendwann vor oder nach dem Sex gesagt, beim ausgelassenen Vorspiel oder nach dem sanften Ausklang.

Sams Mutter wäre nie in Rente gegangen, auch wenn sie nicht erkrankt wäre – sie hätte es sich einfach nicht leisten können. Selbst die Schwestern mussten ein Menschenopfer bringen, wenn sie auch nur vorübergehend aufhören wollten zu arbeiten. Ben dagegen, der jetzt neben ihr herging und ihre Tasche trug, hatte alles. Wahrscheinlich hundert Mal so viel wie fünfundfünfzig Dollar. Oder noch mehr. Während der Pandemie hatte er Sich-den-Lebensunterhalt-verdienen gespielt; er hatte den Posten bekommen, den man Sam nicht angeboten hatte, einen Job auf dem Schiff, wo sie nicht genug Schichten bekam. Er tat so, als würde er ihre Realität kennen, hatte aber keine Ahnung, was Sam durchgemacht hatte. Wie schnell vier Scheine alles verändern konnten.

Sie erreichten den Parkplatz. An seinem Rand stand eine Skulptur, an der Sam schon zigtausend Mal vorbeigekommen war: ein geschnitzter Holzpfahl, auf dem eine Frau einen Berglöwen umarmte. Sam musste so schnell wie möglich von dieser Insel verschwinden. Sie unterbrach Ben, der gerade eine Geschichte über den ersten Offizier erzählte, die er irgendwo aufgeschnappt hatte, und sagte: »Mach's gut.«

Er blieb stehen und sortierte sich neu. »Willst du wirklich nicht mit mir essen gehen?« Sie schüttelte den Kopf. »Hast du nicht mal ein paar Minuten Zeit? Wir könnten noch ein bisschen abhängen.«

Ach ja, richtig. Er gab ihr nicht, was sie brauchte, aber jetzt, nachdem er sie acht Häuserblocks hin und zurück begleitet hatte, meinte er, er könnte doch noch das kriegen, was er von Anfang an hatte haben wollen. Den Rücksitz, die verriegelten Türen, die halb abgestreiften Kleider. »Nein«, sagte sie. »Hab ich nicht.«

Er schmollte ein bisschen. »Wann hast du morgen Schicht?«

»Fünf Uhr morgens.«

»Ich bin erst um zwei Uhr nachmittags dran.«

»Okay«, sagte sie. Es war ihr egal. Sie hatte es schon hinter sich gelassen: Bens Körper, sein Gerede, sein Drängen, seine Witze. Die Sache war beendet.

Sie entriegelte die Wagentür. Ben wartete. Er fragte: »Ist alles in Ordnung?«

»Klar.«

Er beugte sich zu ihr hinab.

Sie konnte nicht anders. Was er zu sagen hatte, spielte keine Rolle mehr, aber trotzdem. »Wieso machst du diesen Job eigentlich?«, fragte sie.

»Wie meinst du das?«

»Warum? Du hast einen College-Abschluss. Solltest du da nicht was Besseres mit deinem Leben anstellen?«

»Was denn? Krebskranke heilen etwa? Ich bin gern auf dem Wasser«, sagte er. Sam schüttelte den Kopf. »Und? Was ist daran so falsch?«

»Nichts. Ich habe nichts gesagt.«

»Okay, aber du bist angepisst, das sieht man.«

»Bin ich nicht«, sagte sie. »Du kannst tun, was du willst, wen interessiert das schon? Mich jedenfalls nicht.«

»Ach, komm«, sagte Ben. Die Sonne stand im Zenit, der Wind kam vom Wasser her. Sie sah jedes einzelne Härchen des Stoppelbarts auf den Wangen. Den Flaum auf den Ohrläppchen. Sein Anblick erinnerte sie an die Vorratskammer, in der sie sich versteckt hatten, an sein Gesicht, das zu nah war, um es klar zu erkennen, an seine Finger in ihr. Seine Stimme, die dort so anders klang als hier draußen, wo die Touristen vorbeiliefen und die Möwen schrien. »Hat es mit dem Geld zu tun?«

»Nein.«

»Ich kann dir was leihen, wenn du es brauchst. Hab ich doch gesagt.«

»Ich finde es einfach mies, dass du diesen Job angenommen hast, wenn du was Besseres aus dir machen könntest. Egal. Ständig redest du davon, wieder zu studieren. Warum tust du es nicht? Hier gibt es eine Menge Leute, die das, was du hast, gut gebrauchen könnten. Leute, die nicht viele Optionen haben außer der Fähre.«

»Die Stelle war frei, und ich habe mich beworben«, sagte er. »Wenn jemand den Job haben wollte, hätte er sich genauso bewerben können.«

Das machte sie erst recht wütend. Der Türgriff unter ihrer Hand erwärmte sich. Wie salopp er war, wie falsch er lag. »Du hältst mich für blöd«, sagte sie. »Aber in Wirklichkeit bist du der Blödmann.«

Er verzog das Gesicht. »Das ist doch Quatsch! Entspann dich.«

»Komm mir nicht damit.«

»Du übertreibst. Du bist sauer, weil …«

»Es geht nicht ums Geld«, sagte Sam. Und das stimmte

sogar. Es stimmte, und es stimmte nicht – es ging nicht um dieses Geld, diese fünfundfünfzig Dollar, sondern um alles Geld, das vermeintliche Geld seiner Familie, das Geld in diesem Land, das ihrer Familie vorenthalten wurde, das Geld in den Taschen der Passagiere, die sie hin und her beförderten. Es ging um all das, was andere hatten. Und sie hatte nichts. Weniger als nichts.

Es war nicht fair, dass Ben sich frei bewegen konnte, sich eine eigene Wohnung leisten und angeln gehen konnte, wann immer er dazu Lust hatte. Es regte sie auf, dass er nichts von dem würdigte, was er hatte. Es ging nicht ums Geld; es ging um ihn, um sie und darum, woher sie kamen, um eine Welt, die kaputt, bedrohlich, komplett unfair war und von Sam verlangte, dass sie sich wehrte, ihr aber nichts von dem gab, was sie brauchte, um es zu versuchen.

»Vergiss es«, sagte sie. »Echt. Wir haben schon viel zu viel Zeit miteinander verplempert. Ich muss nach Hause.«

Zu Hause braute sich etwas zusammen. Sam hatte die Reste aus dem Kühlschrank gegessen, und als Elena von der Arbeit kam, schimpfte sie über das schmutzige Geschirr. Ihre Mutter war an diesem Abend unruhig, klagte über Übelkeit und rief immerzu nach ihnen durch den Flur. Elena umklammerte mit beiden Händen das Spülbecken und sagte: »Kannst du dich darum kümmern?« Das *ausnahmsweise* blieb unausgesprochen, hing aber in der Luft. Elena wollte in der Küche allein sein und von ihrem Bären-Lover träumen. Beim Aufstehen knallte Sam den Stuhl gegen die Tischkante. Als sie ins Zimmer ihrer Mutter kam, hatte diese die Bettdecke zurückgeschoben und klagte über Schwindel. Sie hatte Schmerzen in der Brust. Sie wollte mit dem Arzt reden. Sam musste ihr versprechen, ihn anzurufen. Sie brauchte lange, um sie zu beruhigen, ihr die Decke über die geschwollenen Beine und den Bauch zu ziehen, eine gute Sendung im Fernsehen zu finden, den Sauerstoff aufzudrehen und ihr zu versichern, dass alles gut würde.

Als sie in die Küche zurückkam, brannte dort kein Licht. Im Wohnzimmer war Elena auch nicht. Sam suchte vergeblich im ganzen Haus nach ihrer Schwester; schließlich rief sie sie an. Beim ersten Klingeln nahm Elena ab. »Ich mache einen Spaziergang.«

Sams Kiefer spannte sich an. »Wo?«

»Draußen.«

»Bist du …« Sam wusste nicht, wie sie es sagen sollte. Der Bär. Der Bär. »Hoffst du, da draußen was zu sehen? Oder …«

Elena lachte. »Sammy! Reg dich ab. Ich gehe spazieren, mehr nicht. Bin gleich wieder da.«

Sam beendete das Gespräch. Sie dachte kurz daran, nochmal anzurufen, um zu fragen, ob sie mitkommen sollte. Sam hätte Elena gern von Ben erzählt. Und falls der Bär auftauchte, könnte sie sie beschützen … Dann fiel ihr ein, dass sie nichts hatte, um ihre Schwester zu beschützen. Kein Bärenspray, nur leere Hände. Sam hasste es, in dem Haus zu sein, doch da draußen gab es nichts für sie. Sie wischte die Arbeitsplatte sauber und ging in ihr Zimmer, um sich hinzulegen.

Elena musste zurückgekehrt sein, nachdem sie schon eingeschlafen war. Ehe Sam am nächsten Morgen im Dunkeln das Haus verließ, warf sie noch einen Blick durch den Vorhang im Wohnzimmer. Ihre Schwester schlief friedlich. Während Sams Schicht schickte Elena ihr mehrere Nachrichten: Ihre Mutter war noch immer unruhig; Elena hatte dem Arzt eine Nachricht hinterlassen; ihre Mutter hatte sich erbrochen; ihr Atem hörte sich nicht gut an. Sam verstaute das Handy unter der Kasse. Zwischen den Inseln blieb es stumm und summte erst wieder, als sie in den Hafen einliefen.

Sam taten die Schultern weh. Ihre Muskeln schmerzten von der Anspannung. Reiche Frauen mit solchen Schmerzen ließen sich stundenlang massieren, sie aber stieg nach ihrer Schicht einfach ins Auto und fuhr nach Hause.

Sie betrat das stille Haus und warf einen Blick in das Zimmer ihrer Mutter. Sie schlief. Vorsichtig, um sie nicht zu stören, setzte Sam sich auf die Bettkante und beobachtete sie. Die Haut unter den Augen war dunkel. Ein Bluterguss. Ihr Gesicht war schmal. Sie war der Grundpfeiler von Sams kleiner Welt.

Als Sam und Elena noch Kinder waren, hatte ihre Mutter sie an lauen Sommerabenden mit auf den Rummelplatz genommen. Sie hatte sich an einen Picknicktisch gesetzt, und die Schwestern waren zu den Schaukeln gelaufen. Sie trug eine Sonnenbrille. Sie hätte ihre große Schwester sein können. Wenn sie darum baten, schubste sie sie an; ihre Hände lagen fest und flach auf ihren Rücken. Mit jeder Berührung bekamen sie mehr Schwung und flogen über die Holzspäne am Boden hinweg in den offenen Himmel, dem untergehenden Sonnenball entgegen.

Im Zimmer roch es muffig und säuerlich. Vielleicht war es besser, die Tür offen zu lassen, damit die schlechte Luft entweichen konnte.

Dann klingelte es an der Haustür. Sam fuhr zusammen, und das Bett erzitterte. Ihre Mutter regte sich, wachte aber zum Glück nicht auf. Sam stand auf und lief nach vorn. Jetzt klopfte jemand.

Als sie die Tür öffnete, stand ausgerechnet Madeline Pettit vor ihr, in Arbeitskleidung und perfekt frisiert. »Sam«, sagte sie. »Gut, dass ich Sie erwische. Ich habe versucht, Sie anzurufen, aber es ist niemand drangegangen.«

»Oh«, sagte Sam. »Heute war viel los ... ich ...« Sie hatte keine Erklärung. Sie hatte nicht damit gerechnet, Madeline jemals wiederzusehen. Dass sie jetzt unangemeldet hier auftauchte, hieß doch nicht etwa, dass sie ihr Versprechen Elena gegenüber erneut gebrochen hatte, oder? »Waren wir verabredet ... hatten Sie ...?«

»Nein. Ich musste zu einem Treffen nach San Juan, und da habe ich gedacht, ich komme mal kurz vorbei.« Madeline schwang ihre Tasche nach vorn, kramte eine in Plastik verpackte Dose hervor und streckte sie Sam entgegen. Roter Verschluss. Bärenspray.

»Oh«, sagte Sam. Auf der Straße fuhr ein Wagen vorbei. »Die sind teuer«, setzte sie verwirrt hinzu.

Madelines cooler Ausdruck blieb unverändert. »Im Büro

haben wir jede Menge davon. Nach Ihrer Mail dachte ich, dass ich Ihnen eine vorbeibringen könnte.«

Sam griff mit beiden Händen nach der Dose. Das Plastik fühlte sich glatt an. Nachdem sie den ganzen Tag vor Wut gekocht hatte, fiel es ihr nun schwer, sich über das Geschenk zu freuen – sie war immer noch sauer und frustriert, aber diese Gefühle hatten jetzt keine klare Richtung mehr. »Danke.«

Madeline zuckte die Achseln. »Allein schon es bei sich zu haben gibt einem ein Gefühl von Sicherheit. Der Bär stellt zwar keine Bedrohung dar, aber ich kann verstehen, warum seine Gegenwart Ihnen und Ihren Nachbarn Sorgen macht. Ich weiß nicht, ob Sie es gehört haben: Am Wochenende wurde er an der Küste oben im Nordwesten gesichtet. Möglich, dass er mittlerweile weitergezogen ist.«

»Aha«, sagte Sam. »Nein, das wusste ich nicht. Super.« Sie waren ihm noch am Freitag im Wald begegnet – konnte er so schnell verschwunden sein? Sie starrte auf die Dose, um sich nicht zu verraten. »Also danke.«

»Gern. Haben Sie oder Ihre Schwester ihn erneut gesehen?«

Sam zögerte keine Sekunde. »Nein.«

»Gut. Dann …« Es gab nichts mehr zu sagen, doch Madeline machte keine Anstalten, zu gehen. Nach einer Weile sagte sie: »Ich habe über Ihre Nachricht nachgedacht. Ihre Furcht, der Bär könnte sich Ihnen nähern. Das wäre sehr ungewöhnlich. Das wäre eine Eskalation seines abnormen Verhaltens, also genau das, was wir unbedingt vermeiden wollen.«

Sam konnte immer noch nicht klar denken. »Äh … ja.«

»Es könnte aber dazu kommen, falls ihn jemand anlockt, egal, ob absichtlich oder nicht. Wenn sich Bären an Menschen gewöhnen, verlieren sie ihre instinktive Scheu. Könnte das hier der Fall sein?«

Sam schüttelte den Kopf. »Nein.« Sie konnte ihr nicht in die Augen sehen.

Madeline zögerte. Ihrem Schweigen entnahm Sam, dass sie sich wünschte, sie würde etwas sagen. Ein Geständnis ablegen. Aber das kam nicht in Frage. Schließlich sagte Madeline: »Gut. Ein solches Verhalten könnte nicht nur gefährlich für das Tier werden, sondern auch strafrechtliche Folgen für die beteiligten Personen haben.«

Die Plastikhülle der Dose hatte eine gestrichelte Linie, die anzeigte, wo man sie öffnen konnte. Madelines Stiefel standen fest auf dem Gehweg. Die Schnürsenkel waren schlammverkrustet. Sam schwirrte die Wahrheit durch den Kopf – das Tier, ihre Schwester, die Begegnung, das Risiko. »Cool«, sagte sie. »Okay, also danke nochmal, Madeline. Das ist echt nett. Schönen Tag noch.« Damit trat sie einen Schritt zurück und schloss die Tür.

Die nächsten vier Stunden saß Sam im Wohnzimmer auf der Couch, füllte eine Umfrage nach der anderen aus und schwitzte. Welchen Verdacht hatte Madeline? Was hatte sie gehört? Elenas Weg zur Arbeit und zurück führte sie an zahllosen Privatgrundstücken vorbei. Hatte etwa jemand gesehen, wie Elena unterwegs Brotkrumen verstreute und den Bären rief?

Madelines Worte hatten sich wie eine Drohung angehört. »Strafrechtliche Folgen.« Trotzdem hatte sie sie mit einem Geschenk versüßt … Sam wurde nicht schlau aus ihr. Sie beendete eine Umfrage und begann die nächste. Kurz bevor sie die Vergütungsobergrenze erreichte, hörte sie ein Geräusch aus dem Zimmer ihrer Mutter und stand auf, um nach ihr zu sehen.

Im Schneckentempo kroch die Zeit auf sechs Uhr zu, Elena sollte nun jeden Augenblick zu Hause sein. So lange hielt

Sam es nicht aus. Sie zog die Sneaker an, steckte das Bärenspray in die Gesäßtasche und lief hinaus. Die Sonne stand schon tiefer am Himmel, aber die Straße war noch warm von der Hitze des Tages. Sam starrte auf das Pflaster und betete, dass Elena auftauchte.

Und dann war sie plötzlich da. Verträumt bog sie um die Ecke. Ihr Polohemd schmiegte sich eng um die Schultern und offenbarte ihre langen dünnen Arme. Die Tasche hing über der Schulter. Sam hob die Hand und rief: »El!« Ihre Schwester sah sie und winkte.

Sam lief auf sie zu. Das Grundstück der Larsens lag schon hinter ihr. Sie wollte Elena von Madelines Besuch, dem Bärenspray und der verkappten Warnung berichten. Dass ihre Mutter einen schlechten Tag hatte. Wie viel Sauerstoff sie verbraucht hatte. Sie würden zusammen ins Haus gehen, und Elena würde zum Abendessen Pasta machen. In den Baumwipfeln an der Straße sangen die Vögel. Doch dann bewegte sich Elena etwas zur Seite, und Sam bemerkte an der Stelle, wo ihre Schwester gerade eben noch gewesen war, eine verwischte Bewegung im Wald.

Sie erstarrte. Elena ging weiter. Was auch immer hinter ihr war, blieb stehen – hatte Sam …? Sie starrte auf die Bäume. Nein. Nein, da war es und bewegte sich wieder. Lebendig.

Sam wusste sofort, was es war. Nur ein paar Meter hinter Elena, und es kam immer näher. Zwischen den Baumrinden schimmerte etwas Braunes. Sam durfte nicht rufen, das könnte zu gefährlich sein, aber sie musste ihre Schwester warnen. Sie hielt beide Hände mit gespreizten Fingern hoch. Stieß sie in die Luft. Zeigte auf ihn. Möglicherweise waren sie zu weit voneinander entfernt, als dass Elena es ihr von den Lippen ablesen konnte, aber Sam formte das Wort trotzdem. Hauchte es: *Bär*.

Elena nickte, ging aber nicht schneller.

Sams Adrenalin schoss in die Höhe. Die Muskeln in den Schenkeln verkrampften. Bei der Begegnung am Freitag im Wald hatten Sam nur der Schock, Elenas Selbstsicherheit und die überwältigende Angst vor einem Angriff, falls sie dem Tier den Rücken zuwandte, auf den Beinen gehalten, doch hier und jetzt, wo sie wusste, dass sie auf ihn zugehen musste, war sie wie gelähmt. Sie schaffte es nicht. Einen Moment lang war nichts zu sehen, und dann – war er wieder da. Sein Körper tauchte auf und verschwand. Er bewegte sich auf dem schmalen Grat zwischen ihrerm Menschsein und seiner Ungeheuerlichkeit. Sie hatte keine Ahnung, wie schnell er sein konnte.

Sie musste Elena helfen. Nichts anderes zählte. Sie versuchte zu sprechen, doch ihre Stimmbänder streikten. Endlich brachte sie hervor: »Lauf!«

Elena kam näher. Sie grinste belustigt. »Alles gut«, rief sie Sam zu.

Elenas Worte galten auch dem Tier hinter ihr, das wusste Sam. Ihre gelassene Stimme sollte alle beruhigen.

Noch konnte man den vollständigen Körper des Bären nicht sehen, doch Sam kannte ihn, kannte ihn nur allzu gut. Seine unvorstellbare Größe. Die Tatzen, die Reißzähne – seine Gelüste.

»Unser Freund hat mich nach Hause begleitet. Ich hab ihm ein paar Reste Roastbeef aus dem Club mitgebracht, und anscheinend kann er da nicht genug von bekommen«, fuhr Elena leichthin fort. Aus der Nähe konnte Sam den Glanz in ihren Augen sehen, sie strahlte wie ein verzaubertes kleines Mädchen. Elena war zwei Meilen weit gegangen, mit diesem Raubtier im Rücken, und tat so, als wäre höchstens ein Eichhörnchen hinter ihr her. Es war unmöglich. Es war krank. Sam hatte Madelines Fragen abgewehrt, weil sie auf Elenas Urteilsvermögen vertraute …

Und dann – ein Glück! – fiel ihr das Spray ein. Bei dem Gedanken löste sich ihr Körper aus der Erstarrung. Sie zog die kalte Dose aus der Gesäßtasche und fummelte am Verschluss. Wenn der Bär sich auf sie stürzte, blieben ihnen wahrscheinlich nur Sekunden. Elena sagte noch etwas – was? –, doch Sam hörte nicht hin. Sie kämpfte mit dem Sicherheitsverschluss. Kriegte nicht raus, wie er funktionierte. Dann gab er plötzlich nach.

Das Zischen. Die Wolke. Ein Aufplatzen unter ihrem Finger, ein Strahl am Himmel.

Anschließend mussten sie Augen und Mund mit Wasser ausspülen. Gemeinsam beugten sie sich über das Becken in der Küche. Aus dem hinteren Teil des Hauses kam nur Stille, und dafür musste Sam dankbar sein, denn hätte ihre Mutter gefragt, was passiert war, hätte es keine Erklärung gegeben. Sams Hals fühlte sich kratzig und rau an vom Capsaicin. Selbst ihre Kleidung brannte auf der Haut. Das Wasser war kalt, brachte aber nur wenig Linderung.

Elena war ein verschwommener Fleck neben ihr, eine unscharfe Gestalt, die vor Missbilligung vibrierte. Jetzt klang sie nicht mehr fröhlich. Über das Rauschen des Wasserhahns hinweg hörte Sam: »Was zum Teufel?!«

Sam legte sich die nassen Hände auf die Wangen. Sie musste die Worte förmlich aus ihrem rohen, geschwollenen Fleisch herauspressen: »Bärenspray.«

Elena gab keine Antwort. Es dauerte eine endlose Viertelstunde, bis Sams Sehvermögen einigermaßen wiederhergestellt war und mit ihm der Anblick ihrer Schwester, verklumpte Wimpern, tropfendes Haar, knallrotes, verquollenes Gesicht. Beide mussten frische Sachen anziehen, die nicht kontaminiert waren. Elena warf alles in die Waschmaschine. Am Ende des Flurs gingen Türen auf und wieder zu. Sam hätte sich am liebsten auch die Haut abgezogen und den Job zu Ende gebracht, den das Bärenspray begonnen hatte.

Elena kam zurück und griff nach der leeren Dose auf der Arbeitsplatte. Sie kniff die Augen zusammen. »Zur Abwehr von Tierangriffen«, las sie. »Hat er uns angegriffen?«

»Er war direkt hinter dir.«

Elena las weiter: »Reichweite bis zu zwölf Metern. Echt jetzt, Sammy?«

Sams Körper stand in Flammen.

»Hast du dir die Gebrauchsanweisung überhaupt durchgelesen, bevor du dieses Zeug versprühen musstest?«

»Ich bin kein kleines Kind«, entgegnete Sam. »So brauchst du mit mir nicht reden.«

Elena stellte die Dose wieder auf die Arbeitsplatte. »Komisch, aber du benimmst dich genauso.«

Sam holte tief Luft. Sie kribbelte wie Eiskristall auf der Innenseite ihrer versengten Wangen. »Ich? Wenn du … Elena, du fütterst einen Bär mit Roastbeef. Ich versuche, uns zu helfen …«

»Schönen Dank auch«, sagte Elena zuckersüß und sarkastisch zugleich. Ihre Augen waren rot gerändert.

»Du bist total … du hast vergessen, was wir eigentlich tun sollen. Du wanderst durch die Wälder, als wärst du der Geist von San Juan. Aber das bist du nicht. Okay? Bist du nicht. Sorry, dass ich dir das so sagen muss.«

Elenas Mund wurde schmal.

Sam ließ nicht ab. Ihre Haut brannte noch immer. Sie wusste nicht genau, was sie da eigentlich sagte, nur, dass sie Elena wieder zur Vernunft bringen musste. »Ich weiß, wie erschöpft du bist, und deshalb war … es eine aufregende Ablenkung für dich oder was auch immer, aber jetzt reicht es, wir müssen …«

Elena griff erneut nach der Dose. »Wie viel hat das Zeug gekostet?«

Sam hielt inne. »Madeline hat es mir geschenkt.«

»Wer?«

»Die Biologin. Von der Behörde. Sie ist heute damit vorbeigekommen.«

Elena wandte sich von Sam ab. Sie ließ die Schultern nach vorn fallen. Ihr Nacken war blass, eine lange Reihe zarter Knochen. Sie hielt die Dose vor sich, sodass Sam sie nicht sehen konnte. Die Einsamkeit dieses Körpers, der mit dem Rücken zu ihr stand, war niederschmetternd.

»Wo sind die Autoschlüssel?«, fragte Elena. Als Sam wissen wollte, warum, wozu, sagte Elena, sie würde bei Kristine übernachten.

»Das kannst du nicht machen«, sagte Sam. »Mom geht's nicht gut. Sie braucht dich.«

Dann sei sie eben in ein paar Stunden zurück, meinte Elena, aber sie werde jetzt gehen. Sie stellte die Dose wieder ab. Der Metallrand klirrte auf der Arbeitsplatte. Ein hohles Geräusch. Sam folgte ihr in den Flur, wo Elena in Sams Tasche nach den Wagenschlüsseln suchte. Sie klimperten in ihrer Hand. Sam wusste genau, wie sich ihre Schwester fühlte, der Schmerz auf der Haut, die Flammen, die an Augen und Nase leckten, das Brennen in den Haarfollikeln; sie verstand den Drang, wegzulaufen, sie spürte ihn selbst die ganze Zeit. Bleib hier, sagte sie zu Elena. Geh da nicht raus. Bleib zu Hause. Elena ging.

An diesem Abend aß Sam allein. Sie hatte die leere Bärenspraydose tief im Mülleimer versenkt, während das Essen warm wurde. Schwarz mit rotem Verschluss, sie wollte sie nicht mehr sehen. Jetzt lief Elena da draußen herum, ohne sie, nur wegen diesem Ding. Ihre Mutter im hinteren Zimmer war unruhig und wachte immer wieder auf. Die Muskeln in ihrem Gesicht waren vor Schmerzen verzerrt. Sam spülte ab. Behielt das Fenster im Auge.

Stunden vergingen auf diese Weise. Es wurde dunkel. Sam schickte Elena eine Nachricht, erhielt aber keine Antwort. Als sie schließlich jemanden auf der Straße hörte, zog sie ihre Schuhe an und ging nach draußen. Es war bloß Danny Larsen, der mit seinem Hund Gassi ging, aber zumindest war es jemand.

Danny sah sie über den Gehweg auf sich zukommen. Sein Lächeln, diese ständige Maske, war versöhnlich. Warm. Er sah beinahe so aus, als machte er sich Sorgen um sie. »Wie geht's?«, rief er.

»Hast du ihn gesehen?«, fragte Sam.

Er stutzte. »Wen?«

»Der Bär war hier, auf unserer Straße. Vor ein paar Stunden. Hast du ihn nicht gesehen?« Sam zeigte hinter ihn auf die Straße.

Danny blickte sich um. Der Hund sprang um seine Beine. Noch vor einem Monat waren sie sich wenn dann immer nur zufällig begegnet: Wenn Sam etwas aus der Apotheke holte, oder früher, wenn sich ihre Wege in der Schule kreuzten. Er war noch immer groß und muskulös, aber die Zeit und der Bart hatten ihn weicher gemacht. Aus dieser Distanz konnte

Sam sehen, wie sehr die Landschaftsgärtnerei seine Haut hatte altern lassen.

»Nein!«, sagte er. »Gleich hier?«

»Du hast ihn echt nicht gesehen?« Sam ließ den Arm fallen. »Ist er … war er nie auf eurem Grundstück?« Hatte der Bär es wirklich nur auf ihre Familie abgesehen?

»Nicht, dass ich wüsste. Aber wir haben ja auch den Hund.« Danny beugte sich vor, um den blonden Rücken des Hundes zu streicheln, als wollte er es besonders betonen. Seine Finger spielten mit dem Fell. Der Hund hob den Kopf, streckte den langen Hals und grinste. Er hatte schwarze Lippen und strahlend weiße Zähne. »Sie bellt alles an, was am Fenster vorbeikommt. Wilde Tiere machen einen Bogen um uns.«

»Wie schön für euch«, sagte sie. Es klang gehässiger als beabsichtigt, das war ihr bewusst.

Danny ließ sich nichts anmerken. Wenn überhaupt, dann wurden die Sorgenfalten zwischen seinen Augenbrauen tiefer. »Willst du sie für eine Weile zu euch nehmen?«

»Oh«, sagte Sam. Und dann automatisch: »Nein. Nein.«

»Sie ist ganz friedlich.«

»Nein«, wiederholte Sam. »Es ist … nein. Vielen Dank. Es wäre zu viel für meine Mom, glaube ich. Das Bellen.« Sie merkte, wie erhitzt sie war. Fühlte sie sich unwohl, weil Danny immer so nett war, oder waren es noch die Nachwirkungen des Bärensprays?

»Wie läuft's mit eurer Mom?«

»Geht so.«

Danny musterte sie schweigend. Wie um mehr zu erfahren. Zu ihrer eigenen Überraschung gab sie ihm, was er wollte. »Nicht besonders. Die letzten Tage waren hart.«

»Tut mir leid.«

Sam schüttelte den Kopf. Wider besseren Wissens gefiel

ihr sein Mitgefühl – es gefiel ihr, mit jemandem reden zu können, egal wem, nach diesen Stunden allein im Haus. Es tat gut, behutsam behandelt zu werden. Ihr Gesicht und ihr Nacken waren noch immer erhitzt.

»Das Angebot steht«, sagte er. »Und ich helfe euch auch sonst gern, egal wie.«

»Reparaturen am Haus?«

»Klar«, sagte er. »Ich steh Gewehr bei Fuß.«

Sam lachte ein bisschen, gegen ihren Willen. »Tja«, sagte sie. »Danke. Wenn ein Fenster klemmt, weiß ich, bei wem ich mich melde.«

»Tu es wirklich. Ich mein es ernst.« Seine Augen waren klar und gleichmäßig blau. Ein stilles Wasser. »Hast du meine Nummer?«

Sam stockte. Nein, sie … Woher denn? Er zuckte nicht mit der Wimper. Er sagte, sie solle ihr Handy nehmen, diktierte ihr die Zahlen, sie tippte sie ein, speicherte ab, und da war er: Danny Larsen in ihrer Kontaktliste.

»Schick mir eine Nachricht, dann habe ich auch deine Nummer«, sagte er.

Auf ihrem Handy waren keine Nachrichten eingegangen. Elena hatte nicht geantwortet. Sam steckte das Handy wieder in die Tasche und wartete. Der Hund hatte sich mit hängender Zunge zu Dannys Füßen zusammengerollt.

»Was würdest du machen, wenn du den Bär sehen würdest?«, fragte Sam.

»Keine Ahnung. Ein Foto? Ist schon was Besonderes, oder?«

Die massigen, wogenden, brutalen Arme, wenn er auf einen zukam und das Gewicht von einer Seite auf die andere verlagerte. Elenas monströser Schatten. »Was Besonders – ich weiß nicht«, sagte Sam.

Er zuckte die Achseln. »Hab ich so gehört.«

Letztes Mal hatte er gesagt, er würde seine Waffe holen. »Du würdest also nicht auf ihn schießen?«

»Woah!«, rief Danny. Sein Bart kräuselte sich über dem Kinn und verbarg die Mundwinkel, sodass sie die Feinheiten nicht erkennen konnte, die Ränder, die zeigen würden, ob er sie albern fand. Sie sah nur seine gerunzelte Stirn. Diese dunkelblauen Augen. »Ich weiß nicht mal, ob das legal ist.«

»Aber wenn er gefährlich ist?«

»Ist er das denn?«, fragte er. »Hast du Angst?«

Sam konnte nicht antworten. Der Bär hatte Elena nicht verletzt, aber er kam ihr immer näher, schnüffelte an ihr, wollte von ihr gestreichelt werden. Wie lange würde es dauern, bis er zubiss? Und auch wenn er ihnen nichts getan hatte, spürte Sam die Gefahr, in der sich ihre Familie befand. Alles an diesem Tier war gefährlich.

Sie wusste nicht, wie sie das jemandem vermitteln sollte, der bestenfalls ein Nachbar, eigentlich aber ein Fremder war. »Nein, schon gut.«

Er kaute an seiner Wange. Aus der Nähe war sein Gesicht hübscher, älter, aber gleichzeitig auch jünger, als Sam erwartet hatte. »Ich kann verstehen, dass du Angst hast«, sagte er. »Es ist eine unheimliche Situation.«

Sam nickte. »Elena geht jeden Tag zu Fuß zur Arbeit.«

Er seufzte. »Ich weiß.« Dann hatte er sie also auch gesehen, wie sie blass und würdevoll die Straße entlangging und auf dem Waldweg verschwand, wo der Bär sein Unwesen trieb. Früher war er mal verknallt gewesen in Elena, und er hatte noch immer einen Blick für sie. Wie auch nicht? Diese Schönheit. Die Prinzessin der Portland Fair Road.

»Er könnte näher …«

»Sam«, sagte er, »weißt du, man kann Menschen nicht zu

etwas zwingen, was sie nicht wollen. Wenn sie so entschieden hat, musst du es akzeptieren.«

»Klar«, sagte Sam. »Nein. Das weiß ich.«

Er öffnete den Mund, um noch etwas zu sagen, hielt dann jedoch inne. »Ich meine, klar, du solltest sie auf jeden Fall bitten, vorsichtig zu sein. Aber du kannst nicht …«

Sam unterbrach ihn: »Würdest du dir nicht auch Sorgen machen? Wenn du in meiner Situation wärst?«

Aus Gründen, die sie selbst nicht ganz verstand, sehnte sie sich nach Dannys anhaltender Zuneigung, seiner tiefen, sanften Stimme. Und wurde belohnt. Der Klang überschwemmte sie; wie kaltes Leitungswasser auf brennender Haut. »Keine Frage«, sagte er. »Auf jeden Fall. Ich kann dich sehr gut verstehen, Sam … und ich weiß auch, wie nah ihr euch steht, wie wichtig ihr füreinander seid.«

Wahrscheinlich war es nur ihre Einsamkeit, Elenas Abwesenheit, der Bruch mit Ben, der Stress mit ihrer Mutter, aber als Sam das hörte, kamen ihr die Tränen. Sie brannten in den Augen. Sie konnte Danny nicht mehr ansehen und starrte stattdessen auf den Hund. Diesen dämlichen Köter mit der hängenden Zunge.

»Elena weiß, was sie tut«, fuhr Danny fort. »Sie ist sehr klug. Du kannst ihr vertrauen, Sam, wirklich. Alles wird gut.« Mein Gott, wie das klang. Diese Zuverlässigkeit. Jetzt, da sie neben ihm stand, würde kein Bär es wagen, aus der anbrechenden Dunkelheit herauszutreten. Der Hund und er schienen von einem anderen Planeten zu stammen, wo das Leben leicht war und niemand Schaden nahm. In seiner Nähe konnte Sam beinahe selbst in diese Welt eintauchen. Es fühlte sich unglaublich gut an. Dann flossen die Tränen.

In der Nacht wachte Sam auf, weil ihre Schwester im Zimmer war. Der Raum war schwarz; es musste vor halb vier morgens sein – Sams Wecker hatte noch nicht geklingelt – wie spät war es? – spät, spät. Sie spürte Elenas Hand auf der Schulter, ihr Gesicht war ganz nah, der Atem warm. Ihr Haar fing das wenige Licht vom Fenster ein, sodass ein paar lose Strähnen weiß wie Sterne glänzten.

»Sammy«, flüsterte Elena. Und da wusste Sam Bescheid. Einen anderen Grund konnte es nicht geben. »Du musst aufwachen. Mom hat uns verlassen.«

Auf diesen Moment hatten sich die Schwestern ein halbes Leben lang vorbereitet, trotzdem folgte Sam Elena jetzt ungläubig ins Zimmer ihrer Mutter. Dort brannte Licht. Die Helligkeit war geradezu obszön. Elena ging ohne zu zögern voran, doch Sam musste die Augen zusammenkneifen. Sie hatte Angst vor dem Anblick – ihrer Mutter. Ihre Mutter. Erst wenige Stunden zuvor war sie noch am Leben gewesen; Sam hatte sie ins Badezimmer gebracht, ihre Hände gehalten, ihr Glas nachgefüllt, die Bettlaken glattgestrichen und sich von ihr verabschiedet. *Bis morgen.*

Jetzt lag sie da. Im selben Bett, aber verwandelt. Die Wangen waren erschlafft, der Mund stand offen.

Elena blieb mit dem Rücken zu Sam neben dem Bett stehen. »Ich wollte bloß kurz nach ihr sehen und hab sie so gefunden.«

Sam nickte.

Man hörte nur ihren Atem. Den Atem der Schwestern. Der Fernseher war aus. Der Sauerstoffkonzentrator auch. Sam wusste nicht, wie viel Uhr es genau war. Ihr Handy lag neben dem Bett im anderen Zimmer. Ob sie es holen sollte?

»Hast du?«, fragte sie. Elena blieb stumm. Dann merkte Sam, dass das, was sie gesagt hatte, keinen Sinn ergab. Sie versuchte es noch einmal: »Sollten wir nicht einen Krankenwagen rufen?«

»Sie ist kalt«, antwortete Elena.

Sam sollte sie zudecken. Sie machte einen Schritt auf sie zu.

Dann wurde ihr bewusst, was Elena meinte: Der Körper ihrer Mutter war kalt. Sie konnte nicht wiederbelebt werden. Sie war tot.

Sam rutschte auf den Fußboden. Ihre Knie gaben einfach nach. Sie fiel auf die gekreuzten Beine, sodass die Knöchel hart auf die Dielen aufprallten. Der Schmerz flackerte kurz auf, dann verschwand er wieder. Elena und sie hatten früher auf Geheiß ihrer Lehrer im Unterricht oft so gesessen, im Schneidersitz. Sie waren Kinder. Ihre Mutter war so jung gewesen. So hinreißend. Damals war sie noch nicht krank. Wenn sie Geburtstag hatten, überraschte sie sie in der Schule mit Mini-Cupcakes aus dem Supermarkt im Zwölferpack. Sam erinnerte sich an die Glasur: perfekt. Maschinell gefertigte Spiralen aus Schokolade und Vanille, mit roten Streuseln, die nach Kreide schmeckten. Ihre Mutter stand an der Weißwandtafel und strahlte, während alle »Happy Birthday to You« sangen. Wahrscheinlich hatte sie sich den Nachmittag freigenommen. So etwas war immer wichtiger gewesen.

Wann hatte sie damit aufgehört? In welcher Klasse? Sam konnte sich nicht erinnern. Sie musste Elena fragen. Später.

Sam saß auf Augenhöhe des Betts, das Gesicht ihrer Mutter direkt vor sich. Sie war blass, wie Sam jetzt sah, so ausgebleicht wie Treibholz, das an den Strand gespült wurde. Sam roch die Bettwäsche. Getrockneter Schweiß. Sie musste gewaschen werden. Das Ohr ihrer Mutter war zart, die Windung wie eine Seemuschel, der Kiefer locker. Kraftlos. Die Lippen trocken. Die schönen Schneidezähne, weiß und strahlend, lagen frei. Man hatte sie ihr eingesetzt, als sie ein Teenager war, und sie hatten sie überdauert, sie hatten länger durchgehalten als ihr Herz, ihre Lungen und ihre lebendige Seele.

Elena weinte. Sie stand neben Sam, ihre Hüfte bebte, ihr ganzer Körper zitterte. »Hast du denn nichts gehört?«, fragte sie dann mit tränenerstickter Stimme.

»Was gehört?«

»Von Mom? Vorher?«

»Nein«, sagte Sam. Sie wusste nicht recht, was sie sagen sollte. Was Elena hören wollte. »Ich habe geschlafen.«

Elena schluchzte. Sie müsste eigentlich auch weinen, dachte Sam – es würde sicher noch kommen. Wenn jemand starb, weinte man. So war das. Ihre Mutter hatte jahrelang um ihre Großmutter geweint. Dann wurde ihre Nasenspitze so rot wie die eines Häschens. Entzückend. Kein Wunder, dass die Männer ihr nachliefen. Ihre Mutter hatte sie alle sehr geliebt. Ihre Mutter.

Was würden sie ohne sie machen? Ohne ihre Geschichten? Ohne ihre Fürsorge? Jetzt wären alle Tage leer.

Im Raum war es zu still. Nun würde sie nicht mehr in die Apotheke fahren müssen, dachte Sam. Oder in die Arztpraxis. Sie mussten Dr. Boyce anrufen und ihm Bescheid sagen. Wie spät war es? Sie könnten ihm eine Nachricht aufs Band sprechen. Oder war es noch zu früh, zu spät?

Elena schluckte hörbar. Sie hatte einen dicken Kloß im Hals. Sams Gesicht war trocken wie das ihrer Mutter, die vor ihnen lag, erlöst von ihrem Kampf. Plötzlich wollte Sam sie berühren. Als sie es tat, bemerkte sie überrascht, wie stark ihre Hand zitterte. Sie legte sie ihrer Mutter auf die Schulter, so wie es nur wenige Minuten zuvor im anderen Zimmer Elena bei ihr getan hatte, um sie zu wecken. Als Sam noch schlief und es nicht wusste. »Mom?«, sagte sie.

Elena hatte recht. Die Wärme hatte ihre Mutter verlassen. Sie hatte jetzt Zimmertemperatur: kühl, trocken und tot.

Elena schluchzte immer noch. Es klang durchdringend. »Wir hätten bei ihr sein müssen«, sagte sie. »Sie war allein. Sie hätte nicht allein sein dürfen.«

Danach gab es so viele Dinge zu erledigen. Sam und Elena nahmen sich frei. Sie saßen auf der Wohnzimmercouch, als Elena mit dem Bestattungsinstitut telefonierte. Man schickte jemanden, um die Leiche abzuholen. Offenbar hatten Elena und ihre Mutter das alles schon besprochen: Wie viele Kopien der Sterbeurkunde die Familie brauchte, was für eine Einäscherung notwendig war. Elena gab ihre Kreditkartennummer durch, während Sam vor sich hinstarrte.

Elena kümmerte sich um alles. Sie breitete die erforderlichen Papiere auf dem Küchentisch aus – Kontoauszüge ihrer Mutter, Fahrzeugpapiere, den Grundbucheintrag für das Haus –, und telefonierte weiter. Mobilfunkdienst, Internet und öffentliche Versorgungsbetriebe liefen alle auf den Namen ihrer Mutter. Elena kramte ihre Steuererklärungen hervor. Sie rief beim Nachlassgericht an und wartete in der Leitung, während ihr die Tränen über die Wangen liefen.

Sam zog das Bett ihrer Mutter ab. Sie brachte das Glas, das ihre Mutter zuletzt benutzt hatte, in die Küche, spülte es aus und trocknete es ab. Das Haus roch noch immer nach ihrer Mutter. Ihrem Shampoo, ihrem Atem. In ihrem Zimmer standen die leeren Sauerstoffflaschen. Sam setzte sich dorthin und sah sich eine Seifenoper an.

Sie hatte sich den Tod ihrer Mutter als Erlösung von einer langen Krankheit vorgestellt, eine bittere Art von Befreiung. Doch jetzt wollte sie nur noch ihre Mom zurück. Ihre Mutter bei sich zu haben war der natürliche Zustand. Elementar. Sam fühlte sich leer, und Elena schluchzte im vorderen Teil des Hauses.

Jede Nacht schliefen die Schwestern im Bett ihrer Mutter. Die Zeit verging zu langsam und zu schnell zugleich.

Am Mittwoch kehrte Elena an ihren Arbeitsplatz zurück. Sam meinte, sie sollte länger zu Hause bleiben, doch Elena schüttelte den Kopf. Sam fuhr sie zum Club. Anschließend in das leere Haus zurückzukehren war schrecklich. Sie verkroch sich im Bett ihrer Mutter und schlief. Als sie am späten Nachmittag wieder hinausging, um ihre Schwester abzuholen, stolperte sie über eine Auflaufform auf den Stufen vor der Tür. Die Silberfolie war abgerissen und die Lasagne darin aufgefressen worden. Tomatensauce verschmierte den Zementboden ringsum.

Der Bär. Seine Anwesenheit auf ihrem Grundstück, in diesem Moment, war eine Frechheit. Eine Beleidigung. Dass er jetzt herkam und ihnen noch mehr wegnehmen wollte, nachdem sie in den letzten paar Tagen schon so viel verloren hatten.

Sam brachte die Form ins Haus, um die Reste herauszukratzen und in den Mülleimer zu werfen. Beim Abspülen fiel ihr auf, wie sie zitterte. Es war kein Zettel dabei gewesen. Hatte der Bär ihn genommen? Machte er so etwas absichtlich, spürte er intuitiv, was sie am meisten verletzen würde? Oder arbeitete er instinktiv daran, ihr Leben zu zerstören? Es würde sie nicht wundern, wenn er als Nächstes ins Haus käme und einen Scheißhaufen auf dem Bett ihrer Mutter hinterließe. Gott – wie sie ihn hasste. Seine Nähe. Sein Verhalten. Sie stellte die saubere Form ins Regal und ging zum Wagen, um ihre Schwester von der Arbeit abzuholen.

Sie erzählte ihr nichts von dem rotbeschmierten Besuch des Bären. Sie wollte ihn so weit wie möglich von ihr fernhalten. Elena erzählte, dass sie mit den Clubeigentümern ausgemacht hätte, am Samstag eine Gedenkfeier für ihre Mutter zu veranstalten. »Wieso?«, fragte Sam. »Wer soll denn dahin kommen?«

»Moms Freunde«, sagte Elena. »Unsere Freunde.«

»Welche Freunde?«

Elena schüttelte den Kopf. »Nachbarn. Leute, mit denen sie früher zusammengearbeitet hat. Bekannte.«

Sam sah keinen Sinn darin. Sie sagte Elena, sie fände die Idee bescheuert, und Elena sagte, es sei ihr egal, was Sam dachte, ihrer Mutter hätte es gefallen. Sam sagte, nein, hätte es nicht, und Elena ging ins Badezimmer und knallte die Tür hinter sich zu. Sam hörte sie unter der Dusche weinen. Mehr Wasser. Sie ging in ihr Zimmer und versuchte sich an einer Umfrage, doch mittendrin stürzte die Seite ab, und sie verlor das ganze Ding. Sie legte das Handy neben sich und schloss die Augen.

Dann summte es. Sie griff danach. Eine Nachricht von Ben: *Hab von deiner Mutter gehört. Tut mir sehr leid, Sam. Bin für dich da.*

Sie legte das Handy wieder weg.

Nebeneinander im Bett ihrer Mutter zu schlafen war wie eine Rückkehr in Sams und Elenas Kindheit, als sie sich ein Zimmer teilten und von den nächtlichen Geräuschen der jeweils anderen in den Schlaf wiegen ließen. Elena knirschte mit den Zähnen, wenn sie träumte. Sam fand das beruhigend. Ein Drittel ihres Haushalts war abhandengekommen. So viele vertraute kleine Unterbrechungen, auf die Sam sich hatte verlassen können – wie die Tür ihrer Mutter aufging, wie sich ihre Stimme erhob, das Plärren des Fernsehers im Hintergrund –, gab es nicht mehr. Sie brauchte Elena jetzt mehr denn je zuvor. Trotz aller Auseinandersetzungen hielt ihre Schwesternschaft sie zusammen.

Der Freitagmorgen war ungewöhnlich warm für die Jahreszeit. Die Luft schwül. In aller Frühe gingen sie nach draußen und verstreuten die Asche ihrer Mutter weit hinten auf ihrem Grundstück zwischen den Bäumen, wo weiße und violette Prärielilien blühten und über ihnen die zarten Nadeln der Hemlocktannen wisperten. Elena kniete auf dem Boden, um die Asche mit den Händen zu verteilen. Sam stand hinter ihr und sah zu. Auf den Schultern ihrer Schwester schimmerte bereits der Schweiß. Das da war ihre Mutter, dachte Sam beim Anblick der grauen Asche auf dem Boden, und trotzdem konnte sie es kaum glauben – diese Verwandlung einer Frau, einer Lebensspenderin, zu Staub. Ihre Asche vermischte sich unter Elenas Handflächen mit der Erde. Schließlich stand Elena mit tränennassen Wangen auf und sagte: »Den Grabstein besorgen wir auch noch. Ich habe im Netz nachgeschaut. Manche sind gar nicht so teuer.«

Als sie zum Frühstück wieder ins Haus zurückkehrten, öffneten sie die Fenster, um die Hitze rauszulassen, doch kein Lüftchen regte sich. Sam räumte im Tanktop den Tisch ab, und Elena kam in ihrer Uniform in die Küche und fragte: »Wann gehst du wieder arbeiten?«

Sam zuckte die Achseln.

»Heute?«

»Weiß ich noch nicht.« Sie stellte die Teller mit den Eierresten zum Einweichen in die Spüle. »Ist das denn so wichtig?«

Elena blinzelte. Die rosa geränderten Augen waren mit Wimperntusche retuschiert. »Ja, Sammy, ist es. Wir brauchen das Geld.«

Sam drehte die Brottüte zu. »Wann verkaufen wir das Haus?«

Sie hatte das für eine einfache Frage gehalten – eine von vielen, die Elena auf ihrer Trauer-Aufgabenliste bereits abgehakt hatte –, stieß jedoch auf Schweigen. Schließlich reagierte Elena: »Was meinst du?«

Die Tüte in Sams Hand hatte sich wieder geöffnet. Sie legte sie auf den Tisch. »Wann bieten wir das Haus zum Verkauf an? Wir müssen uns doch nur noch bis dahin um die Rechnungen kümmern, oder nicht?«

Elena wirkte verblüfft. So durcheinander war sie nicht einmal gewesen, als sie Sam mitten in der Nacht weckte, um ihr zu sagen, dass ihre Mutter gestorben war. Sie war viel verwirrter, als sie es hätte sein sollen. »Wir werden das Haus nicht verkaufen.«

Sam sagte: »Damit wir hier wegkommen.«

»Wir gehen nicht –«

»Was redest du da?« Sams Hals war wie zugeschnürt. »Du hast es selbst gesagt. Schon vor Jahren. Nach der Highschool. Dass das Haus eine halbe Million Dollar wert ist, und dass wir es nach Moms Tod verkaufen und hier wegziehen. Das war immer der Plan, seit mehr als einem gottverdammten Jahrzehnt.«

»Das hab ich gesagt?«

Sam verstand jetzt gar nichts mehr. Elena tat so, als wäre das alles neu für sie. »Wir reden die ganze Zeit davon.«

»Nein«, erwiderte Elena, »du redest davon. Ja, ich weiß, dass du hier wegwillst, das ist mir klar, aber ich hab nicht … wenn ich dir damals so was gesagt habe, als ich noch ein Teenager war, dann tut es mir leid, aber da wusste ich nicht, wovon ich rede. Wir mussten eine Hypothek auf das Haus aufnehmen, Sam. Du hast keine Ahnung, wie viele Schulden sich durch Moms Arztrechnungen angehäuft haben. Seit Jahren steht uns das Wasser bis zum Hals. Wenn wir verkaufen, hat nur die Bank etwas davon, und wir hätten kein Dach mehr über dem Kopf.«

Sam hörte Elenas Worte (*tut mir leid*). Sie hörte *Hypothek* und *Schulden*, doch ihre Bedeutung war fragmentarisch, wie Bruchstücke eines Spiegels, und alles erschien mit einem Mal verzerrt. Das Wasser bis zum Hals? Wie denn? Etwas ruhiger sagte sie: »Du hast gesagt, dass wir das Haus verkaufen und von dieser Insel wegziehen. Das war der Plan.« Elena hatte es in ihrer Trauer irgendwie vergessen. Sam musste sie wieder daran erinnern.

»Du ...« Elena ging zum Tisch und zog die Papiere vor, die sie zur Seite geschoben hatten, um frühstücken zu können. Heiße Luft wirbelte auf. »Willst du die Zahlen sehen? Ist dir eigentlich klar, in welcher Lage wir uns befinden? Ich weiß, wie gern du in deiner Fantasiewelt lebst und alles Schwierige mir überlässt, aber haben sie es dir in der Praxis von Dr. Boyce nicht jedes Mal gesagt, wenn du Mom da hingebracht hast? Wir schulden ihnen Tausende von Dollar. Plus die zwölftausend, die wir dem Krankenhaus zahlen müssen für Moms Besuche in der Notaufnahme letztes Jahr.« Sie breitete die Rechnungen aus. Weiße Blätter mit schwarzen Zahlen und Zeilen voller Großbuchstaben. »Fragst du dich denn nicht, wo dein Geld jeden Monat bleibt? Die Raten für die Hypothek fressen fast alles auf. Und die Pandemie hat uns den Rest gegeben. Du konntest eine Ewigkeit nicht arbeiten. Ich weiß nicht, wie wir die Kreditkarte je wieder abbezahlen sollen. Allein die Einäscherung kostet uns elfhundert Dollar. Kapierst du? So sieht's aus. Wir sollten das Beste draus machen, denn wir gehen nirgendwohin.«

Am Tag der Gedenkfeier kehrte Sam wieder auf die Fähre zurück. Es war noch immer viel zu heiß. Die Passagiere waren unhöflich, rücksichtslos, anspruchsvoll. Sie wischte die Mikrowelle sauber, nachdem sich jemand beschwert hatte, und tippte die Erstattung für einen Kaffee ein, den irgendwer anders bereits getrunken hatte. Es war ihr egal. Ihre Mutter war tot. Elena und sie waren für immer in diesem Haus eingesperrt ohne ihre Mutter.

Zumindest hatte Elena das gesagt. Sam hatte es gehört, konnte es aber immer noch nicht fassen. Elf Jahre lang hatte sie sich das Gegenteil eingeredet; jetzt würde sie mindestens genauso lange brauchen, um Elenas neueste Verlautbarung zu verinnerlichen. »Wir gehen nirgendwohin, Sammy«, hallte es über dem Klingeln der Kasse und dem Klimpern des Kleingelds nach. Die Motoren der Fähre dröhnten, und durch all den Lärm hindurch hörte Sam wieder und wieder und wieder, wie ihre Schwester diese Worte sagte.

Am Anfang der Krankheit waren Sam und Elena mit ihrer Mutter auf dieser Fähre zu einem Spezialisten gefahren. Damals war die Diagnose noch nicht eindeutig gewesen, und sie hatten das Gewässer mit der Vorstellung überquert, am anderen Ufer mit einem Handschlag, einer Tablette und einer Aussicht auf Heilung empfangen zu werden. Jedenfalls hatte Sam das gedacht. Dass diese Krankheit wie eine Darmgrippe wäre, die einen achtundvierzig Stunden lahmlegte, bevor man sich wieder erholt. Sie wusste nicht, wie lang es dauern und wie einsam es sein konnte, krank zu sein.

Ihre Mutter selbst musste sich ziemliche Sorgen gemacht haben, um diesen Familienausflug aufs Festland auf sich zu nehmen, hatte sich aber nichts anmerken lassen. Sie arbeitete noch im Nagelstudio und sog dessen verpestete Luft in ihre geschädigten Lungen. Sie benahm sich genauso wie immer. Damals hatte Sam geglaubt, dass Elena zuversichtlich war – sie hatte gerade angefangen, im Golfclub zu arbeiten, und ihnen während der Fahrt von den Touristen auf dem Rasen erzählt –, aber vielleicht stimmte das ja gar nicht. Vielleicht hatte sie schon damals den Plan, für diesen Arztbesuch und alle, die noch folgen würden, eine Hypothek auf ihr beider Leben aufzunehmen. Woher sollte Sam wissen, was Elena durch den Kopf ging? Dachte sie damals, dass ihre Mutter noch ein Jahr oder fünfzig Jahre leben würde? Was hatten Elena und ihre Mutter abgemacht, welche Formulare ausgefüllt, welche Entscheidungen getroffen, während Sam die auseinanderdriftenden Wellen unter ihnen betrachtete?

Denn das war das Einzige, woran Sam sich erinnerte: Wasser. Ihre Mutter, die auf dem Passagierdeck an einem Tisch saß und den Kopf an die Fensterscheibe aus Plastik lehnte, und das Wasser, dunkelblau mit weißen Kronen, das draußen an ihnen vorbeirauschte. Elena und Sam hatten ihr gegenübergesessen. Elena erzählte noch eine kuriose Geschichte aus dem Club. Die Augen ihrer Mutter waren ruhig, die Lider schwer, die Stirn glatt. Das Schiff schaukelte sie vorwärts.

Sam war bis heute auf dieser Fähre hängengeblieben. Ihre Mutter würde dieses Wasser nie wiedersehen. Sie kassierte die Rechnung eines neuen Gastes. Zwei sämige Muschelsuppen, bei der Hitze. Ihre Mutter hatte sie verlassen.

Am Nachmittag kam Ben ins Bistro. Sam sah ihn und wandte den Blick ab. Doch sein Körper in der gelben Weste blieb in ihrem Gesichtsfeld. Er wartete, bis sich das Bistro etwas leerte, und kam dann zu ihr an die Kasse. »Hi.«

»Hey«, sagte Sam. Sie hatte den ganzen Tag kaum ein

Wort von sich gegeben. Der Klang ihrer eigenen Stimme überraschte sie.

Er sprach leise und zärtlich. »Wie geht's dir denn? Ich hab an dich gedacht.« Davor hatte er diese Stimme nur benutzt, wenn sie allein waren.

»Super«, sagte sie. »Danke der Nachfrage.«

Er zuckte nicht mit der Wimper. Die Trauer hatte ein dickeres Polster zwischen Sam und den Rest der Welt geschoben, sodass sie niemanden außerhalb ihres Kopfes hören und umgekehrt niemand sie hören konnte. Wahrscheinlich hätte sie schreien können, ohne dass er eine Miene verzog. »Ich hab im Internet einen Nachruf auf deine Mutter gelesen. Sie muss eine bemerkenswerte Frau gewesen sein.«

Sam erinnerte sich vage: Elena hatte etwas für das *Journal* geschrieben. Eine der vielen Aufgaben, die Elena erledigt hatte. Sie hatte Sam den Text gezeigt, bevor sie ihn abschickte, aber Sam hatte nur einen flüchtigen Blick darauf geworfen (... *hinterlässt ihre beiden Töchter* ...), bevor sie Elena das Handy zurückgab. Auf dem Display war ihre Mutter nur noch die Jahreszahl ihres Schulabschlusses und ein Haufen abgedroschener Klischees. Der Nachruf entstellte sie, bis nichts mehr von ihrem tatsächlichen Leben übrig war.

»Stimmt«, sagte Sam. »Unbeschreiblich.«

»Schade, dass ich sie nicht gekannt habe.«

Sam verzog das Gesicht. »Wieso?«

Ben öffnete den Mund, den sie während dieser Saison so oft geküsst hatte. Sie zwang sich, wegzusehen. »Weil du mir wichtig bist. Weil mir dein Leben wichtig ist.«

Sam schüttelte den Kopf.

Er ließ sich nicht beirren. Es war klar, dass er mit der Absicht gekommen war, die Sache zwischen ihnen zu kitten. »Da stand, dass ihr eine Gedenkfeier plant?«

»Du musst das nicht …«, sagte Sam.

Sie winkte einem wartenden Kunden, und Ben zog sich zurück, bevor er schließlich wieder aufs Unterdeck zurückkehrte. Aber als sie abends über den Parkplatz des Golfclubs lief, sehnte sie sich nach dem flüchtigen Trost seiner Gegenwart. Elena hatte sich den ganzen Tag über kaum gemeldet. Sam wartete auf eine Nachricht, mit der sie sich entschuldigte und das, was sie zu ihrer Zukunft gesagt hatte, zurücknahm, doch diese Nachricht war nicht gekommen. Seit ihrem Streit hatte Elena öfter als sonst geduscht, war öfter spazieren gegangen und hatte mehr Zeit allein verbracht, während Sam am Küchentisch saß, sich davor drückte, den Papierkram anzusehen und sich nach der Zeit zurücksehnte, als ihre Familie unzertrennlich schien.

Sie wollte ihre Schwester wiederhaben. Ihre Mutter. Irgendwen.

Elena stand an der Bar des Clubs, als Sam hereinkam. Sie umarmten sich. Beide trugen ihre regulären Arbeitsklamotten, doch die von Elena waren schwarz und damit angemessener. Es wimmelte nur so von Menschen. »Mrs Sheffer ist hier«, flüsterte Elena Sam ins Ohr – ihre Geschichtslehrerin aus der elften Klasse. Sam stellte sich neben Elena, aber nach einer Minute drückte Elena ihren Arm und sagte: »Hol dir was zu trinken, wenn du willst. Es gibt auch was zu essen.«

Also nahm sich Sam einen Teller mit Nudelsalat und drehte eine Runde. Viele ihrer alten Lehrer waren gekommen. Auch frühere Kolleginnen ihrer Mutter, die Sam umarmten, wenn sie sie sahen, und vertraut nach Lösungsmitteln rochen. Sie überhäuften sie mit Beileidsbekundungen. Sam hörte genau hin, aber ihre Lungen klangen normal. Vom Ärztezentrum waren einige Mitarbeiter gekommen und ein paar Frauen, mit denen Elena in der Highschool befreundet gewesen war. Ihre Kollegin Kristine hielt ein Papierserviette in der Hand und unterhielt sich mit ihrem Chef, dem Mann, der Sam damals gefeuert hatte. Auch die Nachbarn aus ihrer Straße waren gekommen: Danny Larsen mit seiner Mutter. Er winkte; Sam winkte zurück; dann wurde sie rot und wandte sich wieder dem Büfett zu.

Ein oder zwei Mal hörte sie den Namen ihrer Mutter, aber hauptsächlich machten die Leute Smalltalk. Ein Thema war die Hitze am Wochenende. Noch so ein Zeichen für den Klimawandel, sagten sie. Sie unterhielten sich über die Rehe in ihren Gärten, das Gemeindetheater und darüber, wo sie Urlaub machen wollten. Über die neueste Variante des Virus und die Notwendigkeit, sich boostern zu lassen. Sam und Elena hatten sich die letzten zwei Jahre Sorgen gemacht, dass sie das Virus mit nach Hause bringen könnten, doch jetzt spielten ihre Vorsichtsmaßnahmen keine Rolle mehr, oder? Sam hatte ihre Maske in die Hosentasche gestopft. Jetzt konnte sie unbesorgt zwischen all diesen Leuten stehen. In einer Ecke steckten die Kolleginnen ihrer Mutter die Köpfe zusammen und zeigten sich gegenseitig Bilder von ihren Enkelkindern. Etwas, das ihr Mutter nie würde tun können. Sam häufte noch mehr Salat auf ihren Teller. Am anderen Ende des Saals, an der Bar, konnte sie ein Stück von Elenas Kopf sehen, ihr glattes, blondes Haar.

»Er reißt Haustiere«, sagte jemand neben ihr. »Etta Delaney hat mir erzählt, dass in ihren Kaninchenstall eingebrochen wurde. Sie ist ganz krank vor Sorge.«

Eine andere Frau mischte sich ein. »Ich hab meinem Mann gesagt, er soll lieber keine langen Spaziergänge mit dem Hund mehr machen.«

Und dann eine dritte, nüchterne Stimme: »Bären können zwar kleine Haustiere angreifen, aber dass sie auf einen erwachsenen Mann mit Hund losgehen, dürfte sehr unwahrscheinlich sein.«

Sam drehte sich um. Da stand sie, halb versteckt von den Schultern zweier Fremder: Madeline Pettit. Sie konnte es nicht fassen. Mit einem Plastikbecher Rotwein in der Hand. Sie trug ihre Uniform samt aufgesticktem Staatssiegel und allem. Gerade erklärte sie den Frauen, die ihr zuhörten: »In den letzten fünfzig Jahren haben wir hier in Washington nur zwanzig Begegnungen zwischen Menschen und Bären verzeichnet, die zu Verletzungen führten.« Als sie Sams Blick bemerkte, presste sie die Lippen aufeinander und entschuldigte sich bei ihren Gesprächspartnerinnen. Dann drängte sie sich durch die anderen auf Sam zu. Beherrscht wie üblich sagte sie: »Mein herzliches Beileid.«

Jeder sagte dasselbe. Sam hatte noch immer nicht raus, welche Antwort man von ihr erwartete. Insbesondere für diese Frau gab es keine. Deshalb fragte sie nur: »Was machen Sie hier?«

Madelines Mund war schmal und ernst. »Ich hatte heute Nachmittag auf der Copper Kettle Farm zu tun. Sie vermissen einige Nutztiere. Sie erwähnten Ihre Familie, und als ich sagte, dass wir uns kennen, luden sie mich ein, sie zu dieser Gedenkfeier zu begleiten, damit ich Ihnen mein Beileid aussprechen kann.«

Die Besitzer der Copper Kettle Farm? Sam konnte sich keinen Reim darauf machen. Woher kannten sie ihre Mutter? Was hatten sie gesagt? Und wie hatte Madeline so eine Einladung annehmen können, von Fremden, für die Gedenkfeier eines Menschen, den … »Sie haben meine Mom doch gar nicht gekannt.«

»Aber ich weiß, wie sehr einen so etwas mitnimmt. Meine Mutter ist gestorben, als ich Anfang zwanzig war«, sagte Madeline. »Ich bin hier, um Unterstützung anzubieten, aber wenn Sie meine Anwesenheit unpassend finden, gehe ich wieder.«

Der heiße Schwall dieser Demütigung traf Sam unvorbereitet: Gleich würde sie losheulen. Die Tränen stiegen ihr bereits in die Augen. Die Nasennebenhöhlen brannten. Sie hatte nicht geweint, seit sie ihre Mutter gefunden hatten, das hatte Elena für beide übernommen. Sam hatte sich die ganze Zeit beherrscht, und jetzt, so schrecklich das war, sorgte ausgerechnet Madeline Pettit dafür, dass sie zusammenbrach. Sie versuchte etwas zu sagen, aber die Worte blieben ihr im Hals stecken. Sie versuchte es erneut. »Warum.« Dann stockte sie. Sie bekam kein einziges Wort mehr heraus. Schließlich wandte sie sich ab, sie konnte es nicht ertragen, dass Madeline sie so sah. Auf dem Tisch lag ein Stapel Servietten. Sam schnappte sich ein paar.

Doch es kam noch schlimmer. Sie spürte Madelines kleine warme Hand auf ihrem Arm. »Das ist eine schwierige Zeit«, sagte sie leise. »Sie sind überfordert. Und dann handelt man, ohne nachzudenken. Das ist vollkommen verständlich.«

Sam presste die feuchten Servietten an die Wangen. Ihre Nase war verstopft. Sie räusperte sich, drehte sich um und sah Madeline an. Sie war noch nicht gefasst genug, um sagen zu können: *Wovon reden Sie eigentlich?*, hoffte aber, dass Madeline ihren Blick und die Andeutung darin verstand.

Und so war es. Ruhig und aufmunternd erklärte sie: »Essen draußen lassen, den Bären anlocken, in der Hoffnung, er würde sich Ihnen nähern – solches Verhalten muss jetzt aufhören. Es ist höchste Zeit, sich auf Ihre Familie zu fokussieren.«

Glaubte Madeline etwa, dass sie den Bären in der Nähe

haben wollte? Sam hätte alles gegeben, um nicht vor dieser Person in Tränen zu zerfließen. Wie war sie bloß auf die Idee gekommen, sie hätten irgendwas gemeinsam? Madeline gehörte nicht hierher, nicht auf diese Feier, nicht auf diese Insel, nirgends hin, wo Sam war – sie hätte niemals kommen dürfen –, und wenn Sam sich an diese Gewissheit klammern konnte, dann würden die Tränen vielleicht versiegen, doch die Situation entglitt ihr immer mehr. Die Tränen flossen weiter. Denn zu dem Wissen um Madelines Irrtum kam das vage Gefühl eines Verrats. Entweder durch Madeline oder durch Sam selbst.

Madeline war der Wahrheit sehr nah. Als Sam Angst hatte, war Madeline gekommen, mit Ratschlägen und Bärenspray. Die kleine Dose hatte alles ruiniert, ja, sie hatte Elena in der Nacht, in der ihre Mutter starb, aus dem Haus getrieben, doch daran war nicht Madeline schuld – oder vielleicht doch – vielleicht aber auch nicht – Sam wusste es nicht, ihre Augen waren geschwollen, sie war völlig aufgelöst. Sie musste hier weg, das war klar, andererseits musste sie zugeben, dass sie, als Madeline ihr Hilfe anbot, den Impuls gehabt hatte, ihr zu Füßen zu fallen und sich an ihre Knöchel zu klammern. Madeline, hätte sie gern gefleht, beschützen Sie uns. Meine Schwester und ich haben uns im Wald verirrt. Bitte helfen Sie uns, wieder nach Hause zu finden.

Mit belegter Stimme sagte sie: »Sie sollten lieber gehen.«

Madeline nickte. Dann sagte sie: »Wenn Sie noch etwas auf dem Herzen haben, schreiben Sie, Sam. Rufen Sie an.« Sie drückte Sams Arm, ganz leicht. »Ich bin da, um Ihnen zuzuhören.«

Sam wich zurück. Nachdem sie seit Tagen einige kalte Zentimeter und jahrelange Lügen von Elena entfernt geschlafen hatte, empfand sie Madelines Berührung irgendwie tröstlich und hasste sich dafür, hasste die dünnen weißen Nerven unter ihrer Haut.

Madeline bahnte sich langsam einen Weg durch die plaudernde Menschenmenge Richtung Ausgang. Sam legte die Hände auf die Wangen, um die Tränen zurückzudrängen. Dann folgte sie ihr. Nach den wenigen Malen, die Elena und Madeline sich begegnet waren, hatte Elena anschließend getobt. Was, wenn Madeline jetzt noch etwas sagte, das Elena auf die Palme brachte; es wäre eine Katastrophe. Madelines Pferdeschwanz wippte auf den Ausgang zu. Sam musste verhindern, dass sie sich begegneten. Sie drängelte sich vorwärts.

Unterwegs schnappte sie zufällige Gesprächsfetzen auf. Der Zustand der Wasserflugzeuge, die zwischen San Juan und Seattle verkehrten, eine Ente, die im großen Garten hinter dem Haus von jemand Eier gelegt hatte. Zum x-ten Mal in ihrem Leben wünschte sich Sam aus vollem, schmerzerfülltem Herzen, dass sie alle verschwanden, mitsamt ihrem Geplapper und ihren Ansprüchen. Keine Lehrer, Nachbarn oder ehemalige Klassenkameradinnen mehr, keine andere Art, auf der Welt zu sein. Nichts. Nur Elena und Sam, behütet in ihrem alten Schweigen.

Madeline war jetzt bloß noch wenige Schritte von Elena entfernt, die in Richtung Clubeingang blickte. Hoffentlich siehst du sie nicht, betete Sam, hoffentlich nicht. Zum Glück ging Madeline an ihrer Schwester vorbei. Erst als die Biologin den Ausgang erreichte, bemerkte Sam, worauf Elena sich konzentriert hatte. Wer gerade hereinkam. Der ehemalige Freund ihrer Mutter war da.

San Juan war nicht groß. Weniger als neuntausend Einwohner. Trotzdem hatten Sam und Elena es immer geschafft, ihm aus dem Weg zu gehen. Einmal glaubte Sam, ihn im Hafen gesehen zu haben, doch nachdem sie ihn eine Weile beobachtet hatte, war sie zu dem Schluss gekommen, dass es ein anderer braunhaariger Mann war, der nur seine überdurchschnittlich muskulösen Arme genauso hielt wie der Ex ihrer Mutter. Am Abend erzählte sie ihrer Schwester von der Verwechslung. »Seinetwegen brauchen wir uns keine Sorgen mehr zu machen«, sagte Elena. »Er hat mit unserem Leben nichts mehr zu tun.« Elena klang so überzeugt, als wäre er nach San Francisco gezogen oder in einen Brunnen gefallen, und Sam nahm ihre Worte für bare Münze. Sie gab sich Mühe, ihn zu vergessen. Hielt nicht mehr Ausschau nach ihm.

Doch hier im Golfclub war der Ex ihrer Mutter so offensichtlich und widerlich er selbst, dass Sam sich nicht erklären konnte, wie sie ihn je mit einem anderen Menschen hatte verwechseln können. Der Hals, die Schultern, das kantige Kinn – Jahre waren vergangen, der spitze Haaransatz hatte sich vertieft, und trotzdem erkannte Sam ihn sofort wieder. Sie wusste genauso gut über ihn Bescheid wie am letzten Tag, den er in ihrem Haus verbracht hatte. Ihr Körper kannte den seinen. Die Erinnerung daran würde sie nie loslassen.

Sie trat zu Elena, die mit vor der Brust verschränkten Armen dastand. Wie ein kleines Kind wollte Sam nach der Hand ihrer großen Schwester greifen. Aber das war nicht möglich. Sie blieb stehen.

Dieser Mann hatte sie terrorisiert. Ihrer Mutter erklärt,

dass er sie liebte, und sie dann angebrüllt. Das Haus ihrer Großmutter in eine Hölle verwandelt. Elena dermaßen zur Verzweiflung getrieben, dass sie ein letztes Mal im Leben einen Außenstehenden um Hilfe gebeten hatte. Er hatte sie für immer verändert. Anschließend war ihre Mutter krank geworden, Elena hatte aufgehört, Menschen zu vertrauen, und Sam wollte nur noch weg.

Er blickte zu den Schwestern hinüber und nickte. Als wäre er bloß einer von vielen unbedeutenden Trauergästen und hätte nicht einst Angst und Schrecken verbreitet. Er war kleiner, als Sam in Erinnerung hatte – nachdem sie einen Bären auf den Hinterbeinen gesehen hatte, kam ihr alles andere im Vergleich dazu klein vor –, trotzdem erschreckte er sie immer noch zu Tode. Ja, das tat er. Mehr als jedes andere Monster auf dieser Insel es je könnte.

Die Leute ringsum liefen durcheinander, sprachen von ihren Kindern, der Schule und Plänen für den Sommer. Sie taten das, was sie immer getan hatten: ignorierten Sams und Elenas Notlage, blendeten die Krise einfach aus. Über die Köpfe der Nachbarn hinweg entdeckte Sam Danny Larsen mit einem Bier in der Hand. Er sah zu ihr hinüber, dann warf er Elena einen Blick zu und runzelte die Stirn.

Der Ex ihrer Mutter war bereits ein paar Schritte weit gekommen, als Danny auf ihn zusteuerte.

Elena stand neben Sam und zitterte. Die Luft zwischen ihnen erstarrte.

Dann stand Danny vor dem Ex ihrer Mutter und packte ihn an der Schulter. Beugte sich zu ihm herunter und sagte etwas, das Sam nicht verstehen konnte. Der Mann stand mit dem Rücken zu ihnen, aber Danny konnten sie ganz deutlich sehen, seine Zähne schimmerten beim Sprechen. Dann lächelte er ihm kurz und mitfühlend zu. Er war größer als der alte Mann und fast genauso breit. Was immer er gesagt hatte, es zeigte Wirkung. Der Mann drehte sich zum Ausgang um. Gemeinsam verließen die beiden den Saal.

»O mein Gott«, sagte Sam.

Elena machte einen Schritt vorwärts. Sie hatte Gänsehaut auf den Armen. Sie sagte noch immer nichts, und Sam begriff, dass sie es nicht konnte.

»Sind sie …«

Elena schüttelte sich wie ein Tier nach einem Regenguss. So leise, dass nur Sam sie hören konnte, sagte sie: »Das war's. Er ist weg.«

Welche Erleichterung. Alles kam zusammen: das Gefühl des Bärensprays in Sams Gesäßtasche, ihr Finger auf dem Auslöser, der Strahl, der durch die Luft flog – jeden Morgen war Sam mit der Angst aufgewacht, die Stimme ihrer Mutter nicht mehr zu hören, und dann hörte sie sie, das Leben im Zimmer nebenan setzte sich fort, dieser alte lebendige Klang –, der Tag, an dem sie von der Highschool kamen und die Sachen des Exfreunds ihrer Mutter verschwunden waren, ihre Mutter, die allein im Wohnzimmer saß, das Licht, das durch die Fenster fiel. Jedes tröstliche Gefühl, das Sam jemals verspürt hatte, verblasste im Vergleich zu diesem Augenblick des überwältigenden Glücksgefühls darüber, wie einfach es gewesen war, diesen Mann jetzt wieder loszuwerden. Auch wenn es nur von kurzer Dauer und nicht echt war: Dieses Glück erfüllte sie. Elena und sie hatten die neuerliche Begegnung mit ihm überlebt. Er hatte ihnen nicht einmal nahekommen können. Sie waren unversehrt geblieben.

»Herrgott«, sagte Sam. »Er ist ja noch gruseliger als der Bär.«

Abrupt drehte sich Elena zu ihr um. Eigentlich hätten die Schwestern in diesem Augenblick zusammenstehen müssen, von derselben kühlen Welle von Erleichterung überschwemmt, doch Elena wirkte nur angespannt und wütend. Leise sagte sie: »Ich weiß nicht, warum ich mir all die Mühe gemacht habe. Du verstehst wirklich gar nichts.«

Elena ging geradewegs in Richtung Damentoilette. »Ich komme mit«, sagte Sam und wollte ihre Schwester am Handgelenk packen, doch Elena schüttelte sie ab. »El, du –« Da fuhr ihre Schwester sie an: »Kannst du mich nicht wenigstens einmal im Leben in Ruhe lassen?«

Sam ließ sie gehen. Elena flüchtete aus dem Saal. Sie würde sich auf der Clubtoilette verschanzen, die sie im Lauf der Jahre wahrscheinlich tausendmal geputzt hatte, und vor sich selbst rechtfertigen, warum sie Sam gegenüber so ausfallend gewesen war: der Mann, der sie verletzt hatte, das Tier, das sie stalkte, die Schulden, die sie angehäuft und vor ihrer Schwester verheimlicht hatte. Ja, Elena hatte recht, Sam verstand sie nicht. Sie konnte es nicht. Ihr ganzes Erwachsenenleben lang hatten sie scheinbar vereint an einer gemeinsamen besseren Zukunft gearbeitet und waren dann hier gelandet: verwaist, getrennt, gefangen.

Sam bahnte sich einen Weg zum Ausgang. Der ungepflasterte Parkplatz öffnete sich vor ihr. Sie ging an der Seite des Gebäudes entlang, bog um die Ecke und setzte sich schwerfällig auf die Erde. Durch eine dicke Hauswand von Elena getrennt. Ein Universum entfernt. Rechts von ihr dehnten sich meilenweit sanfte grüne Hügel aus, leer und makellos gemäht.

Sie blieb lange so sitzen. Die Hitze des Tages hielt an, die Sonne brannte unbarmherzig auf sie nieder, wie zur Strafe. Sie spürte den Druck der spitzen Kieselsteine, die sich in Gesäß und Schenkel bohrten. Nach einer Weile hörte der Schmerz auf, und sie fühlte nichts mehr, nur die Taubheit, die dem Schock des Kribbelns vorangeht, dem Rauschen des Blutes, das sie beim Aufstehen erwartete.

Schließlich Schritte. Sam drehte sich um, in der Hoffnung, Elena zu sehen, und erkannte stattdessen Danny Larsens kräftige Gestalt.

»Hey«, sagte er und setzte sich neben sie. »Wie läuft's?«

»Ziemlich beschissen«, sagte Sam. »Tja. Wenn du es wirklich wissen willst.«

»Will ich.«

Er war der netteste Mensch, der an diesem Tag mit ihr gesprochen hatte. Hätte sie noch Tränen gehabt, wären sie jetzt geflossen, doch es waren keine mehr da. Sie war leer.

»Deine Mutter war super«, sagte er. »Sie hat uns immer Zucchini aus eurem Garten geschenkt.«

Sam schüttelte den Kopf. Dass ihre Mutter den Larsens Gemüse gebracht hatte, konnte sie sich kaum vorstellen. »Wann das denn?«

»In der Grundschule vielleicht? Wir waren noch Kinder. Meine Mutter hat Brot damit gebacken. Oder Muffins.«

»Ich kann mich nicht daran erinnern, meine Mutter je im Garten gesehen zu haben. Ich dachte immer, das wäre die Sache meiner Großmutter gewesen.«

Er zuckte die Achseln. »Jedenfalls wusste sie, wie man Gemüse anbaut. Tomaten hat sie uns auch gebracht.«

Sein angewinkeltes Bein lag dicht neben ihrem. Höchstens zwei Zentimeter entfernt. Weniger. Letzten Monat wäre sie bei der Vorstellung, Knie an Knie neben Danny zu sitzen, noch zurückgeschreckt, doch im Moment gab es kaum etwas, das ihr lieber gewesen wäre. Sie schwitzte in der Hitze, doch er roch gut. Nach Seife. Nach sauberer Wäsche. Kindheitserinnerungen.

»Sie war noch so jung«, sagte er. »Das ist nicht fair.«

Sam musste ihm recht geben. »Nein«, sagte sie. »Ist es nicht.«

Danach sagte er eine Weile nichts mehr, und sie war ihm dankbar. Schweigend beobachteten sie, wie ein Luftzug über die Halme des gemähten Rasens strich.

Schließlich fragte er: »Weißt du, wo deine Schwester steckt?«

»Auf dem Klo«, sagte Sam. Und setzte dann bitter hinzu: »Sie wollte allein sein.«

Elena hätte diesen Tonfall als kindisch bezeichnet, doch Danny kommentierte ihn nicht weiter. Er lehnte den Kopf an die Mauer und ließ es gut sein. In der Schule war er ein dummer Angeber gewesen, zu laut, überdreht, aber der Danny von heute war anders. Er war genau richtig.

Im Innern des Gebäudes wusch Elena sich wahrscheinlich gerade die Tränen aus dem Gesicht. Bereitete sich darauf vor, weitere Nettigkeiten an Leute zu verteilen, die sie gar nicht kannten, die zu unterhalten sie sich aber aus weiß Gott welchen Gründen verpflichtet fühlte. In ihrer Trauer benahm sie sich wie jemand, den Sam nicht wiedererkannte, andererseits erkannte sie sich selbst ja kaum wieder. Die Frau, die neben Danny Larsen saß. Sich von ihm aufmuntern ließ. Ganz schön schräg.

Sie öffnete den Mund, um etwas anzusprechen, das sie, soweit sie wusste, noch nie mit jemandem außerhalb ihres Zuhauses besprochen hatte. »Woher wusstest du das?«

»Wusste ich was?«

»Als er reingekommen ist«, sagte sie. Der Ex ihrer Mutter. »Woher wusstest du, dass du ihn rausschmeißen musst?«

Er hielt inne. Ließ der Antwort die Zeit, die sie verdiente. »Ich habe eure Gesichter gesehen.«

Alle anderen waren um sie herumgeschwirrt, hatten sie gar nicht wirklich wahrgenommen und nur an sich selbst gedacht. Wieso hatte ausgerechnet Danny es bemerkt?

»Ich weiß noch, wie er bei euch wohnte«, sagte er. »Und wie er dann ausgezogen ist.«

Neben ihnen setzte ein Wagen aus einer Parklücke. Die Kieselsteine knirschten unter den Reifen. Sam konnte Danny nicht ansehen. Er war zu nah. Sie lehnte ihren Kopf ebenfalls an die Mauer und starrte in den heißen Himmel. Damals waren Elena und sie jeden Tag aus der Schule gekommen, ohne zu wissen, was sie vorfinden würden, wenn sie die Haustür aufschlossen. Ihre Mutter, die entweder umschmeichelt oder terrorisiert wurde. Den Mann, der Drohungen ausstieß. Und jetzt auch noch die Vorstellung, dass Danny durch die Wand ihres Hauses gesehen – dass er alles gewusst hatte.

In diesen letzten Monaten hatte Ben eng an Sam geschmiegt oft gesagt, wie viel sie ihm bedeutete, doch es hatte sich jedes Mal falsch angehört. Trotz der vielen Male, die er in sie eingedrungen war, gab es keine Intimität zwischen ihnen. Sie hatte versucht, alles Wichtige vor ihm zu verbergen, und kaum auf das geachtet, was er ihr über sich selbst erzählte. Ehrlich gesagt war es ihr peinlich, dass er noch immer der Vorstellung nachhing, sie würden sich mögen, wenn sie doch eigentlich keine Ahnung hatten, was es am jeweils anderen zu mögen gab. Echte Zuneigung war etwas anderes. Sehr viel seltener. Es kam, wenn man miteinander aufwuchs und sich gegenseitig im Blick hatte. Es war die Fähigkeit, zu hören, was ungesagt blieb.

Ohne Danny anzusehen, streckte sie die Hand nach ihm aus. Sein Bein war so nah. Sie streifte seinen Oberschenkel.

Er zog das Bein weg.

Sie zog die Hand zurück. »Sorry.«

»Nein«, sagte er. »Mach dir keine Gedanken, alles gut.«

»Sorry«, wiederholte sie. Schüttelte den Kopf. Blöd. Sie legte die Hände in den Schoß.

»Nein, ich …« Er hielt inne. Sie konnte es sich vorstellen: sein ehrliches, trauriges Gesicht, die aus Mitleid zusammengezogenen Augenbrauen. Er war hier rausgekommen, weil sie ihm leidtat. Seine arme, bedauernswerte Nachbarin. Sie hatte alles missverstanden.

»Vergiss es«, sagte sie. Sie würde es auf jeden Fall versuchen.

»Sam …« Sein innerer Widerstreit war nicht zu überhören. Sie wünschte, sie könnte im Boden dieses Parkplatzes versinken. Was für eine Schmach. »Es ist nicht … Ich bin mit Elena zusammen.«

Sie drehte sich zu ihm um. »Was?«

Sein Gesicht war so verzerrt, wie sie sich vorgestellt hatte, doch es ergab keinen Sinn, weder sein Ausdruck in diesem Moment, noch seine Worte. »Elena und ich sind ein Paar.«

Sam öffnete den Mund und schloss ihn wieder.

»Seit ein paar Monaten«, sagte er. »Früher zu Schulzeiten sind wir auf ein paar Dates gegangen, und dann haben wir uns wiedergefunden, letztes Jahr, als alles so verrückt war. Während des Lockdowns. Es war so eine schwere Zeit für eure Familie … Sie wollte niemandem davon erzählen, sie dachte, es wäre zu viel. Aber es tut mir leid. Es tut mir leid, dass du es nicht wusstest.«

»Das kann nicht sein«, sagte Sam.

Er zuckte zusammen. Sein großes, attraktives Gesicht war nur wenige Zentimeter von ihr entfernt, und sie konnte es nicht einordnen, es war das Gesicht eines Fremden. Hatte er den Verstand verloren? Jagte er einer Wahnvorstellung nach? War er nach der Highschool-Zeit, als Elena ihn hatte abblitzen lassen, so besessen von ihr gewesen, dass er sich einbildete, sie hätten was miteinander?

Sam musste das klarstellen. »Nein, seid ihr nicht.«

»Daher weiß ich das mit dem Ex deiner Mutter … Sie hat

es mir damals erzählt. Wir hatten uns gerade angefreundet. In der zehnten Klasse.«

Das stimmte nicht. Doch unwillkürlich musste Sam daran denken, wie Elena sich in der zehnten Klasse ihrer Biologielehrerin anvertraut hatte, in der Hoffnung, ein Sozialarbeiter könnte alles wieder in Ordnung bringen. Damals hatte sich Elena verhalten wie später nie wieder. Vielleicht hatte sie … ihm tatsächlich etwas gesagt, vielleicht hatte sie sich verplappert … aber viel weiter konnte es nicht gegangen sein. Sam war sich sicher. Sie musste es sein, sonst würde sie hier auf diesem Parkplatz den Verstand verlieren.

Er redete in einem fort. Am liebsten hätte sie ihm gesagt, er solle den Mund halten. »Ich war schon immer in sie verknallt, aber sie hatte diese eiserne Regel, bloß keine feste Beziehung. Sie sagte, sie hätte gesehen, was es mit eurer Mutter gemacht hatte, und so was wollte sie auf jeden Fall vermeiden. Also unterhielten wir uns nur. Endlos. Schickten uns ewig viele Nachrichten. Manchmal machten wir in einer Freistunde zusammen Hausaufgaben. Als sie mit dem Job hier im Club anfing, hing ich während ihrer Schichten im Restaurant ab. Und nach dem Abschluss haben wir …« Er verstummte. Wir …? Sam starrte ihn an. Haben wir was?

»Habt ihr was?«

Er verzog das Gesicht. »Du solltest wirklich lieber mit ihr darüber reden.«

»Ich rede mit meiner Schwester, worüber ich will«, entgegnete Sam. Ihre Schwester, die sich vor ihr in der Toilette verkrochen hatte. Ihre Schwester, die eine Hypothek auf ihr Haus aufgenommen hatte.

»Ich wollte nur sagen, dass wir zusammen sind«, sagte er. »Und dass sie meine große Liebe ist. Ich kann mir keine andere Frau im Leben vorstellen.«

Die Spaziergänge, die Elena allein machte. Der Hund, der im Hintergrund bellte, wenn sie Sam anrief. Die Informationen, die Danny über ihre Familie hatte. Seine Reparaturarbeiten an der Hausverkleidung, auf Elenas Bitte hin.

Sie waren ein Paar. Die ganze Zeit schon.

»Sie will es lieber geheim halten«, sagte Danny. »Ihre Privatsphäre ist ihr wichtig.«

»Weiß ich«, sagte Sam.

»Okay.«

»Weil sie und ich unsere Zeit nicht mit anderen Leuten verschwenden. Wir wollen weg von dieser Insel.«

Und da sah Danny sie tatsächlich mitleidig an. »Okay«, wiederholte er. Seine Stimme machte es auf entsetzliche Weise klar. Er kannte Elena so, wie sie jetzt war – die neue Elena, mit der Sam diese Woche aneinandergeraten war, die Elena, die entschieden hatte, dass sie es sich nicht leisten konnten, irgendwo anders hinzugehen. Es würde also keine Nachricht mit einer Entschuldigung auf ihrem Handy geben; Elena würde das, was sie in ihrer Küche gesagt hatte, nicht zurücknehmen; Elena rechnete nicht mit einer letzten Fahrt auf der Fähre. Er wusste es.

Sie fand Elena und Kristine in einer Ecke des überfüllten Saals. »Ich fahre nach Hause«, erklärte Sam ihrer Schwester. Kristine stand mit einem Glas Weißwein in der Hand da und runzelte die Stirn.

»Du kannst nicht nach Hause«, sagte Elena. »Wir müssen noch eine Stunde bleiben.«

»Ist mir egal. Ich gehe.«

Jetzt mischte sich Kristine ein, die in Sams Leben normalerweise nur als Summen auf Elenas Handy existierte. Sam konnte sich nicht erinnern, wann sie das letzte Mal Kristines Stimme gehört hatte. Sie war dünn, schrill und überflüssig. »Hätte eure Mutter nicht gewollt, dass ihr zwei das gemeinsam durchsteht?«

Sam warf ihr einen bösen Blick zu. »Entschuldigung, aber für wen hältst du dich?«

»Nicht so laut!«, zischte Elena. »Und sprich nicht so mit ihr.«

»Schon gut, schon gut«, murmelte Kristine neben ihr.

Sam konnte sie nicht ansehen. Wusste Kristine von Danny? Hatte sie die ganze Zeit geholfen, Elenas Heimlichtuerei zu vertuschen? »Sie sollte lieber den Mund halten«, sagte Sam. »Hat sie Mom überhaupt gekannt?« Andererseits – was wusste Sam schon, vielleicht kannte Kristine ihre Mutter, vielleicht waren ihre Mom und Kristine beste Freundinnen gewesen, hatten zusammen Rommee gespielt und sich Quizshows angesehen, wenn Sam auf der Arbeit war. Alle anderen schienen ein geheimes Leben zu haben. Warum nicht auch sie?

Sam hielt es nicht länger aus. Die Menschen, die mit ihren Häppchen um sie herumstanden. Die hellen Lichter an der

Decke und die Fensterfront mit Blick auf die gepflegte Grünanlage. Die perfekte Künstlichkeit von alledem. Jahrelang hatte Sam inmitten des gedankenlosen Lärms, den alle anderen Menschen auf dieser Insel verursachten, geglaubt, sich einer wirklich guten Sache sicher sein zu können: ihrer Schwester. Aber selbst Elena hatte ihr was vorgemacht.

»Mir reicht's«, sagte Sam. »Bis später.«

Sie bahnte sich einen Weg auf den Ausgang zu, und Elena folgte ihr. Die Seite des Gebäudes, wo Sam und Danny gesessen hatten, war jetzt leer. Sam lief über den Parkplatz. Hinter sich hörte sie Elena rufen.

»Sam. Sam. Sammy.« Elena packte sie am Ellbogen. »Warte.«

Sam drehte sich um. »Lass mich in Ruhe.«

»Ich bin diejenige von uns beiden, die halbwegs normal ist«, sagte Elena. »Du schlägst nur um dich und schreist meine Freundinnen an. Kannst du nicht wenigstens für drei Stunden so tun, als wärst du normal? Ist das wirklich zu viel verlangt?«

»Oh«, sagte Sam. »Oh, ich verstehe. Ich soll also normal und vernünftig sein und so tun als ob. So wie du.«

Elena hatte Sams Arm losgelassen, aber ihre Worte waren messerscharf. »Nimm dich zusammen, bis die Feier für Mom vorbei ist. Versuch es wenigstens.«

»Soll ich mir etwa ein Beispiel an dir nehmen?«, gab Sam zurück. »Elena, das große Vorbild. Sag mir, was ich machen soll. So tun, als wäre alles in Ordnung? Uns so viele Schulden aufhalsen, dass du behauptest, wir werden hier nie wegkommen? Meine eigene Schwester so belügen, dass sich die Balken biegen? Mit Danny, dem verfickten Larsen, ins Bett gehen?«

Noch während Sam das sagte, betete sie darum, dass Elena es abstritt. Dass sie betroffen, ja schockiert wirkte: *Wovon redest du, ich würde nie …* Stattdessen verhärtete sich ihr Ausdruck. Sie wirkte genauso empört wie zuvor, nur noch mehr. Dann stimmte es also. Sie waren ein Paar. Und sie hatte es vor ihr verheimlicht.

»Wie konntest du?«

Im gelben Licht der Sonne war Elena blass wie Kalkstein. Fast so blass wie ihre Mutter, als sie sie fanden. »Wie konnte ich was? Eine einzige Sekunde versuchen, glücklich zu sein, statt mein ganzes Leben Mom und dir zu opfern?«

»Ich habe dich nie gebeten …«

»Nein«, entgegnete Elena. »Es war schlimmer. Ihr habt es erwartet … alle beide. Für immer. Ihr habt gemeint, ich wäre vollkommen, ich würde nie schwach, nie klagen, wäre nur da, um für diese Familie zu sorgen, und hätte keine eigenen Bedürfnisse …«

»Nein, sorry, aber das ist Schwachsinn«, erwiderte Sam. »Du warst diejenige, die darauf bestanden hat, es so zu machen, du hast gesagt, keine Beziehungen.«

Elena schnaubte verächtlich. Es klang hässlich und passte nicht zu ihr. »Als ich in der Highschool war. Als er bei uns wohnte. Das war … Sam, das war etwas, was Jugendliche sagen, wenn sie Angst haben, aber keine Regel, nach der man sein ganzes Leben richtet.«

»Nein.« Damals hatten sie sich jede Menge Regeln gesetzt. Sie hatten gemeinsam eine Übereinkunft getroffen, nach der Sam seitdem jeden Tag ihres Lebens gelebt hatte.

»Wir sind keine Kinder mehr, die sich Geschichten über ihr Leben als Erwachsene ausdenken. Wir sind erwachsen. Ich habe Freunde, ich habe Pflichten, ich habe Sex.«

»Mit Danny Larsen.« Jetzt war es Sam, die verächtlich schnaubte. Aus ihrem Mund klang es natürlicher.

Elena verdrehte die Augen. »Und ich habe dir nichts davon erzählt aus einem Grund: Weil du damit nicht klarkommst.«

»Das stimmt nicht.«

»Ich weiß, dass du Danny noch nie leiden konntest. Du warst immer gemein zu ihm. Schon, als wir noch Kinder waren, hast du ihn vor den Kopf gestoßen oder ihn mit einem überhöflichen, sarkastischen Ton abblitzen lassen, wenn er uns angesprochen hat. Du kannst furchtbar arrogant sein. Aber ich lasse mir von dir nicht vorschreiben, wie und mit wem ich meine Zeit verbringe.«

»Das ist doch absurd«, sagte Sam. »Ich habe nichts gegen Danny.« Ihre Hand auf seinem Bein. Seine sanften Augen, sein gekräuselter Bart. »Und du weißt von Ben und mir und – ich meine, ich erzähle dir alles.«

Elena zuckte die Achseln. »Okay. Ich dir nicht.«

Sie hatte die Schultern ganz leicht wieder hochgezogen. Hinter ihr kamen ein paar Gäste aus dem Club und gingen zu ihren Autos. Ihre Füße wirbelten Staubwolken auf. Leere Golfcarts standen in einer Reihe. Im Licht der Abendsonne traten Elenas Schönheit und ihre Erschöpfung deutlicher hervor als je zuvor. Feine Fältchen zogen sich von den Nasenlöchern zum Mund.

»Du meinst, ich würde dich nicht unterstützen«, sagte Sam. »Ich würde all diese Forderungen stellen. Du liegst falsch. Im Grunde genommen … ist es mir egal, was für vermeintliche Freunde du hast. Du wirst nie jemand finden, nie im Leben, der mehr zu dir steht als ich. Ich habe jahrelang alles dafür getan, dass dein Traum wahr wird.«

Und das war Liebe. Oder? Sie konnten sich streiten oder ihre Zeit mit irgendwelchen Männern verschwenden. Aber worauf es wirklich ankam, war diese Verbundenheit. Ihre

Mutter war gegangen, und jetzt blieben Sam und Elena nur noch diese geschrumpfte Familie und ihre langjährige, kostbare Schwesternschaft.

Doch Elena sah das nicht. Sie sagte nur: »Welcher Traum?«

Sam sagte: »Hier wegzugehen.«

Elena schüttelte den Kopf. Sie schüttelte tatsächlich den Kopf. »Das wird nicht passieren.«

»Verstehe«, sagte Sam, »du hast es mir erklärt, das Haus, die Schulden, wir – ich verstehe. Trotzdem darfst du nicht aufgeben. Ich jedenfalls tu es nicht. Zusammen werden wir es schon irgendwie schaffen, hier wegzukommen.«

»Du hörst nicht zu«, sagte Elena. »Ich sage nicht, dass ich nicht glaube, dass wir es schaffen könnten. Ich sage, dass ich es nicht will.«

Ihre Schwester. Ihr Vorbild. Elena hier auf San Juan Island, für immer. Ihre Schwester, die zusammen mit Kristine Caesar-Salat serviert, den Mindestbetrag für ihre Konten zahlt und sich heimlich zu den Larsens schleicht, um mit Danny rumzumachen, und das war's. Sie hatte Sam auch schon früher gesagt, wie fertig sie war, und sie hatte recht – Sam hatte sie nicht verstanden. Stattdessen hatte sie, bestärkt durch ihren Glauben an das, was kommen würde, über Jahre hinweg durchgehalten, ohne zu ahnen, wie kritisch die Lage war, obwohl ihre Schwester es ihr beschrieben hatte.

Jedes Mal, auch jetzt gerade, hatte es Sam das Herz gebrochen. Doch diesmal traf es sie am heftigsten. Ihre Schwester hatte der Mut verlassen. »Sag das nicht.«

»Warum nicht? Es ist wahr.« Hier auf dem Parkplatz wurde klar, was für eine Frau Elena im Alter sein würde. Dünn, blass, eine ehemalige Schönheit. Ihr Haar würde weißer werden, als das ihrer Mutter je gewesen war. Tag für Tag würde die Insel sie ein Stück mehr kleinkriegen. »Bei Gott, diese Insel ist alles andere als perfekt, aber hier ist etwas, das es nirgendwo anders gibt. Etwas, das ich liebe.«

Du liebst Danny Larsen?, hätte Sam ihr um ein Haar ins Gesicht geschrien. Dann fiel es ihr wie Schuppen von den Augen: nein. Elena redete nicht so einen Schwachsinn, weil sie sich in den Nachbarsjungen verguckt hatte. Es war etwas anderes, das sie so weit getrieben hatte. Etwas viel Seltsameres, Wilderes. Etwas Bestialisches.

Auf dem Heimweg vom Golfclub war Sam gezwungen, in die Fußstapfen ihrer Schwester zu treten und den Weg zu nehmen, den Elena jeden Tag auf dem American Camp Trail hin und zurück lief. Sam war mehr als angeschlagen. Sie ging um den Golfplatz und die Luxusvillen herum und nahm die Abzweigung zur Cattle Point Road. Der Feldweg führte in den Wald hinein. Vor ihr liefen ganze Heerscharen von Ameisen über den Sand. Spinnweben klebten an Gesicht und Armen. Sie musste sie von der Haut reiben. Ihr ganzer Körper juckte.

Unter ihren Sneakern wölbten sich dicke Wurzeln. Elenas Worte hallten in ihrem Kopf nach. Die Trauer der letzten Woche hatte beide Schwestern erschüttert. Was Sam für die schlimmste Zeit in ihrer beider Leben gehalten hatte (das Überleben unter dem brutalen Ex ihrer Mutter und die Diagnose ihrer Mutter) erschien ihr im Vergleich hierzu ein Klacks. Damals hatten sie wenigstens einander gehabt, jetzt war jede auf sich allein gestellt.

Andererseits hatten sie auch schon andere Zeiten der Trennung überstanden. Ja, das hatten sie, auch wenn Sam nicht gern daran zurückdachte. Als Elena in die Mittelstufe kam und sie in der fünften Klasse zurückließ, oder als sie in die Highschool wechselte und Sam in der achten Klasse allein blieb. Als Elena die Highschool abschloss und den Job im Golfclub annahm, während Sam die Tage zählte, die sie noch zur Schule gehen musste. Wieder und wieder hatte Elena ihre Zweisamkeit verlassen – sie wurde zum Tanzen eingeladen, bewarb sich für den National Ocean Science Bowl, erzählte Sam, dass der Golfclub niemanden mehr einstellte –, aber irgendwann war sie immer zu ihr zurückgekehrt.

Gegen Ende der Grundschule hatte Chloe McRary, eine Klassenkameradin, in der Cafeteria mit ihren Fingernägeln geprahlt: neongelb mit feinen grünen Spitzen. Sam war ganz aufgeregt. »Hast du dir die bei Treasures machen lassen? Meine Mom arbeitet da.« Und Chloe, die neben ihren grässlichen kleinen Freundinnen saß, kreischte: »Da arbeitet deine Mom? Wie peinlich ist das denn?«

Sam war bis dahin nicht bewusst gewesen, dass ihr das peinlich sein sollte. Plötzlich kam es ihr vor, als stünde ihr Körper in Flammen. Während des gesamten Schuljahres blieb sie für sich und beobachtete aus der Ferne, wie die anderen Mädchen Cliquen bildeten, tuschelten, bei ihren Freundinnen übernachteten, lachten und sich über Dinge ausließen, von denen Sam keine Ahnung hatte: ihre Eltern, ihre Ferien, ihre Hausangestellten, ihre Haustiere. Ihre fluoreszierenden Fingernägel, die von einer geheimnisvollen Schmach gehärtet waren.

Heute hatte Elena Sam vorgeworfen, dass sie nicht zuhörte, nichts verstand. Sollte das stimmen, dann nicht, weil Sam sich nicht von Anfang an bemüht hätte. Sie hatte Mittagspausen, lange Tage und ganze Abschnitte ihres jungen Lebens am Rand anderer Schülergruppen verbracht und versucht zu begreifen, aber nie verstanden, was diese Kids tatsächlich meinten. Wie peinlich, hatte Chloe gesagt. War es das? Warum? Später hatte Sam Elena danach gefragt. Mit der Autorität einer Zwölfjährigen, die über Elfjährige spricht, hatte sie geantwortet: »Ist doch egal, was die sagen. Die sind nicht wichtig.«

Und so hatte Sam diese Philosophie übernommen. Elena und sie waren wichtig; alle anderen außerhalb ihrer Familie einfach nur lästig. Beim Mittagessen, in den Pausen oder in der Umkleidekabine ging sie ihren Schulkameradinnen aus dem Weg. Sie trat weder einer Sportmannschaft noch dem Chor bei. Als sie in die Mittelstufe kam, legte sie ihren Stundenplan so, dass er so weit wie möglich mit dem von Elena zusammenfiel, damit sie zwischen dem Unterricht gemeinsam durch die Schulflure gehen konnten. Wenn das nicht klappte, blieb Sam allein. Als sie endlich in die Friday Harbor High kam, hatte sie ihren Ruf schon weg: Sie war ein Loser. Arm, schräg und mürrisch. Sie unterhielt sich mit kaum jemandem und war abweisend zu allen, die ihr nah kamen. Sam sendete die Botschaft aus, die sie von ihrer älteren Schwester übernommen hatte: Niemand außer ihnen zählte. Wen kümmerte es also?

Doch Elena verhielt sich anders. In der Highschool fiel Sam auf, dass Elena weder eine Einzelgängerin noch ein Freak war. Sie war mit Kids aus verschiedenen Cliquen befreundet; die Lehrer in Sams und Elenas gemeinsamen Wahlfächern förderten sie; ihr Vertrauenslehrer bot sogar an, ihr ein Empfehlungsschreiben fürs College zu schreiben. Und Elena lächelte, nickte, zuckte die Achseln und ließ sie machen. Blieb immer freundlich in ihrer Geringschätzung. Sie nahm nichts an, spielte aber immer mit. Und alle mochten sie für diese Eigenschaft. Sam beobachtete es und hatte Angst, dass Elena sich insgeheim auch von ihr distanzieren könnte.

Doch das hatte sie nicht getan. Trotz solcher Momente scheinbarer Distanz war Elena präsent, war zu Hause, wusch ab und alberte am Ende des Tages mit Sam herum. Und auch jetzt, in diesem Augenblick, musste Sam sich an die Hoffnung klammern, dass sie zu ihrer Schwesternschaft zurückfinden würde. Freunde, Liebhaber und alle möglichen Verpflichtungen mochten aus Elenas Leben verschwinden, aber Sam nicht. Das brächte sie nicht fertig.

Die Äste warfen Schatten auf den Waldboden. Der Pfad führte abwärts. Irgendwo rechts von Sam zischte ein Auto vorbei. Und dann spürte sie linkerhand eine andere Art von Bewegung. Etwas tappte durch den Wald.

Sie wandte sich um. Der Wald war dicht. Bäume, Büsche, Kiefernnadeln, breite Blätter, der Grenzzaun eines Privatgrundstücks, hauchfeine Spinnennetze und orangefarbene Blüten. Nichts Ungewöhnliches. Hatte sie sich das eingebildet? Nein. Da, wieder.

Eine braune Masse zwischen fernen Baumstämmen.

»Ich hab nichts für dich«, sagte Sam. Der Bär in der Ferne rührte sich nicht. Sie rief lauter: »Verschwinde. Hau ab!«

Zwischen den Bäumen bewegte sich etwas, sah aber nicht so aus, als würde es sich entfernen.

»Na los«, rief Sam. »Mach schon. Zieh ab!« Witterte er Elenas Duft an ihr? Wartete er in der Hoffnung, ihrer Schwester nachstellen zu können? »Sie kommt nicht.«

Das Ding rührte sich nicht.

Sam machte einen Schritt auf den Bären zu. Er musste an die siebzig Meter entfernt sein – was hatte sie vor, wollte sie ihn etwa mit ein paar Schritten einschüchtern? Ihre Füße zerquetschten das Gras. Hoch, zart, lebendig. Sie bückte sich, griff nach einem losen Ast und warf ihn in die Richtung des Bären, doch er ging im Unterholz nieder.

»Hau ab! Mach dich davon. Verschwinde.«

Er blieb. Er wartete da, vor ihrer Nase, geduldig wie ein Bräutigam vor dem Altar. Da überwältigte sie die Wut.

Ein Bretterzaun trennte sie von dem Streifen Grün, den das Tier besetzt hatte. Sie stieg auf die unterste Querlatte. Der Schweiß lief ihr über den Rücken. Sie zitterte. Bei allen früheren Begegnungen mit diesem Tier war sie von Angst erfüllt gewesen, aber jetzt empfand sie nur noch Wut. In einem faireren Universum wäre das Ding hier nie aufgetaucht, in dieser Welt hingegen war alles schrecklich: Ihre Mutter war mit nur einundfünfzig Jahren allein an einem Herzanfall gestorben, die Schwestern saßen hier fest, was Elena gefiel, und dieser Bär stellte ihnen Tag für Tag nach, als fände er Vergnügen an ihrer Situation. Waren sie Unterhaltung oder Beute für ihn? Die Holzlatte bohrte sich in ihre Schuhsohlen, als Sam ihn anschrie: »Lass uns in Ruhe!« Ihr Hals schmerzte, so sehr musste sie sich anstrengen. »Verschwinde! Du nimmst sie mir nicht weg!«

Tief im Wald zog das Ding sich zurück.

Sam schwankte auf dem Zaun. Sie musste sich vorbeugen und am oberen Brett festhalten, um das Gleichgewicht nicht zu verlieren. Sie zitterte noch immer. All die Jahre hatte sie getan, was ihre Schwester für richtig hielt. Sie war sogar in den Wald gegangen, um dem Bären zu begegnen, weil Elena sie dazu ermuntert hatte. Aber diesmal lag sie falsch. Das war offensichtlich. Es war falsch von ihr gewesen, Sam heute dermaßen zu verletzen; es war falsch gewesen, diese Gedenkfeier zu veranstalten, falsch, jahrelang Geheimnisse vor Sam zu haben, die jetzt einen Keil zwischen sie trieben, falsch, die Vision eines besseren Lebens zu entwerfen und sie dann einfach aufzugeben. Elena war irgendwo vom Weg abgekommen. Sie hatte den Verstand verloren. Sie liebte einen Grizzly. Sam dagegen hielt an ihrem Ziel fest. Von dem Zaun, auf dem sie stand, konnte sie die grasbewachsene Stelle, an der das Tier gestanden hatte, und die Schwächen ihrer Schwester deutlich erkennen. Und endlich auch, was sie tun musste.

Als Elena nach der Highschool die Vollzeitstelle im Golfclub annahm, hatte Sam furchtbare Angst gehabt, ihre

Schwester könne sich von der Familie abnabeln. Damals kam Elena nach Hause und erzählte von ihren Arbeitskollegen. Sie schien sich auf eine Art und Weise gut mit ihnen zu verstehen, wie sie es mit den Kids, mit denen sie aufgewachsen waren, nie ganz getan hatte. Sie zog aus ihrem gemeinsamen Zimmer ins Wohnzimmer und verbrachte mehr Zeit am Handy. Während Sams Leben durch den Stundenplan der Highschool bestimmt war, dehnten sich Elenas Möglichkeiten immer weiter aus, und Sam befürchtete, dass es bald so viele sein würden, dass eine Schwester kaum noch zählte. Deshalb war sie eines Tages nach Schulschluss zum Parkplatz des Golfclubs gegangen und hatte sich auf die Motorhaube ihres Wagens gesetzt. Dort machte sie Hausaufgaben, während sie auf Elena wartete. Es dauerte Stunden. Schließlich tauchte Elena in der Tür des Restaurants auf. Sie war in Begleitung von zwei anderen Kellnerinnen. Als sie Sam entdeckte, sah sie auf und grinste.

An diesem Tag waren sie zusammen ins Auto eingestiegen. Elena setzte sich ans Steuer. Sie roch nach Bratfett, Alkohol und Zucker. Ihre Augen strahlten. »Mir war langweilig, und da dachte ich, ich komme dich besuchen«, sagte Sam.

»Wie lieb von dir«, sagte Elena. Sie winkte einer der Kolleginnen durchs Fenster zu und schnallte sich an.

»Macht die Arbeit hier Spaß?«

»Ja, die Leute sind cool.«

»Sollte ich auch hier arbeiten? Wenn ich mit der Schule fertig bin?«

Elena setzte aus der Parklücke. »Wenn du Lust hast«, sagte sie leichthin.

Sam registrierte, wie ihre Schwester über die ungepflasterte Zufahrtsstraße des Golfclubs manövrierte, als hätte sie nie etwas anderes getan. »Ich bin einfach am Drüber-Nachdenken, wie's nach der Schule weitergeht. Was sollen wir machen?«

»Du hast doch noch Zeit. Mach dir keinen Stress.«

»Aber ich mein's ernst«, sagte Sam. Elena warf ihr einen kurzen Blick zu und sah dann wieder auf die Straße. Sam spürte ein leichtes Zittern in der Kehle. Sie hatte den ganzen Tag allein in verschiedenen Klassenzimmern gesessen, umgeben von Menschen, mit denen sie nichts gemein hatte, in einer Routine gefangen, die sie mittlerweile verabscheute. Wenn sie schon nicht zurück in die Zeit konnte, als ihre Mutter noch gesund war und die Schwestern die Tage damit verbrachten, über die Insel zu streifen und ihre Geheimnisse zu ergründen, dann wollte sie wenigstens ein Ziel vor Augen haben, das genauso gut war. Oder besser. »Ich will nicht, dass wir uns trennen«, sagte sie. Bei diesen Worten brach ihr die Stimme. Elena hatte es mitgekriegt, das war klar. »Was werden wir machen?«

Das war der Abend gewesen, an dem Sam vor dem Schlafengehen bei ihrer Schwester auf der Couch gesessen hatte und Elena den neuen visionären Plan entwickelte: eine Zeitlang arbeiten, ihre Mutter pflegen, später das Haus verkaufen und sich irgendwo anders niederlassen, wo sie für sich sein könnten. Sam wusste, dass Elena sich das ausgedacht hatte, um sie zu beruhigen. Doch das hieß nicht, dass es nicht wahr war.

Elena war zu Sam zurückgekehrt, zu dem, was sie verband, weil Sam es von ihr verlangt hatte. Genau das würde sie jetzt wieder tun. Trauer, Geld und dieses gottverdammte Tier hatten ihre Schwester von ihr weggezerrt, doch dem würde Sam jetzt ein Ende machen. Elena hatte zugegeben, auch andere Dinge zu lieben, aber letztendlich musste ihre Schwester ihr am meisten bedeuten.

Sam würde sie ein letztes Mal eines Besseren belehren müssen. Einen Schlussstrich unter Elenas Ablenkungen ziehen – Tod, Schulden, Danny Larsen. Bär. Elena hatte gesagt, er sei das Beste, was ihr jemals passiert war, doch wenn er erst einmal verschwunden war, würde Elena erkennen, dass das Beste noch vor ihr lag. Sie würde zu Sam zurückkehren.

Am nächsten Tag fragte der Manager, ob Sam eine Doppelschicht einlegen könnte. Sie sagte sofort zu. Sie brauchte das, was eine Vierzehnstundenschicht versprach: sowohl das Geld als auch die Zeit. Vor Sonnenaufgang war es ruhig auf dem Passagierdeck. Sie konnte sich konzentrieren. Sie saß auf einem im Boden festgeschraubten Plastikstuhl im leeren Bistro und tippte in ihr Handy. Die Schiffsmotoren vibrierten unter den Schuhen.

Ben glitt auf den Stuhl ihr gegenüber. »Hey.«

Sam blickte von ihrem Display auf, wo sie gerade die Nachricht überflog, die sie Madeline geschrieben hatte. *Hi, ich wollte Ihnen nur mitteilen, dass meine Schwester den Bär füttert und er ihr auf dem Weg zur Arbeit und zurück folgt. Wie Sie bestimmt wissen, hat er auch schon Haustiere getötet. Das ist ein großes Problem. Sein Verhalten eskaliert und er ist gefährlich und Sie sollten so schnell wie möglich was dagegen unternehmen.*

Ben hatte dunkle Ringe unter den Augen. »Hast du letzte Nacht gearbeitet?«, fragte sie. Er nickte. »Und wann hast du das letzte Mal geschlafen?«

Er blinzelte ihr müde zu und lächelte. »Gegen eins bin ich mal kurz eingenickt. So fürsorglich heute?«

Sie wandte sich wieder dem Handy zu und drückte auf Senden. Die E-Mail verschwand. Jetzt würde der Wind sie über den Channel zu Madeline tragen. »So bin ich eben.«

Die Fähre dröhnte. Der Lärm, den sie machte, füllte die Leere zwischen ihnen, machte sie vertraut und erträglich. Sie hatte nichts gegen Bens Gegenwart, solange er den Mund hielt. Sie konnte ihn über dem Geruch nach Kaffeesatz und

Mikrowelle riechen. Deo, Waschmittel und Rasierwasser. Köstlicher alter Zigarettenrauch. Die elementare Anziehungskraft eines vertrauten Körpers.

Aber natürlich musste er wieder alles kaputt machen. »Wie geht's?«, wollte er wissen. »Wie war die Feier?«

»Bestens. Zum Totlachen.«

Ben pfiff leise durch die Zähne. Was wollte er denn hören? Dass Sam geweint, den Ex ihrer Mutter gesehen, aufdringlich Dannys Bein berührt und mit Elena den schlimmsten Streit ihres Lebens gehabt hatte? Dass sie am Ende des Tages einen Grizzly angebrüllt und sich geschworen hatte, ihn zu erledigen, bevor er sie und ihre Schwester erledigte?

Wenn auf dem Passagierdeck nicht viel los war und er gerade nichts zu tun hatte, saßen Ben und sie manchmal hier oben und spielten Geheimnisse teilen. Er hatte ihr erzählt, wie er mit ein paar Kumpels durch sein Viertel gezogen war, Sachen zertrümmert und Wände besprayt hatte. Und sie hatte ihm von ihren schönsten Erinnerungen an San Juan erzählt: den Stränden, den Farmen, den Wäldern, ihren Streifzügen. Wie es war, in dem Glauben aufzuwachsen, die ganze Welt sei eine Insel und Elena und sie die Herrscherinnen, die mit Salzwasser verkrusteten Königinnen.

Doch jetzt hatte sie ihm nichts mehr zu sagen. Sie durfte nicht mehr zurückblicken. Sam musste allein sein, sich ausschließlich auf die Zukunft konzentrieren. Wie sie zu retten war.

»Ich glaube, ich höre nach der Saison auf«, sagte Ben.

Sam blickte von ihrem Display auf. »Echt?«

Er zuckte die Achseln. Mit den Ringen unter den Augen sah er weniger jugendlich, erwachsener aus. Sam spürte einen kleinen Stich im Magen. Ben war lustig – und attraktiv –, Ben mit seinen Handschuhen, seiner Mütze und der gelben

Weste, wie er an Deck die Taue schleppte oder Sam auf seinen Schoß zog.

»Ich weiß nicht«, sagte er. »Irgendwie habe ich das Gefühl, ich sollte weiterziehen.«

»Das kenne ich«, sagte Sam.

»Vielleicht geh ich zurück nach Oregon. Ich kenne da jemanden, der auf einer Hanfplantage arbeitet, und er sagt, die Bezahlung ist irre.«

Das alles würde er sehen und sie nicht. »Cool«, sagte sie.

Bens Körper hatte sich der Wölbung des Stuhls angepasst. Er hatte die Beine gespreizt, die Stiefel ruhten flach auf dem Boden. Die Fensterscheiben um sie herum vibrierten in den Rahmen. »Willst du mit?«

Obwohl es um diese Zeit ruhig an Bord war, musste Sam sich verhört haben. »Was?«

»Ob du mitkommen willst? Im Herbst.«

Wollte sie nicht. »Ich …«

»Du meinst immer, dass du hier wegwillst«, sagte Ben. »Ich weiß schon, wegen deiner Mom und allem ging das nicht. Aber jetzt … haben sich die Dinge vielleicht geändert.«

Sie wusste nicht, was sie sagen sollte.

Er sprach weiter. »Ich mag dich. Wir kommen gut miteinander klar. Oder? Da unten gibt's Arbeit, und ich weiß, wo wir unterkommen können. Vielleicht hast du ja nur auf so eine Gelegenheit gewartet.«

»Das geht nicht. Nein.«

Sein Ausdruck änderte sich. Das Jungenhafte kam wieder zum Vorschein. Sie hatte Ben als Kind nicht gekannt, aber so könnte er ausgesehen haben – so verletzlich. »Okay.«

»Es ist sehr …« Sie stammelte, versuchte, die richtigen Worte zu finden. Er hatte sie überrumpelt. Was gäbe sie jetzt für eine lange nervige Unterbrechung durch eine europäische Touristenfamilie, die nach Lavendel und Weinen aus biologischem Anbau fragte. »Das ist echt nett von dir, Ben, aber ich bin nicht … Wir kennen uns doch erst ein paar Monate.«

Ben richtete sich auf und löste sich aus der Form des Stuhls. »Das ist mir klar. Okay? Ich mach dir ja keinen Heiratsantrag. Ich meine nur … es gibt noch mehr auf der Welt als das hier. Dir gefällt es hier nicht? Dann musst du nicht weiter hier hocken und alles hassen. Du kannst was dagegen machen. Kannst neue Menschen kennenlernen. Hin und wieder deine Meinung ändern. Dinge ausprobieren. Und auch wenn du es für Quatsch hältst, dass ich dich mag, es stimmt trotzdem. Wenn du also mit mir zusammen was Neues ausprobieren willst, bin ich dabei.«

Erneut spürte Sam einen Stich. Im Magen. In der Brust. In ihrem Innern meldete sich etwas Winziges, Eifriges: warum nicht? Sie könnten einfach in Anacortes zusammen von Bord gehen. Um die Zeit ging die Sonne auf. Die ganze Pazifikküste läge vor ihr, grüne Bäume, von der Sonne überflutet. So wie Ben es sagte, klang es ganz einfach. Sie könnte es tun, genau wie er gesagt hatte. Sie könnte etwas verändern.

Doch es war nur ein kurzer Stich. Als sie den Blick von seinem Körper nahm, verschwand das Gefühl. Ben stand auf. Sie wandte sich ab. Ein Kunde kam auf die Kasse zu, und dann stand auch sie auf, um ihn zu bedienen. Als sie seine Bestellung abkassiert hatte, einen Apfel und ein Stück Kuchen, war Ben verschwunden.

Langsam wurde es hell. Sam checkte unter dem Tresen ihre Mails. Sie hatte erwartet, dass es Stunden dauern würde, bis Madeline ihre Nachricht überhaupt las, doch dann summte das Handy in ihrer Hand, und da war zu ihrem Schrecken die Antwort. Sie holte tief Luft und öffnete sie.

Hi, Sam, schrieb Madeline. Was führte sie im Schild? *Danke für Ihre Aufrichtigkeit. Ich kann Ihnen nicht sagen, wie sehr ich sie zu schätzen weiß.* Sam konnte gar nicht schnell genug lesen.

Ich verstehe Ihre Sorgen sehr gut. Wir werden weiterhin seine Bewegungen verfolgen, ihn chippen und umsiedeln.

Aber ehrlich gesagt ist Ihre Schwester das eigentliche Problem. Eine Umsiedlung wird nichts an seinem Verhalten ändern, wenn er einmal gelernt hat, dass Menschen seine beste Nahrungsquelle sind. Umgesiedelte Bären kehren fast immer zurück. Er wird zurückkommen, zum Problembären erklärt und getötet werden.

Die einzige wirkliche Lösung besteht darin, dass Ihre Schwester ihr Verhalten ändert. Was sie tut, ist nicht nur unklug, sondern verstößt auch gegen das Gesetz. Aber selbst, wenn ich es dem Büro des Sheriffs melde – die Höchststrafe wären neunzig Tage Gefängnis –, glaube ich nicht, dass die Angelegenheit damit erledigt wäre. Unserer Erfahrung nach ist es wirksamer, mit den Leuten zusammenzuarbeiten, statt gegen sie.

Ich würde mich in dieser Angelegenheit sehr gern mit Ihnen verbünden, Sam. Schließlich sind Sie der Mensch, der Elena am nächsten steht.

Wären Sie und Ihre Schwester bereit, uns in unserem Büro in Mill Creek zu besuchen? Wir könnten Sie hier unterbringen, während wir die weiteren Schritte besprechen. Wir würden auch für Ihre Reisekosten aufkommen. Ich könnte mir vorstellen, dass Ihnen beiden ein wenig Abstand von zu Hause guttun würde. Und Sie und ich könnten zusammen versuchen, Ihrer Schwester zu helfen. Das wäre ideal, denke ich. Wir könnten ein Leben retten.

Sam saß mit offenem Mund da. Ihre Zunge war trocken. Sie schluckte und dachte: Niemals, auf gar keinen Fall. Sam hatte Madeline geschrieben, damit ihr Team den Bären von der Insel vertrieb. Damit sie mit Hunden und Tags und Betäubungspfeilen kamen und dieses Ungeheuer verjagten, so wie Jahre zuvor die Behörden den Mann aus Sams und Elenas Haus verjagt hatten. Danach wären Sam und Elena wieder auf sich allein gestellt, um das Chaos zu beseitigen, aber das war in Ordnung, sie hatten es schon einmal geschafft, sie konnten sich auch jetzt wieder neu sortieren. Sam wusste es. Aber das? Das war unvorstellbar.

Ihre Zukunft hätte Seattle, Sol Duc, das weite Kalifornien, Skilaufen, Dates und Leichtigkeit bedeuten sollen. Nicht *Mill Creek*. Und ganz sicher nicht mit Madeline. Gefängnis, hatte sie gesagt. War sie verrückt? Was hatte Sam sich bloß dabei gedacht, ihr zu schreiben? Sie erlaubte sich nicht einmal den kleinen Stich in der Brust, den sie bei Bens Vorschlag gespürt hatte (denn was, wenn Madeline sie hier rausholen, Sam den Weg zeigen und Elena zur Vernunft bringen, wenn sie tatsächlich helfen konnte …?). Nein, nein. Stattdessen hatte sie innerhalb von Sekunden ihre Antwort formuliert: *Das Problem ist nicht meine Schwester. Es sind Menschen wie Sie. Lassen Sie uns in Frieden.*

Gesendet. Die Sonne war gerade erst aufgegangen, und schon hatte Sam die Nase voll von all dem Schwachsinn. Um sich zu beruhigen, wandte sie sich einer offenen Umfrage zu. Es waren kaum Kunden da, sie könnte sie in wenigen Minuten schaffen. Reflexartig tippte sie sich durch die Fragen zu ihrem Konsum von Snacks und ihrem wöchentlichen Budget für Lebensmittel. Bald würde sie all das hinter sich haben. Die Zukunft wartete. Auf San Juan blieb Sam keine andere Möglichkeit mehr, als sich und ihre Schwester zu befreien.

Die glühend heiße Sonne war bereits untergegangen, als Sam von der Arbeit nach Hause kam. Die offenen Fenster des Hauses waren fast alle dunkel, nur aus dem Wohnzimmer drang ein schwacher Schein. Wahrscheinlich hatte Elena schon abgewaschen. Sam knallte die Autotür zu, und das Echo erhob sich in die Bäume. Eine Fledermaus flatterte über ihren Kopf.

Madeline hatte am späteren Vormittag geantwortet. Die Nachricht war genauso knapp wie die von Sam: *Eine Intervention bei Elena ist Ihr bester und einziger Ausweg.* Die Bärenexpertin. Bitte. Was wusste diese Frau schon über sie?

Sam schloss die Haustür auf. Noch ehe sie die Schuhe ausgezogen hatte, hörte sie Elena von der Couch rufen: »Ganz schön spät heute.«

Sam streifte den zweiten Schuh von der Ferse. »Nicht so spät. Bloß ein langer Tag.«

»Komm und setz dich zu mir«, sagte ihre Schwester.

Das Haus war in diesen Tagen so still ohne das Surren des Sauerstoffkonzentrators. Die Holzdielen knarzten unter ihren Füßen, als sie ins Wohnzimmer ging. Die Wände ächzten. Sam ließ sich neben ihrer Schwester auf die Couch fallen. Elena hatte ein Kissen auf dem Schoß und sah dünn, erschöpft und majestätisch aus. Das Haar hatte sie sich nach dem Duschen hochgesteckt.

»Du musst ja eine Menge zu tun gehabt haben«, sagte Elena.

»Eigentlich nicht. So wie immer.« Sams Beine schmerzten. Egal wie oft sie auf der Fähre eine Pause machte, um sich hinzusetzen, nach einer Doppelschicht fühlte sich ihr Körper zerschlagen an, das Rückgrat knirschte, und in den Füßen spürte sie jeden Knochen einzeln. Sie wechselte die Stellung auf dem Kissen. Auch das Steißbein tat weh. Wenn man sie morgen fragte, ob sie eine weitere Doppelschicht machen wollte, würde sie ablehnen, sagte sie sich, und dann dachte sie, vielleicht auch nicht, das Geld käme ihnen bestimmt gelegen …

»Das glaube ich nicht«, erwiderte Elena. »Ich hatte einen sehr interessanten Tag. Deinetwegen.«

Diese Angst. O Gott, sie katapultierte Sam geradewegs in ihre Kindheit zurück. Ihre Mutter arbeitete, sie war nicht immer da, und wenn doch, hatte sie nicht die Kraft, sie zu disziplinieren, diese Verantwortung hatte Elena ihr abgenommen. Die Ermahnungen: Sei vorsichtig, hatte sie gesagt, nimm dich in Acht, was machst du denn, hab ich dich nicht gewarnt? Als Sam sich einen Kieselstein ins Nasenloch gesteckt oder im ersten Schuljahr eine Klassenkameradin auf dem Schulhof in den Arm gebissen hatte, war Elena dazwischengegangen. *Sammy, was hab ich dir gesagt* … Der Tonfall der älteren Schwester, der Zuneigung und Fürsorge signalisierte, aber auch tiefe Enttäuschung und Ermüdung, die aus ihrer Überlegenheit herrührten. Selbst jetzt, als erwachsene Frau, fuhr Sam bei diesem Tonfall zusammen.

Es gab genügend Gründe, sie zu tadeln. Hatte sie bei der Gedenkfeier etwas falsch gemacht? War es, weil sie versucht hatte, Danny zu berühren, oder Kristine beleidigt hatte? Weil sie den Bären angebrüllt hatte? Oder hatte Elena vielleicht die Nachrichten auf ihrem Handy gelesen? Hastig durchforstete Sam ihr Gewissen, fand aber nichts Offensichtliches, wofür sie sich hätte entschuldigen sollen. »Was ist denn passiert?«, fragte sie.

Elena verzog den Mund. Nur die Lampe auf dem Beistelltisch brannte und betonte ihre Gesichtszüge stärker als sonst. Die Augen waren tief in den Höhlen versunken. »Wir hatten heute Nachmittag Besuch vom Büro des Sheriffs.«

Sam wurde ganz anders. »Wir hatten was?«

»Ein Typ vom Büro des Sheriffs war hier«, sagte Elena. »Er hat gesagt, dass es gegen das Gesetz ist, Wildtiere zu füttern, und mir ein Bußgeld über fünfhundert Dollar verpasst.«

Fünfhundert Dollar. Sams heutiger Verdienst: weg, einfach so – vierzehn abrechenbare Stunden, die ohnehin nur dreihundertdreißig Dollar ergaben, vor Abzug der Steuern –, also wäre auch alles, was Elena heute im Club verdient hatte, verloren. Alles weg. Ganz zu schweigen von der Hypothek. Die war schon seit einer Ewigkeit fällig.

»Ich frage mich nur, wie er darauf kommt, dass ich Tiere füttere«, sagte Elena.

Die Angst. Die Schuldgefühle. Das Entsetzen. »Gestern im Club war diese Frau da, Madeline, und sie hat gesagt, sie glaubt, dass wir den Bär anlocken, deshalb habe ich ihr heute eine E-Mail geschickt und gesagt, dass …«

Elena schüttelte den Kopf. Sie hatte immer die Stelle ihrer Mutter eingenommen, aber jetzt war es unübersehbar: Sie war die Herrin im Haus. Im August würde sie dreißig; sie blieb auf, wenn Sam spät nach Hause kam; sie verhängte Strafen. Egal wie verzweifelt Sam versuchte, die Geschehnisse zu beeinflussen – das Sagen hatte Elena.

»El, ich versuche, dir zu helfen, uns beiden zu helfen. Es tut mir leid. Ich versuche nur, dieses Ding wieder loszuwerden.«

»Er will aber nicht weg. Und ich auch nicht. Du schon. Also geh, Sam.«

Dies von ihrer Schwester zu hören, schockierte sie mehr als die Vorstellung des Sheriffs vor der Tür. »Was?«

»Du sollst gehen«, sagte Elena. »Zieh aus. Es ist sowieso längst überfällig. Du wolltest die ganze Zeit hier weg, also geh endlich. Hör auf, dich in mein Leben einzumischen. Geh und bau dir dein eigenes auf.«

Wieder allein in ihrem Zimmer machte sich Sam an die Arbeit. Es gab nichts, was sie besser konnte. Im Lauf der Jahre hatte sie die Fähigkeit perfektioniert, sich unangenehmen Aufgaben zu stellen. Vor einem Monat war dieser Bär an der Tür aufgetaucht und hatte alles zerstört, aber Sam würde nicht zulassen, dass sein Einfluss auch nur eine Minute länger andauerte. War der Bär erst einmal verschwunden, würden die Schwestern in ihrer tiefen Verbundenheit und ihrer gemeinsamen Trauer wieder zusammenfinden. Sam hatte Mist gebaut, es falsch angepackt und möglicherweise sogar Elenas Vertrauen verloren, aber Elena selbst würde sie nicht verlieren. Sie würde nicht tatenlos zusehen, wie ein Tier ihr die Schwester wegnahm.

Zuerst mailte sie Madeline Pettit, sie solle sich zum Teufel scheren. Zumindest an dieser Front hatte Elena von Anfang an recht gehabt: Kein Außenstehender würde ihnen jemals helfen können. Madeline Pettit einzubinden war ein Fehler gewesen. Sam hatte ihre Lektion gelernt.

Dann schickte sie eine Nachricht an Danny, obwohl es schon spät war, Sonntagabend und peinlich obendrein. Egal. Wenn er ihre Schwester wirklich so mochte, dann konnte er es jetzt beweisen und die Nachricht aushalten. Sams Eingeweide fühlten sich an, als wären sie von kühlem Metall umhüllt. Ihre Wut hatte sich von Feuer in etwas Kaltes und Hartes verwandelt. Sie war sich absolut sicher. Sie würde Elena nicht aufgeben, auch wenn ihre Schwester gewillt war, Sam aufzugeben.

Das Handy vibrierte in ihrer Hand. Hastig tippte sie eine Antwort: Er habe ihr einmal angeboten, ihnen seinen Hund auszuleihen, und jetzt bräuchte sie den Hund und sein Gewehr, bitte. Diesmal dauerte seine Reaktion länger, als ihr lieb war. Und während er sich nebenan Zeit ließ, recherchierte sie im Netz, wie man Bären verscheuchte. Laute Geräusche. Plötzliche Bewegungen. Auf einer Webseite riet man zu einem mit Erdnussbutter bestrichenen und mit Bleiche gefüllten Luftballon. Das hörte sich gut an, fand sie, und dann antwortete Danny, er habe von Elena erfahren, dass die Sache mit dem Bären zu Komplikationen mit dem Sheriff geführt hatte, und da wolle er sich nicht einmischen. Feigling. Blödmann.

Sam presste das Handy gegen die Stirn und überlegte. Dann hämmerte sie mit beiden Daumen ihren Einspruch in die Tastatur. Ob er diesen Bären gesehen hatte? Nein? Sam hatte ihn gesehen. Er hatte sich Elena genähert – er war aggressiv. Hatte Elena ihm das erzählt? Die Biologen hatten Elena davor gewarnt, ihn anzulocken, weil das sein Verhalten noch unberechenbarer machen könnte, aber sie hatte sich nicht davon abbringen lassen, und deshalb hatte der Sheriff eingegriffen. Wusste er das? Er wusste es nicht. *Danny,* schrieb Sam, *du hast gesagt, ich soll ihr vertrauen, und das tu ich, hab ich immer getan, aber das hier ist was anderes. Es ist gefährlich. Wenn Elena dir wirklich was bedeutet, müssen wir sie von diesem Tier fernhalten. Müssen den Bär verjagen, bevor was Schreckliches passiert.*

Der Danny, mit dem sie aufgewachsen waren, hätte all dies zugunsten einer Party oder seines Fußballtrainings ignoriert. Aber der andere Danny, der ihre Hausverkleidung repariert hatte – nun ja. Sam wartete. Sie erwartete eine Antwort von diesem netten, vertrauenswürdigen, bärtigen Mann, mit dem sie schweigend zusammengesessen hatte. Stattdessen erhielt sie eine von dem Menschen, von dem sie vermutet hatte, dass er sich zwischen den beiden grundverschiedenen Versionen versteckte, die er der Welt preisgab, und mit dem sie noch nie gesprochen hatte. Hier kam der echte Danny zum Vorschein. Eifersüchtig. Fähig, jemandem zu schaden. *Nein, wusste ich nicht,* schrieb er. *Aber um ehrlich zu sein, bin ich nicht besonders überrascht. Ich weiß, dass sie Dinge vor mir verheimlicht/verheimlicht hat. In letzter Zeit hat sie sich immer mehr zurückgezogen. Ich hab's gemerkt. Ja, du hast recht, Sam.* Sie las die Nachricht, sie war kalt und klar. Irgendwie war seine Bestätigung tröstlich: Menschen, die das, was Sam sagte, verstanden, konnten nur aus dieser einen Ecke kommen. *El braucht uns, auch wenn sie es nicht zugeben kann,* schrieb er. *Es ist verrückt, wie sie mit dieser Sache umgeht. Höchste Zeit, dass jemand das beendet.*

Einen Tag später, als Elena bei der Arbeit war, machten sie sich auf den Weg. Danny und sie. Sam hatte Frühschicht auf der Fähre gehabt und war um die Mittagszeit wieder zu Hause. Er traf sie auf der Straße mit seinem Hund an der Seite und einer Pistole im Halfter. Sam runzelte die Stirn. »Ich dachte, du hättest ein richtiges Gewehr oder so was.«

»Es ist keine Jagdsaison«, sagte er. »In Washington darf man zwar Waffen tragen, aber wenn ich mitten im Juni mit einem Gewehr durch die Straßen von Friday Harbor laufe, würde garantiert jemand aus dem Büro des Sheriffs auftauchen.«

Der Hund beschnüffelte die Straße zu Dannys Füßen. Die Pistole in Dannys Halfter wirkte stabil und vielversprechend. »Darf ich sie mal halten?«, fragte Sam.

Er verzog das Gesicht. »Hast du schon mal eine Waffe in der Hand gehabt?« Sie schüttelte den Kopf. »Nicht jetzt«, sagte er. »Später vielleicht.«

Sie hatten Zeit. Sie würden so lange warten wie nötig. Seite an Seite gingen sie bis zum Ende der Straße, überquerten die Cattle Point Road und kletterten hoch zu dem Pfad. Der Hund lief fröhlich hechelnd neben ihnen her. Danny bückte sich, um ihn zu streicheln, und fragte Sam, warum sie ein Jagdgewehr erwartet hatte. Sie seien doch nicht auf der Jagd, oder? Er war mitgekommen, aber er war unsicher, und wählte seine Worte genauso bedächtig wie am Abend zuvor, als er seine Antworten so lange hinausgezögert hatte. Bevor er seine Angst, Elena zu verlieren, hatte durchscheinen lassen. Doch diese Angst war immer noch da. Der wahrste und gierigste Teil von ihm. Den sprach sie an. Nein, sagte sie, sie waren nicht auf der Jagd. Sie wollten den Bären nur einschüchtern. Sie wollten etwas verjagen, was zuerst versucht hatte, ihnen Angst zu machen.

Im Schatten der Bäume war die Luft kühler. Die Hitze des Wochenendes war endlich gebrochen. Der Hund pinkelte auf ein paar Wurzeln, die aus dem Boden ragten. Sie gingen langsam nordwärts, in Richtung Golfclub, ohne miteinander zu sprechen. Sam konzentrierte sich auf mögliche Bewegungen im tieferen Wald.

»Glaubst du wirklich, dass wir ihn zu sehen kriegen?«, fragte Danny.

Sein Gerede war nicht gerade hilfreich. Trotzdem. »Ja.« Der Hund war auf dem Pfad vorausgelaufen, kam aber jetzt, als er ihre Stimmen hörte, ausgelassen grinsend zurück. Ein Auto fuhr an ihnen vorbei. »Wir hätten Essen mitbringen sollen, um ihn anzulocken. So wie Elena«, sagte Sam.

Er seufzte.

Als sie die Logistik austüftelten, hatte Sam überlegt, ob sie ihn bitten könnte, einen Köder am Halsband des Hundes anzubringen. Aber dann hatte sie die Idee wieder verworfen. Das Letzte, was Elena und sie jetzt brauchen konnten, war, dass die Larsens sie wegen Gefährdung ihres Köters anzeigten. Seine Mutter schien leicht hysterisch zu sein. Anschließend hatte sie es auch nicht mehr für nötig gehalten, ihm all die Pläne zu erklären, die sie geschmiedet und wieder verworfen hatte, die vielen Optionen, die sie durchgegangen war, ehe sie dann bei dem gelandet war, was sie an diesem Nachmittag vorhatten. Die beste Methode, den Bären zu finden, war Elenas Beispiel zu folgen. Den Pfad entlangzugehen. Die Augen offen zu halten, abzuwarten und bereit zu sein, den Bären, wenn er dann auftauchte, derart zu erschrecken, dass er sich nie wieder blicken ließ.

Sie kamen zu dem Waldstück, wo Elena Sam das Tier gezeigt hatte. Der Pfad schlängelte sich nun abwärts. Die Bäume standen dicht beieinander. Als Elena Sam hierhergeschleppt hatte, war der Boden schlammig gewesen, doch die Hitze der letzten Tage hatte ihn getrocknet. War das wirklich erst zwei Wochen her? Oder noch weniger? Unmöglich. Es war in einem anderen Leben gewesen, als ihre Mutter noch bei ihnen war, Sam nichts von den Geheimnissen ihrer Schwester wusste und keine von beiden sich die kommenden Differenzen hatte vorstellen können.

»Gehen wir tiefer rein«, sagte Sam.

Danny zögerte. »Das ist bestimmt ein Privatgrundstück.«

»Na und?« Sam verließ den Pfad, stieg über einen Baumstamm und ging weiter. Die Äste bildeten ein Spalier über ihrem Kopf. Er folgte ihr nicht. So sehr es ihr gegen den Strich ging, sie brauchte ihn an ihrer Seite. Wollte er ihrer Schwester nun helfen oder nicht? »Elena hat mich hierhergebracht, um mir den Bär zu zeigen«, erklärte sie ihm.

Er folgte ihr. Der Hund ebenfalls.

Die Luft zwischen den Bäumen bewegte sich leicht wie ein Hauch. Die meisten Stämme hier waren gerade und grau, Eichen, Hemlocktannen und Kiefern, aber vor ihnen stand ein knorriger Erdbeerbaum. Seine Rinde schälte sich bereits und offenbarte das blanke orangefarbene Innere. Die Büsche hingen voller Beeren. Der Hund schnüffelte am Boden, ließ sich fallen und wälzte sich in der Erde. Sam konnte den Gestank des Bären nicht ausmachen. Nur den frischen sommerlichen Duft erhitzter Tannennadeln, das Aroma des Landesinneren, eine Mischung von Erde, Moos und Salz aus den wechselnden Gezeiten in der Ferne.

Sam setzte sich auf einen glatten Felsen. Danny blieb vor ihr stehen und blinzelte zum Himmel auf. Er fühlte sich neben ihr nicht mehr so wohl wie vor einer Woche. Sie erkannte es an seiner Körperhaltung. Er war nicht sicher, wie nah sie einander sein sollten.

»Du kannst dich ruhig setzen, wenn du willst«, sagte sie. »Es kann eine Weile dauern.«

Er überlegte, dann setzte er sich langsam auf die Erde. Er war größer als die meisten anderen Männer, die Sam kannte. Unwillkürlich flackerte vor ihrem geistigen Auge ein Bild von Elena und ihm auf, von seinen breiten Händen auf ihrem blassen Rücken, und Sam musste es schnell wieder aus dem Kopf vertreiben. Widerlich. Was war das zwischen ihnen, diese Nicht-Beziehung, die so lange im Verborgenen geblieben war? Es ergab keinen Sinn. Aber es war etwas Beständiges, vermutete Sam. Egal, welche Verzweiflung Elena dazu getrieben haben mochte, einen Bären zähmen zu wollen, es musste eine neue Variante des Impulses sein, der sie Jahre zuvor dazu gebracht hatte, sich Danny anzuvertrauen. Sie war so frustriert gewesen, dass sie völlig unangebrachte Dinge tat. Beschämende, seltsame Dinge.

Zumindest gab sich Danny Mühe, nicht furchteinflößend zu wirken. Er verwandelte sich in einen Teddybären. Glänzende Augen, weiches Fell. Schön für Elena, dass sie jemanden gefunden hatte – in dieser Hinsicht eine gute Wahl –, der seine Bösartigkeit im Zaum halten konnte. Hätte sie sich doch bloß damit zufriedengegeben.

»Wie läuft's bei der Arbeit?«, fragte er.

Der Hund beschnüffelte die Pflanzen um sie herum. Alles war gesprenkelt vom Sonnenlicht, das durch die hohen Blätter fiel. »Geht so«, sagte sie. »Ziemlich langweilig.«

»Aber gute Sozialleistungen, oder? Kriegt man eine Pension?«

»Nur, wenn man direkt für den Fährbetrieb arbeitet. Und

da hat man mich nicht genommen. Ich arbeite in der Gastronomie.«

»Aha«, sagte er. »Essen, Getränke und so was?«

»Genau.« Bittersüß, der Gedanke, dass Elena ihm nie von ihr erzählt hatte. Sam wusste nicht, was besser wäre: dass er alles über ihre Familie wusste oder gar nichts. Beides fühlte sich an wie ein Verrat.

»Die Ausbildung bei der Handelsmarine sollte dir helfen, eine gute Stelle zu bekommen, stimmt's?« Sie nickte. »Ja, ich erinnere mich«, sagte er. »Elena war so aufgeregt, als sie diesen Kurs für dich fand.«

Oh. Es war also schlimmer, sich vorzustellen, dass er über alles Bescheid wusste. Er sprach so selbstverständlich über Sams Vergangenheit, dass sie plötzlich misstrauisch wurde: Vielleicht besaß er Informationen, die sie nicht hatte. Gleich würde er ihr erzählen, dass er für ihre Ausbildung bezahlt hatte. Ihrer Familie jahrelang Geld geliehen hatte … Mein Gott, sie ertrug keine weiteren Geheimnisse, sie hielt es nicht mehr aus, es reichte. Elena hatte sie belogen, das verstand Sam, und sie würde ihr verzeihen. Mehr brauchte er ihr nicht zu erzählen. »Kann ich jetzt mal die Pistole halten?«, fragte sie.

Er nahm sie aus dem Halfter und reichte sie ihr.

Kaum hatte sie die Waffe in der Hand, schärfte sich ihre Aufmerksamkeit. Alle anderen Gedanken verschwanden. Nur der leichte Windhauch zählte, das Schnüffeln des Hundes, der Duft der Vegetation ringsum. Ihre Sinne dehnten sich aus, änderten ihre Richtung und kehrten zu dem zurück, was sie in der Hand hielt. Was für eine Überraschung – dieser Schliff. Die Pistole fühlte sich fast wie geölt an. Kühl und gewichtig lag sie in der Hand.

So klein. Aber schwer. Seltsam. Hätte sie so was bloß zur

Verfügung gehabt … vor einem Monat, als der Bär zum ersten Mal vor ihrer Tür gesessen hatte … Sie hob die Waffe, schloss ein Auge, zielte auf einen hohen Ast.

»Sie ist gesichert«, sagte Danny.

»Ich drücke nicht ab«, sagte sie. Sie wollte nur mal sehen. Sich erinnern. Sich vorstellen.

Das, was sie in der Hand hielt, erzeugte endlich das Gefühl, von dem Elena gesprochen hatte. Diese tiefe körperliche Bewusstheit. Das Wissen um alles, was war und sein könnte. Mit dieser Waffe hätten sie den ungebetenen Gast am ersten Tag loswerden können. Sie hätten die Fensterscheibe zertrümmert, einen einzigen Schuss abgegeben und dann zugesehen, wie der Bär das Weite suchte. Elena und sie hätten nach Luft geschnappt, gekreischt und sich aneinandergeklammert. Sie wären zusammen in den hinteren Teil des Hauses gelaufen und hätten ihrer Mutter alles erzählt. Ein Bär! So verrückt! Und ihre Mutter hätte sich im Bett aufgesetzt und gelacht.

Sam und Elena hätten sich ein Leben lang immer wieder diese Geschichte erzählen können. Sie hätten sich nicht gestritten. Madeline wäre nie aufgetaucht, niemand hätte Anzeige erstattet oder ein Bußgeld verhängt, es hätte weder seltsame Hilfsangebote noch irgendwelche Konsequenzen gegeben. Nur eine dumme, flüchtige Begegnung mit einem wilden Tier, das geflohen wäre, sobald sie es erschreckt hätten – ein kurzer Augenblick in der ungebrochenen Zweisamkeit der Schwestern, die schließlich von San Juan aus zu neuen Ufern aufbrechen würden, wo sie einträchtig den Rest ihres Lebens verbringen würden, mit zwei Rosensträuchern vor der Tür.

Diese Macht besaß die Waffe. Sie verleitete sie zu der Überzeugung, dass sie das, was war, verändern konnte. »Fertig?«, fragte Danny.

»Noch nicht«, sagte Sam. Sie legte die Pistole in ihren Schoß. Die Zeit verging. Das Metall in ihrer Hand wärmte sie wie etwas Lebendiges.

Eine leichte Brise erhob sich. Und dann hörten sie sie:

Bist du da?

Sam und Danny liefen gegen den Wind, der Elenas Stimme auf sie zutrieb. Als sie näherkamen, schlug ihnen auch zunehmend der Geruch nach Fäulnis entgegen, der muffige Gestank des Bären. Noch konnten sie ihn nicht sehen, aber er war da. Und sie waren unterwegs zu ihm.

Der Hund lief neben ihnen. Er sabberte. Danny hatte Sam die Waffe sofort wieder abgenommen, aber nicht ins Halfter gesteckt. Er hielt sie an seiner Seite. Sie strahlte Macht aus. Sie würden die Sache jetzt regeln. Der Bär war nicht mehr stärker als sie.

Unter ihren Füßen knirschte das Unterholz, gab die Erde nach. Danny lief neben Sam. Er atmete schnell. In den Ohren hörte sie ihr Herz so laut schlagen wie eine Alarmglocke, sodass sie befürchtete, es könnte den Bären warnen. Das Blut rauschte in ihren Adern. Zwischen den Bäumen stolperte sie einmal kurz, fing sich aber wieder. Sie horchte so gut sie konnte über den Lärm ihres eigenen Körpers hinweg auf ihre Schwester. Näher jetzt. Ganz nah.

Da war sie. Sie stand mit ausgestreckten Armen vor dem Raubtier.

Sam und Danny kamen von der Seite, leicht hinter dem Bären. Elena trug ihre Uniform und hatte das Haar hochgesteckt. Eine normale junge Frau, eine heidnische Priesterin. Sie hielt etwas in den Händen, und das massige Tier beugte sich darüber. Es schnüffelte an ihnen. Bei diesem Anblick entfuhr Danny ein Laut. Der Bär war riesig. Er hatte sich hingehockt. Braun, gold, mit weißen Spitzen. Seine Schulterblätter standen hervor.

Der Hund bellte. Da bemerkte Elena Sam und Danny.

Hastig zog sie die Hände zurück, und der Bär drehte sich blitzschnell um, so geschmeidig, wie Sam es nie für möglich gehalten hätte, flink und muskulös wie ein Monster in einem Horrorfilm. Das Bellen des Hundes zitterte in der Luft. Sam und Danny standen weniger als dreißig Meter von dem Bären und Elena entfernt; im Gegenwind waren sie unbemerkt nähergekommen. Der Bär zog sich einen Schritt von Elena zurück, trat auf der Stelle und machte noch einen Schritt zurück.

»Was macht ihr hier?«, rief ihnen Elena zu.

Vor ihr auf dem Boden lag ein halbes Weißbrot. Der Bär, nur eine Armeslänge entfernt, schnaubte und stieß ein heißes, wütendes Brüllen aus. Dannys Hund bleckte die Zähne und bellte. Der Bär riss das Maul auf. Sein Kiefer knackte.

»Mein Gott«, sagte Danny neben Sam.

Elena sagte auch etwas. Zu dem Bären – zu leise, als dass Sam es verstehen konnte. Der Bär trat noch weiter von ihr weg, drehte sich um und musterte Sam und Danny. Seine Vordertatzen bewegten sich unruhig auf der Stelle.

»Verschwindet!«, rief Elena ihnen zu.

Der Kiefer des Bären knackte noch immer. Es hörte sich an wie ein Stöhnen. Aus seinem Unterkiefer tropfte Speichel. Der Hund hörte nicht auf zu bellen. Sie waren dabei, das größere Tier zu erschrecken, Sam spürte es, und das war gut so, deshalb waren sie ja hier: um ihm beizubringen, sich fernzuhalten. Sie mussten ihm einen solchen Schrecken versetzen, dass es nicht mehr zurückkam. Ihn ans Ufer zurückscheuchen, von dem er gekommen war. Zurück ins Meer. Über das Bellen des Hundes hinweg sagte Sam zu Danny: »Schieß.« Er rührte sich nicht. Sie sagte es noch einmal: »Na los. Schieß.« Aber sein Arm blieb unten.

»Jetzt mach endlich!«, rief Sam trotz des Gebells und Gesabbers und griff nach Dannys Hand. Er versuchte, sich von ihr wegzudrehen, doch sie bekam die Waffe zu fassen und zog sie an sich. Jetzt fühlte sich das Metall stumpf und kalt an – es hatte die Wärme verloren, die sie ihm zuvor gegeben hatte. Sie zerrte daran, und er hielt dagegen, aber nicht entschieden genug, obwohl er größer war als sie. Er wollte niemanden verletzen, das spürte sie, aber sie hatte seine Spielchen satt, sie wusste, dass er dazu imstande war, und jetzt war es so weit. Wenn er es nicht tat, würde sie es übernehmen. Sie war gewillt zu tun, was sie tun musste, deshalb zerrte sie noch heftiger, noch stärker. Um sie herum schmatzende Geräusche und knackende Gelenke und Hundegebell und Kampf. Elena schrie. Sam spürte ihren Finger am Abzug. Sie drückte ab, ein Schuss löste sich.

Der Bär machte einen Satz.

Vom Zauber, die jüngere Schwester zu sein: In jeder Sekunde von Sams Leben war Elena da gewesen, noch ehe sie ihren ersten Atemzug tat, noch ehe sie im Bauch ihrer Mutter schwamm und noch ehe der Samen eines Fremden auf das Ei traf, das sich dann zu ihrem heranwachsenden Selbst teilte. Immer. Immer Elena. Nichts war so beständig wie eine ältere Schwester. Ihre Mutter, das wusste Sam, noch ehe sie die Diagnose erhalten hatten, würde sterben, weil Eltern vor ihren Kindern starben, das war der Gang der Welt, der Planet würde sich im Lauf der Jahre erwärmen und verändern, Pandemien würden die Menschheit erschüttern, doch Sam und Elena würden bleiben, für immer und ewig. Elena war schon vor Sams Geburt bei ihr gewesen, und sie würde da sein bis zum Schluss. Auch wenn sie stritten, sich gegenseitig belogen, wenn Elena Sam sagte, dass sie ausziehen sollte, oder sie auf einem Parkplatz anschrie und wenn Sam ihren Nachbarn drängte zu schießen – wenn sie zu Beerdigungen gingen oder Affären hatten oder die eine die andere in Schwierigkeiten mit dem Sheriff brachte und sie eine Geldstrafe zahlen mussten, sie waren trotzdem Schwestern, für immer, egal, was passierte. Sie waren Schwestern und würden es bis ans Ende aller Zeiten bleiben.

Sam wusste das. Dann der Bär. Er schloss die Kiefer über Elenas Gesicht, und Sam sah ihre Schwester sterben.

Danny machte Sam später keine Vorwürfe. Er machte sie nur sich selbst. Auch das Büro des Sheriffs hielt ihn für verantwortlich, weil er die Waffe mitgebracht und das Tier gereizt hatte; es erhob Anklage wegen fahrlässiger Gefährdung, aber die Larsens nahmen sich einen Anwalt, und am Ende wurde Danny nur des widerrechtlichen Betretens eines Privatgrundstücks angeklagt. Von ihrem Wohnzimmer aus beobachtete sie, wie sein Laster ihre Straße rauf und runter rumpelte. Es sah nicht so aus, als verzichteten die Leute auf die Dienste seiner Firma. Manchmal hörte sie, wie im Supermarkt sein Name fiel. Sam musste noch immer Lebensmittel kaufen, so unglaublich ihr das auch erschien. Sie musste essen, in einer Welt, in der Elena nicht mehr existierte.

Danny kam ein einziges Mal zu ihr nach Hause. Als sie das Klopfen hörte, wusste sie, dass es nur er sein konnte. Wer sonst? Es gab eine Verbindung zwischen ihnen. Als sie die Tür öffnete, stand er vor ihr. Die Haut spannte über den Wangenknochen, die Stirn war gerunzelt, das Haar zerzaust. Er wollte ihr sagen, dass er ihre Schwester mehr liebte, als er jemals einen anderen Menschen auf der Welt geliebt hatte oder lieben würde. »Es tut mir so leid«, sagte er.

Sam spürte, wie eine Woge in ihr aufstieg, sie überrollte. »Mir auch«, sagte sie.

Ihn vor sich zu sehen zwang sie, daran zurückzudenken, wie er den Griff der Pistole umklammert und sie daran gezogen hatte, zwang sie, zu diesem Tag zurückzukehren. Danach versteckte sie sich im Haus, wenn er mit seinem Hund ging. Das Tier sprang fröhlich herum. Wenn es bellte, zuckte Sam zusammen. Dieser Hund hatte Elena gekannt – wusste er, dass sie tot war? Er konnte niemanden für ihre Abwesenheit verantwortlich machen. Er wusste nichts über das Konzept von Schuld.

Wäre Sams Mutter am Leben, hätte sie vor Sam den Kopf geschüttelt. Wie konntest du deiner Schwester nur misstrauen?, hätte sie gefragt. Ihre Mutter hatte immer darauf bestanden, dass Elena wusste, was sie tat. Sam hatte ihr nicht genug geglaubt.

Das *San Juan Journal* machte den Bären verantwortlich, der, wie die Reporter in einer Reihe von Meinungsbeiträgen und zugespitzten Artikeln darlegten, in der letzten Zeit immer dreister geworden war und den Abstand zwischen sich und den Menschen zunehmend verringert hatte. Die Zeitung vertrat die Meinung, dass die Behörden den Bären längst hätten vertreiben müssen. Sam erfuhr, dass er in Mount Grant in ein leerstehendes Ferienhaus eingedrungen war und die Vorräte aus den Regalen der Vorratskammer geklaut hatte. Er hatte Grillgeräte in Gärten umgeworfen und Schuppen voller Viehfutter geplündert.

Madeline Pettit hätte Elena öffentlich für die Eskalation seines Verhaltens verantwortlich machen können. Das wusste Sam. Elenas beharrliche Versuche, ihm näherzukommen. Das Brot, das sie an diesem letzten Tag in ihren gewölbten Händen gehalten hatte. Madeline hatte ihnen gesagt, dass sie ihn nicht anlocken sollten, hatte sie davor gewarnt, dass sein Verhalten eskalieren könnte, aber Elena hatte nicht auf sie gehört, sondern den Bären immer weiter ermutigt, und die Eskalation war weit über das hinausgegangen, was Madeline befürchtet hatte. Später wartete Sam darauf, dass die Zeitung von ihrem Fehlverhalten berichtete. Und Elena damit ein zweites Mal tötete – diesmal ihr Vermächtnis. Warum schwärzte Madeline sie nicht an? Madeline, die die Familie so oft gewarnt hatte und der die Zeit und die Zähne des Tiers recht gegeben hatten. Stattdessen erhielt Sam ein Schreiben, in dem sie darüber unterrichtet wurde, dass die Behörden in Anbetracht der Umstände das Verfahren gegen Elena wegen der Fütterung von Wildtieren eingestellt hatten.

Sie bekam sogar ein Paket von Madeline persönlich. Einen festen Karton mit einem Plastikbeutel voller Erde. Beigelegt war eine handschriftliche Notiz, ein einziges Blatt, akribisch mit Großbuchstaben beschrieben – eine auffallend schöne Handschrift, aber das hatte Sam auch nicht anders erwartet. Madeline schrieb, wie leid ihr Sams Verlust tue. Welch starken Eindruck Elena bei ihr hinterlassen habe, obwohl sie sich nur wenige Male getroffen hätten. Wie selbstsicher sie gewesen sei. Wie schön.

Die Erde in der Schachtel stammte von der Stelle, an der Elena gestorben war. Madeline schrieb, als kleines Mädchen habe die Familie ihrer Mutter ihr beigebracht, dass ein Mensch, der auf tragische Weise zu Tode kommt, mit dem begraben werden sollte, was sein Blut zuletzt berührt hatte. Sie wisse nicht, ob es ein katholischer Brauch sei oder einer von den Coeur d'Alene, aber er sei alt und ihr immer richtig erschienen. Es sollte dem Toten Frieden im Jenseits schenken. Madeline schrieb, sie hoffe, Sam werde ihr verzeihen, dass sie so frei gewesen war.

Die Tötung des Bären erwähnte sie nicht, aber Sam wusste, dass man ihn eingeschläfert hatte. Während der ersten unvorstellbaren Tage war dieses Wissen eins der wenigen Dinge, auf die sich Sam konzentrieren konnte. Die Behörden hatten den Bären gefangen und getötet, noch ehe Elena eingeäschert wurde. So schnell.

Madeline hatte auch nichts über den Mageninhalt geschrieben, aber in einer schrecklichen schlaflosen Nacht, in der sie das Netz abgesucht hatte, lernte Sam, dass dies die Aufgabe von forensischen Biologen war. Jetzt wusste sie also, dass es so etwas wie forensische Biologen überhaupt gab. Danach ging sie nicht mehr so oft ins Netz. Am liebsten hätte sie alles, was das Leben ihr bislang beigebracht hatte, aus ihrem Gedächtnis getilgt, aber das schaffte sie nicht.

In dem Brief schrieb Madeline, ihre Abteilung habe erfahren, dass es sich tatsächlich um einen Grizzly gehandelt habe. Schockierend hatte sie es genannt und unglaublich. Seit Menschengedenken seien keine Grizzlys in diesem Teil des Staates gesehen worden. Was passiert war, sei eine Tragödie, und sie hätte sich so gewünscht, für Sam und auch für Elena, dass sie ein gegenseitiges Vertrauensverhältnis hätten aufbauen können, das einen anderen Ausgang ermöglicht hätte.

Der Brief enthielt keine Anspielung auf die Schuld der Schwestern, weil sie Madeline daran gehindert hatten, die Bewegungen des Tieres, seine Gewohnheiten und sein Erscheinungsbild nachzuverfolgen. Aber Sam wusste es. Sam hatte Madeline von Anfang an so behandelt, wie ihre Schwester den Bären hätte behandeln müssen. Sie hatte sich gesagt, dass die Frau eine Gefahr war, und das als Grund betrachtet, sich ihrer Anziehung zu widersetzen und ihre Hilfe auszuschlagen. Ihr Wissen. Ihre staatlichen Mittel. Ihre Verfügbarkeit, ihre Expertise. Sam hatte all das weggeschoben und sich auf ihren Nachbarn und seinen blöden blonden Köter verlassen, und auf ihre Schwester, ihre kostbare Schwester, die so dumm gewesen war, sich einem Grizzly in die Arme zu werfen.

Elena … Zur Strafe las Sam Madelines Schreiben Dutzende von Malen. Ein schlagender Beweis für ihre verhängnisvolle Ignoranz.

Sam machte mehr Überstunden als je zuvor. Die Routine

half ihr, sich zu betäuben, auch wenn das Gehalt natürlich nicht ausreichen würde, um die Hypothek abzuzahlen. Die Bank fragte nicht nach ihrer Rolle in dieser Katastrophe. Sie sah nur auf die Zahlen. Gegen Ende des Sommers leitete sie die Zwangsvollstreckung ein. Sam nahm die Laken ab, die Elena im Wohnzimmer aufgehängt hatte, und zog die Bezüge von den Kissen ab, auf denen der Kopf ihrer Mutter geruht hatte. Sie zählte Elenas Ersparnisse und verstaute das Geld in einem Koffer, den ihre Großmutter ihnen zurückgelassen hatte.

Auf der Fähre ahnte niemand etwas. Eine Weile schnappte sie Fetzen von Touristen auf, die sich über Tiere, Unfälle oder das Unglück einer einheimischen jungen Frau unterhielten, doch keiner der Passagiere ahnte, dass Sam irgendetwas mit diesen Gerüchten zu tun hatte. Für sie war sie nur ein Dienstmädchen, das ihre endlosen Krümel wegwischte, während sie von irgendwelchen Abenteuern woanders erzählten. Das war in Ordnung. Früher hatte es sie geärgert, wenn sie ein Aschenputtel aus ihr machten. Jetzt nicht mehr.

Ben fand sie im Pausenraum der Fähre. Er umarmte sie. Sie ließ es zu. Ihre Schwester war tot.

Er machte ihr keine Vorwürfe. Er setzte sich dicht neben sie und wollte reden. Wenn sie anfing zu zittern, legte er ihr seine warme Hand auf den Rücken und bewegte sie in kleinen Kreisen, bis Sams Erstarrung in so etwas wie Ruhe überging. Unter ihnen hob und senkte sich der Boden mit den Bewegungen der Wellen. Wenn andere Mitglieder der Crew hereinkamen, machte Ben ihnen ein Zeichen, wieder zu gehen. Sie verstanden es, sagte er. Er beharrte darauf, dass sie es verstanden. Niemand könne hier irgendwem die Schuld geben, sagte er.

Sam glaubte das nicht. Wenn sie mit ihm weggegangen

wäre, hätte das Elenas Leben gerettet? Vielleicht. Aber das galt auch für tausend andere Dinge – wenn Elena an dem Tag nicht arbeiten gegangen wäre. Oder dem Bären nicht ausgerechnet da über den Weg gelaufen wäre, wo Sam und Danny saßen. Sie wäre ihm begegnet, hätte sein Gesicht gestreichelt und wäre weitergegangen, ohne Zwischenfall. Wenn sie statt im Club in einem Restaurant in der Stadt gearbeitet hätte und mit dem Auto zur Arbeit hätte fahren müssen. Dann wäre sie nie im Leben diesen Feldweg entlanggegangen. Wenn zehn Jahre zuvor sie statt Sam die Ausbildung bei der Handelsmarine gemacht hätte und auf der Fähre angestellt worden wäre. Wenn ihre Mutter nicht krank geworden wäre. Wenn der Freund ihrer Mutter nicht bei ihnen eingezogen wäre. Wenn die Schwestern in letzter Minute beschlossen hätten, doch mit Madeline nach Mill Creek zu fahren, und dann von dort aus den Rest ihres Lebens als Reisende begonnen hätten. Später dachte Sam nur noch über diese Dinge nach: Wer war verantwortlich, was hatte sie an diesen Punkt gebracht.

Was würde Elena sagen? Wenn sie da wäre – das war die Frage, die Sam nicht aus dem Kopf ging. Elenas Stimme: *Du hörst nie zu.* Oder: *Ich hab dich lieb.* Erst eins, dann das andere, dann beides und das Ganze wieder von vorne. Elena hätte Sam erklärt, wie einzigartig der Bär, wie seltsam und zärtlich ihre Verbindung gewesen war, und dass er sie niemals absichtlich verletzt hätte, wenn aber doch, dann wäre jeder Schmerz die intensive, außergewöhnliche und welterweiternde Erfahrung wert, vor ihm zu stehen und zu fühlen, wie er mit dem Maul über ihre Handflächen strich. Sie hätte gesagt, dass es in Ordnung war zu sterben, weil der Bär ihr die Möglichkeit gegeben hatte, wirklich zu leben.

Oder: Sammy. Du weißt, was ich durchgemacht habe. Du

hast das Kratzen gehört. Knochen auf Knochen, Reißzähne auf Schädel. Dieser Bär hat uns am Ende gezeigt, wie sinnlos jede Leidenschaft war, die wir je hatten.

Doch Elena war nicht mehr da. Sam würde niemals herausfinden, wie sie über das Geschehene dachte. Sam hörte jetzt nur ihre eigene Stimme flüstern, dass es ihre – Sams – Schuld war. Oder? Egal, was andere sagten oder nicht sagten. Hatte sie es nicht schon im selben Augenblick gewusst, als der Bär sich auf ihre Schwester stürzte, und dann an jedem Tag danach? Sam aß ihre Mahlzeiten, sie ging zur Arbeit, sie hörte die Stimme. Das würde nie aufhören. Sie erinnerte sich an ihren Finger am Abzug. An dessen Krümmung, sein Spiel. Schuld wurde zu ihrem ständigen Begleiter; Schuld füllte die Stelle, die ihre Schwester eingenommen hatte.

Sam ging in Friday Harbor an Bord der Fähre, die siebte, die an jenem Herbstwochentag die Insel verließ, um ein letztes Mal den San Juan Channel zu überqueren. Ein Deckarbeiter, den sie nicht kannte, lenkte sie in die Parklücke des Pkw-Decks. Er erinnerte sie daran, den Motor während der Fahrt auszuschalten.

Hinter der offenen Heckpforte der Fähre wogte das Meer, gleichgültig und grau. Im Kofferraum des Wagens lag das, was Sam von Elena geblieben war, ihr Führerschein, ihre Lieblingsklamotten und ihre Asche zusammen mit der Erde, die Madeline ihr geschickt hatte.

Einen Teil dieser Mischung hatte Sam auf der Insel zurückgelassen: auf ihrem Grundstück, zwischen den Bäumen, an derselben Stelle, wo sie auch die Asche ihrer Mutter verstreut hatten. Die Stelle war nicht markiert, doch Sam fand sie leicht wieder; Elena und sie waren unzählige Male durch diesen Wald gelaufen. Sam kannte den Boden und die Äste. Die Prärielilien waren schon verblüht, aber die Weidenröschen waren herausgekommen. Sie kniete sich auf den Boden, so wie Elena es getan hatte, und verstreute den Körper ihrer Schwester. Erde und Asche fühlten sich kühl an. Sie mischte sie unter die Erde. Rechtlich gesehen gehörte das Grundstück der Bank, aber Elena und ihre Mutter waren Teil dieser Insel geworden. Sie waren unter dem Leuchtturm von San Juan, den hohen weichen Gräsern, den ausgebleichten Baumstämmen an den Stränden, wo Sam und Elena als Kinder gespielt hatten.

Den Rest der Mischung, das hatte sich Sam mehr als einmal ausgemalt, wollte sie von der Fähre aus ins Wasser streuen, auch wenn der Channel ihnen kein Glück gebracht hatte. Er hatte ihnen den Bären beschert. Aber hätte dieser letzte Ruheplatz Elena überhaupt gefallen? Sam wusste es nicht, konnte es nicht wissen. Deshalb würde sie die Erde und die Asche weiter mit sich herumschleppen. Andere Passagiere liefen durch den schmalen Gang zwischen Sams Auto und der nächsten Wagenreihe. Das Wasser schwappte gegen den Schiffsrumpf. Es hatte eine Zeit gegeben, in der Sam glaubte, die Gedanken ihrer Schwester besser zu kennen als alles andere, doch jetzt waren sie voneinander getrennt.

Elena war tot. Ihre Mutter auch. Das Haus. Die Vorstellungen, die Sam gehabt hatte, kostbarer als gestohlene Edelsteine, darüber, wo sie als Schwestern hingehen, an welchen Orten sie leben würden, welche Abenteuer sie bestehen und welche Möglichkeiten sie Seite an Seite als selbstverständlich anzusehen lernen würden. All das war verloren.

Ihr Handy summte. Sie warf einen Blick auf das Display: Ben wollte wissen, ob sie es gut an Bord geschafft hatte. Sie schickte ihm eine Nachricht, um ihn zu beruhigen. Der Hintergrund des Displays war ein Foto, das er eines Nachmittags während einer Angeltour von ihnen beiden gemacht hatte. Ihre zusammengesteckten Köpfe, zwei Lächeln, und hinter ihnen der verschwommene Rand des Cascade Lake. Sie hatten Regenbogenforellen geangelt. Als Sam eine am Haken hatte, jubelte Ben. Hätte ein anderer Passagier einen Blick über ihre Schulter geworfen, wäre er nie darauf gekommen, was Sam zerstört hatte. Er hätte nur junges Glück gesehen.

Die Fähre tutete. Sie entfernte sich von dem Hafen, in dem sich Sams und Elenas Kindheit abgespielt hatte. Sie würde auf Orcas, Shaw und Lopez anlegen und sich auf Anacortes leeren, wo Ben wartete. Er würde mit Sam nach Oregon fahren. Ein Job, eine Wohnung. Sein Leben dort, so wie er es immer wieder beschrieb, schien sich nicht großartig von dem zu unterscheiden, das Sams Familie geführt hatte: ein Arbeitsleben mit einigen Schulden und einigen Plänen.

Sams empfindliche Augenlider schmerzten vom vielen Reiben. In letzter Zeit hatte sie ständig Kopfschmerzen. Sie spürte die Vibration des Motors unter sich bis ins Mark.

Die offene Deckpforte der Fähre war wie ein riesiges Maul, das das Meer einrahmte. Gnadenlos bewegte es sich durch das Wasser und verschluckte alle Fantasien, die Sam im Lauf der vielen Jahre über Bord hatte baumeln lassen. Wie oft hatte Sam auf dieser Fahrt das schäumende Kielwasser beobachtet und dabei vor sich hin geträumt? Gewartet, immerzu darauf gewartet, dass sich ihr Leben änderte. Und jetzt hatte sie es geändert. Egal, was sie tat, ihre Zukunft wartete auf sie, ohne Elena.

Sam saß mit ausgeschaltetem Motor in ihrem Wagen auf dem schwankenden Unterdeck der Fähre. Ihr Blick wurde vom Horizont geteilt: Oben Wolken, unten Wellen. Zehn Jahre Übung hatten sie gelehrt, sich während dieser fünfundsechzigminütigen Fahrten ihrer Fantasie zu überlassen, sich im Geist an andere Ufer zu träumen, und das tat sie auch jetzt, aber nicht nach Anacortes, dem Festland, wohin sie unterwegs war. Nein, Sam träumte sich dahin zurück, woher sie gekommen war, zu dem, was sie gesehen hatte. Sie zog die blutigen Teile des letzten gemeinsamen Tages mit ihrer Schwester auseinander und fügte sie wieder zu etwas zusammen, das sie mitnehmen konnte. So gut wie alles andere hatte sie zurücklassen müssen.

Sie stellte sich Elena vor. Elena und den Bären. Der Bär suchte Trost bei Elena. Er biss in sie hinein, um ihr näher zu sein, ganz nah, eins mit ihr. Sie waren gemeinsam gestorben, redete Sam sich ein, und während die Fähre dahinstampfte, verdichtete sie die Zeit zwischen Elenas Tod und dem endgültigen Fall des Bären, die Zeit, die unterschieden hatte zwischen dem, was verwüstet wurde, und dem, was verwüstet hatte. Sam stellte sie sich zusammen vor. Sie waren ein Paar.

Ich liebe ihn, hatte Elena ihr gesagt. Den Bären. Sie hatte gesagt, so etwas gäbe es nur auf ihrer Insel. Sie hatte gesagt, mehr wolle sie nicht. Der Bär hatte es gewusst, er hatte sie umarmt, die Tatzen und das Maul um sie gelegt und sie in die duftende Erde von San Juan gedrückt. Der Bär hatte Elena von ihren Pflichten, ihren Sorgen und ihrem Schmerz erlöst. Vom Schiff kam ein mechanisches Dröhnen. Sam ließ zu, dass es die Geräusche ersetzte, die sie an jenem Tag von ihrer Schwester gehört hatte. In der Erinnerung schob Sam alles Leid beiseite und setzte Elena einen Heiligenschein auf.

Diese Intimität. Die Ekstase. Der Körper des Bären, der in sie eindrang. Elenas letzter Atemzug, der zu den geblähten Nasenlöchern des Bären aufstieg. Die Lippen des Bären, die sich um sie schlossen, der einzige Kuss, den Sam Elena je hatte einfordern sehen.

Mit ihrer Gabe, sich Dinge besser vorzustellen, als sie jemals sein würden, malte Sam sich auch jetzt alles schöner, als es gewesen war. Sie sah Elena als Prinzessin und den Bären als verzauberten Prinzen. Den Bären als Bräutigam und Elena als verschleierte Braut. Wie zwei ineinandergelegte Hände, wie zwei gurrende Tauben, wie der Ozean, der das gefügige Ufer verschluckt. Eins im anderen aufgegangen. Beides entrückt. Beides verwandelt.

Sam stellte sich vor, Elena war nicht allein, war nie allein gewesen, sondern tatsächlich im Beisein desjenigen gestorben, von dem sie sich hatte verzehren lassen wollen. Und sie redete sich ein, dass Elena in ihren letzten Augenblicken gewusst hatte, dass auch Sam da war – dass Sam ihr diese Befriedigung geschenkt hatte. Die Schwestern waren also vereint gewesen. So wie es sich gehörte. Nachdem sie so lange in dem muffigen Haus umeinandergekreist waren, sich missverstanden, aber trotzdem versucht hatten, sich verständlich zu machen und gescheitert waren, hatten sie schließlich für einen kurzen, aber wunderbaren Augenblick wieder zusammengefunden, so wie sie als Kinder verbunden gewesen waren, als Babys, die sich gegenseitig in die runden, glänzenden Augen sahen, als Wesen, die in derselben dunklen Kammer des pulsierenden Schoßes ihrer Mutter schwammen.

Elena hatte den Bären geheiratet, und Sam war bei ihr gewesen. Auf San Juan Island. Zusammen. Für immer. Und ihre Mutter war irgendwie Zeugin gewesen, sie war nicht krank, ihr Körper war auf wundersame Weise geheilt, sie wurde in Frieden neben ihnen alt, ohne Schmerzen. Die Welt war voller Hoffnung, die es zu verwirklichen galt. Lebenslange Träume würden wahr. Jenseits des Schiffes zog das Wasser auf den Rest von Sams Leben zu, aber sie spürte es nicht mehr, sie bemerkte es nicht, sie kehrte nur zurück zum malerischen San Juan. Sie erzählte sich die Geschichte dessen, was dort passiert war. Darin waren die Schwestern wunschlos glücklich. Sie hatten ein Königreich für sich. Sie waren einander so nah wie zwei perfekte kleine Mädchen aus den Märchen, die Eltern ihren Kindern vor dem Schlafengehen erzählten. Jahr für Jahr sahen sie die schönsten weißen und roten Rosen heranwachsen und lebten glücklich und zufrieden bis ans Ende ihrer Tage.

Dank

Dieses Buch war ein merkwürdiges Monster, das in einer schwierigen Zeit auftauchte. Ich bin Brittany K. Allen, Arif Anwar, Hannah Bae, Andrea Bartz, Jessie Chaffee, Claire Dunnington, Sara Faring, Mira Jacob, Luis Jaramillo, Angie Kim, Crystal Hana Kim, Jean Kwok, Krys Lee, Melissa Rivero, Alizah Salario, Leigh Stein, Boo Trundle, Yoojin Grace Wuertz und Jung Yun zu ewigem Dank verpflichtet, weil sie daran glaubten, wozu es fähig war.

Suzanne Gluck setzte sich vom ersten Augenblick dafür ein, und David Ebershoff leitete mich auf dem Weg zu seiner Entstehung. Die großartigste Agentin, der großartigste Lektor. Was für ein Glück, ein Teil von WME und Hogarth zu sein, die meine kühnsten Träume wahr werden ließen.

Das Buch ist mit Hilfe von Hedgebrook, der Randolph MFA Gemeinde, Pen Parentis, #1000wordsofsummer und des New York Public Library's Center for Research in the Humanities erschienen. Die entscheidendste Unterstützung aber kam von den Kinderbetreuerinnen meiner Familie, deren Arbeit die meine erst ermöglicht. Mein ganzer Dank gilt Ms Shevon, Ms Madeena, Ms Tiana, Ms Janice, Ms Jesse und Ms Melissa.

Die Insel San Juan hat mir so viel geschenkt. Aber auch vieles abverlangt. Für beides bin ich dankbar.

Schließlich und auf ewig danke ich Alex, Max und Anna. Ihr drei seid das Zuhause, das ich mir wünsche. Ihr seid das beste aller möglichen Leben. Ich liebe euch.